KB025093

너의 칼은 누구라 하느냐

배신과 음모의 고려 말, 난세를 말하다

너의 칼은 누구라 하느냐

류정식 역사소설

배신과 음모의 고려 말, 난세를 말하다

[redacted]

"역사는 나의 자화상이다."

이 문장은 내가 역사소설을 쓰면서 좌우명으로 삼는 말이다. 역사소설을 쓰기 위해 자료를 찾다 보면 울분에 겨워 땅을 칠 때도, 가슴 깊이 벅차오를 때도 있다.

그럴 때면 7천만 우리 민족의 굴곡진 역사가 세월의 강물처럼 흐르고 흘러내려 자화상의 주름이 되고 자양분이 되었으니, 내가 소설의 구상을 멈출 수가 없었다. 소설의 배경으로 태평성대가 아니라 역동의 시대, 욕망이 분출하는 시대, 즉 난세를 주목하는 것도 그런 이유일 것이다.

중국의 춘추전국시대에도 수많은 군웅과 학자들이 나타나 중국 문화를 꽃피웠다. 한마디로 춘추전국시대가 있었기 때문에 오늘의 중국이 있다고 보아도 과언이 아니다.

우리나라도 중국과 별반 다르지 않다. 고구려와 백제가 멸망하고 난 뒤에 고구려와 백제의 문화를 받아들인 신라가 중국 못지않게 자신의 문화를 융성하게 꽃피웠다. 그러나 문화란 수많은 사람들의 땀과 희생을 요구하는 것이라서, 새로운 질서가 창조되는 과정에서는 피와 살을 도려내는 아픔도 함께 존재했다.

역사는 사라지지 않고 반복한다. 사계절이 순환하는 자연의 이치처럼 어제의 역사가 오늘의 현실이 된다. 역사가 순환하니, 우리는 역사의 아픔을 인문학적 사고에만 가두면 안 된다. 격동의 시대를 살아야만 했던 민중들의 삶과 아픔을 받아들여 내 살과 피로 만들어야 한다. 그렇기에 역사소설을 쓰는 작가에게 '아픔의 전달자'라는 소명은 감히 역사적 사명이라고 말할 수 있다. 나는 이 아픔을 나의 자화상으로 만들고, 나 스스로 소설의 주인공이 되어 역사소설을 쓰기 시작했다.

첫 작품으로 쓴『백제 지수신』에서도 내가 주인공이 되어 백제 유민의 아픔을 체험해 보았다.

하지만 나의 아픔은 이것으로 만족하지 않았고, 일흔 하고도 반을 넘어가는 나이에 새로운 열망을 이끌고 또 다른 격동의 시대 고려 말의 군주, 공민왕을 만나고자 했다.

공민왕 시대는 원나라와 명나라의 교체기로 원나라에 반란이 우후죽순처럼 일어났다. 이런 난세에 걸맞게 원나라의 권신들도 서로 파당을 짓고 권력투쟁만 일삼으니 원나라 황제는 있으나 마나 한 존재였다.

고려의 형편도 원나라와 크게 다르지 않았다. 공민왕이 원나라의 제도를 혁파하고 개혁의 기치를 내걸었지만, 기황후와 그의 일족이 고려의 국정을 농단하자, 그 역시 원나라 황제처럼 존재감을 드러낼 수 없는 형편이었다.

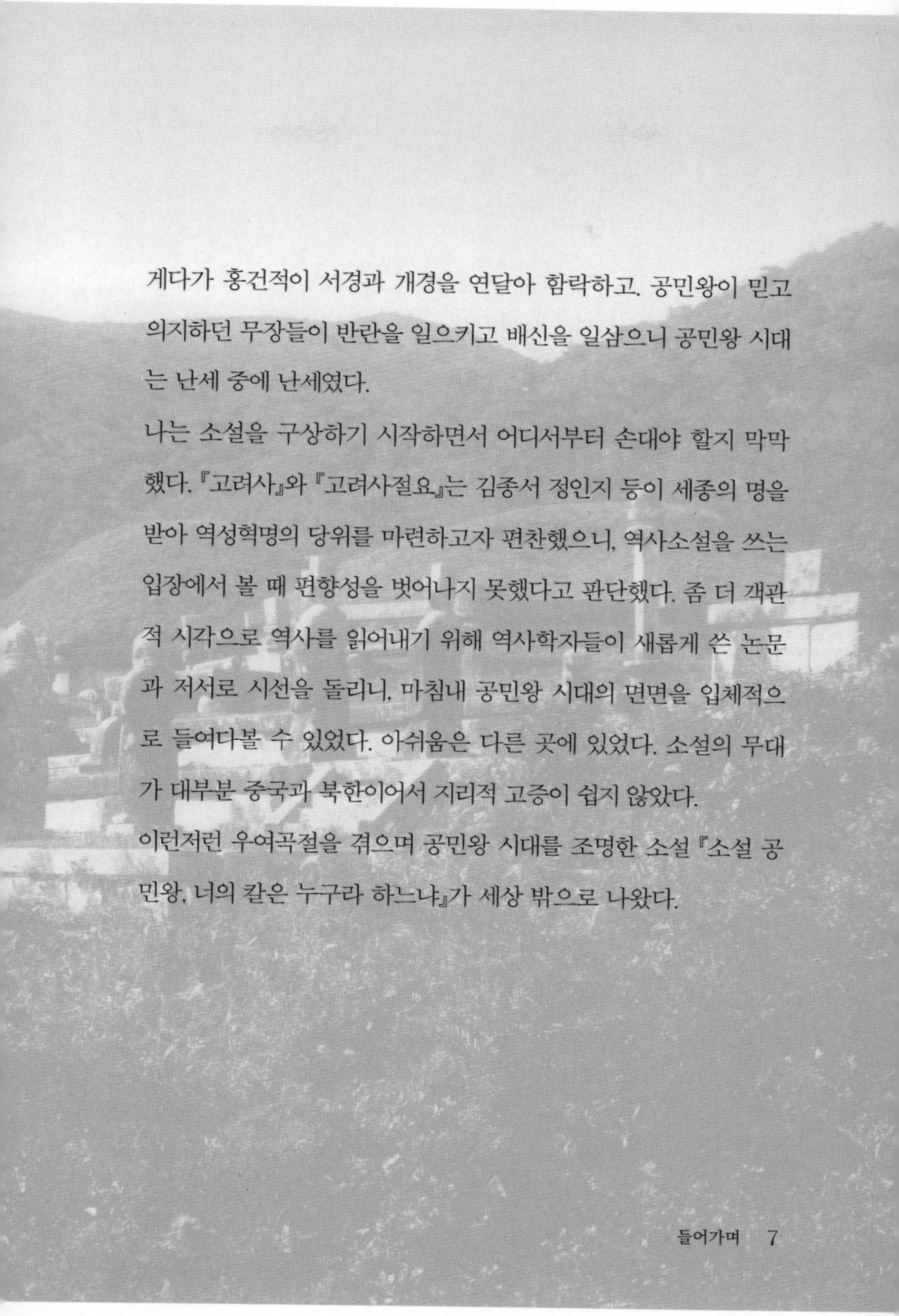

게다가 홍건적이 서경과 개경을 연달아 함락하고, 공민왕이 믿고 의지하던 무장들이 반란을 일으키고 배신을 일삼으니 공민왕 시대는 난세 중에 난세였다.

나는 소설을 구상하기 시작하면서 어디서부터 손대야 할지 막막했다. 『고려사』와 『고려사절요』는 김종서 정인지 등이 세종의 명을 받아 역성혁명의 당위를 마련하고자 편찬했으니, 역사소설을 쓰는 입장에서 볼 때 편향성을 벗어나지 못했다고 판단했다. 좀 더 객관적 시각으로 역사를 읽어내기 위해 역사학자들이 새롭게 쓴 논문과 저서로 시선을 돌리니, 마침내 공민왕 시대의 면면을 입체적으로 들여다볼 수 있었다. 아쉬움은 다른 곳에 있었다. 소설의 무대가 대부분 중국과 북한이어서 지리적 고증이 쉽지 않았다.

이런저런 우여곡절을 겪으며 공민왕 시대를 조명한 소설 『소설 공민왕, 너의 칼은 누구라 하느냐』가 세상 밖으로 나왔다.

이 소설은 공민왕 시대의 가장 치열하며 역동적인 사건이었던 홍건적의 침략과 기황후의 한풀이에서 비롯한 흥왕사의 난. 덕흥군의 반역을 배경으로, 무장들의 음모와 배신 그리고 공민왕의 용인술 등을 흥미롭게 다루었다.
작가가 소설의 구상을 잘하고 주옥같은 문장으로 소설을 쓴다 한들 평가는 독자가 하는 것이다. 그리고 이 소설은 논문이나 평전이 아니라, 역사적 고증에 작가가 상상력을 보태 쓴 소설임을 기억해 주길 바란다.

2024년 7월 11일

종묘 공민왕영정봉안지당 앞에서 류정식

- 일러두기 -

『소설 공민왕』은 역사적 사실을 배경으로 하여 역사적 인물들과 작가가 창조한 인물들이 벌이는 사건을 소설적 상상으로 재구성한 역사소설이다. '공민왕(恭愍王)'은 고려 제32대 왕인 우왕 11년(1385년) 명나라 홍무제가 고려 제31대 왕에게 하사한 전왕시호(前王諡號)로, 이 소설의 배경인 1361년부터 1365년까지는 사용되지 않았으나, 소설에서는 독자의 이해를 위해 제31대 고려왕을 부르는 말로 '공민왕'을 사용했다.

• 등장인물 •

공민왕 (恭愍王, 王祺, 1330~1374) 제31대 고려왕. 충숙왕 셋째 아들로 태어나 조카 충정왕의 뒤를 이어 왕위에 올랐다.

노국공주 (魯國公主, 1334~1365) 원나라 위왕(魏王)의 딸로 공민왕의 왕후가 되었지만, 1365년 난산으로 훙(凶)했다.

김용 (金鏞, ?~1363) 고려의 역신(逆臣). 공민왕이 원나라에 들어가 숙위(宿衛)할 때 시종한 공으로 순군부(巡軍府) 상장군, 총병관으로 승승장구했지만, 정세운(鄭世雲)과 이방실(李芳實), 안우(安祐), 김득배(金得培) 등을 이간질해 죽이고 흥왕사 난을 일으킨 후, 참수당함.

청한거사 (淸閑居士, 1323~1371) 본명 신돈(辛旽), 자는 요공(耀空), 법명은 편조(遍照)로, 노국공주 사후 공민왕으로부터 전권을 위임받고, 권력욕에 걸림돌이 되는 권문세족과 무장들을 제거했으나 역모죄로 참수당했다.

기황후 (奇皇后, 1315~1369) 아버지는 기자오(奇子敖). 원나라의 궁녀로 끌려가 황제 혜종(惠宗)의 황후까지 오른 입지적인 인물, 경기도 연천군에 묘역이 있음.

덕흥군 (德興君, 王譓, 1314~1367) 충선왕 셋째 아들로, 궁녀의 몸에서 태어났음. 고려왕이 되고자 원나라군 1만을 앞세우고 압록강을 건너 수주(隨州)까지 내려왔지만, 최영의 활약으로 실패함.

유탁 (柳濯, 1311~1371) 왜구토벌과 원나라 반란세력 장사성(張士誠) 토벌에 원정군사령관으로 참전하고, 좌정승(左政丞), 우정승(右政丞), 문하시중(門下侍中)까지 역임했으나, 노국공주의 영전 건립에 반대한 죄로 참수당함.

김득배 (金得培, 1312~1362) 문관 출신 무장. 정세운을 도와 개경을 수복했지만, 김용의 모함으로 상주에서 참수당함.

정세운 (鄭世雲, ?~1362) 김용과 같이 공민왕이 원나라에서 숙위할 때 시종 든 인물로 홍건적 2차 침략 때 총병관으로 개경을 수복했지만, 김용의 농간으로 참살당함.

목인길 (睦仁吉, 1317~1392) 공민왕이 원나라에서 숙위할 때 시종을 한 무장으로 직밀직사사를 거쳐 재상급인 문화찬성사까지 올랐음. 홍건적 침략에 공을 세운 목충(睦忠)의 사촌형.

이공수 (李公遂, 1308~1366) 기황후와 내외종간으로 성품이 깨끗하여 아무리 작은 것이라도 남의 것을 탐내지 않는 곧은 선비.

최유 (崔濡, ?~1364) 기황후와 작당해 공민왕을 폐위시키고 덕흥군을 고려왕으로 옹립해 고려로 침략했으나, 실패하고 참수당함.

최영 (崔瑩, 1316~1388) 장사성 토벌. 흥왕사 난과 덕흥군의 난, 홍건적의 침략에 공을 세운 무장. 이성계에게 참수당함.

이성계 (李成桂, 1335~1408) 쌍성총관부 수복에 공을 세운 이자춘의 아들로 홍건적과 왜구 침략을 방어하고, 덕흥군의 반란에 혁혁한 공을 세웠으나 고려를 멸망시키고 조선을 건국함.

화지원 (華之元, ?~1363) 순군부의 제공(提控)으로 김용의 심복.

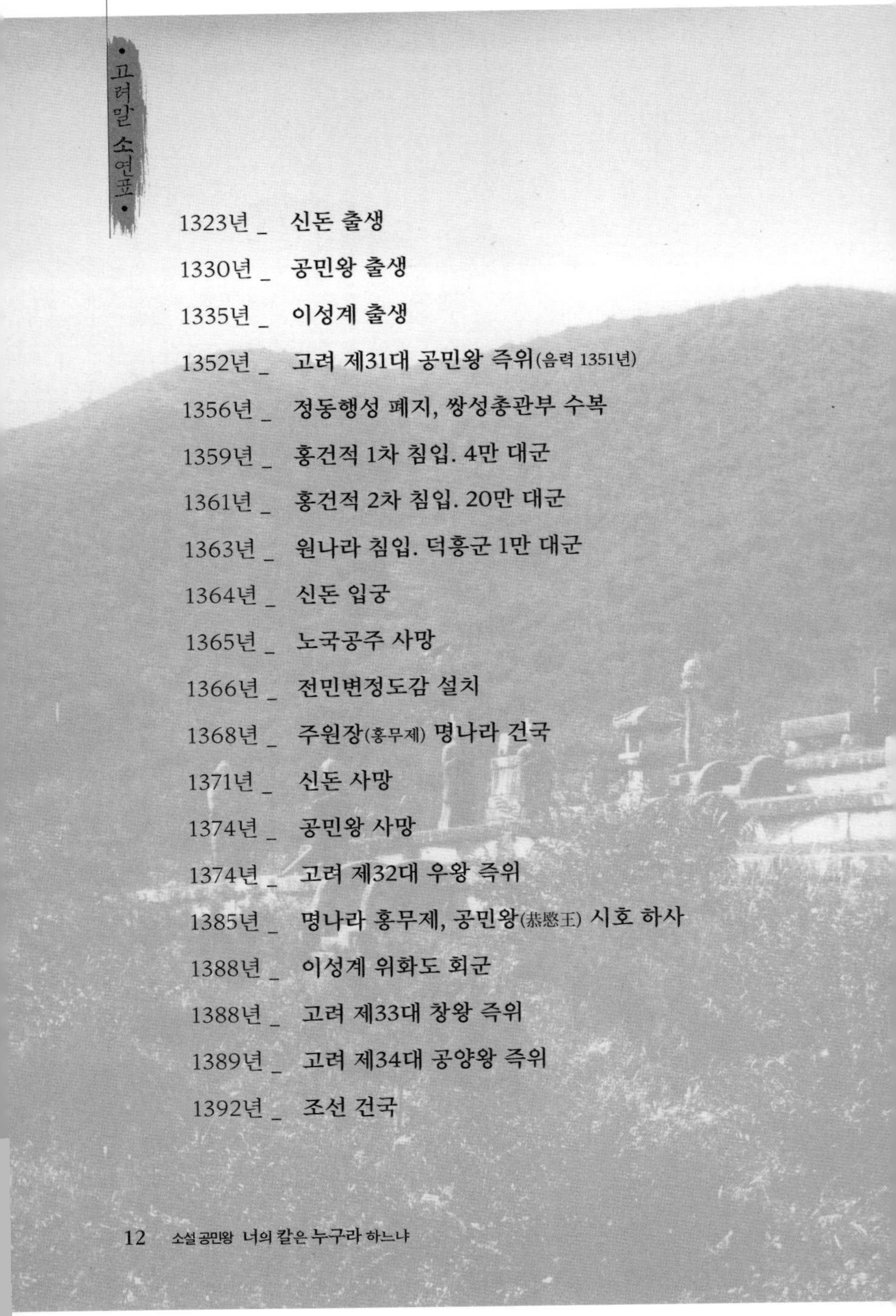

고려말 소연표

1323년 _ 신돈 출생

1330년 _ 공민왕 출생

1335년 _ 이성계 출생

1352년 _ 고려 제31대 공민왕 즉위(음력 1351년)

1356년 _ 정동행성 폐지, 쌍성총관부 수복

1359년 _ 홍건적 1차 침입. 4만 대군

1361년 _ 홍건적 2차 침입. 20만 대군

1363년 _ 원나라 침입. 덕흥군 1만 대군

1364년 _ 신돈 입궁

1365년 _ 노국공주 사망

1366년 _ 전민변정도감 설치

1368년 _ 주원장(홍무제) 명나라 건국

1371년 _ 신돈 사망

1374년 _ 공민왕 사망

1374년 _ 고려 제32대 우왕 즉위

1385년 _ 명나라 홍무제, 공민왕(恭愍王) 시호 하사

1388년 _ 이성계 위화도 회군

1388년 _ 고려 제33대 창왕 즉위

1389년 _ 고려 제34대 공양왕 즉위

1392년 _ 조선 건국

• 차례 •

• 들어가며 • 4

• 등장인물 • 10

• 고려말 소연표 • 12

1장 홍건적(紅巾賊) 15

2장 애통교서(哀痛教書) 71

3장 이무기 101

4장 점괘(占卦) 151

5장 흥왕사(興王寺) 191

6장 폐위조서(廢位詔書) 251

7장 허허실실(虛虛實實) 283

8장 달천강(獺川江) 331

9장 자미성(紫微星) 359

• 나가며 • 408

• 참고문헌 • 412

1장

홍건적(紅巾賊)

[redacted]

노국공주(魯國公主)에게 아버지 위왕(魏王)으로부터 서신이 왔다. 원나라 제2의 수도 상도(上都)를 공략했던 홍건적 20만이 방향을 틀어 요동으로 몰려갔으니 방비를 철저히 하라고 당부하였다.

"전하, 홍건적 20만이 요동으로 온다고 하니 머지않아 고려까지 오겠어요. 빨리 대책을 세우세요."

공민왕(恭愍王)은 걱정하지 말라는 듯이 자신만만한 목소리로 대답했다.

"왕후, 홍건적이 상도와 개봉(開封)을 함락시켰지만, 원나라군의 저항이 만만치 않으니 방향을 우리 고려로 튼 것 아니겠소. 하나 우리 고려에도 걸출한 장수들이 많소. 특히 용맹하고 믿음직한 김용(金鏞)이 있지 않소."

노국공주는 공민왕의 대답이 미덥지 않았다.

"김용이 순군부 상장군으로 전하를 경호하고 있지만 그의 음흉한 속내를 알 길이 없어요. 하오나 참지정사 정세운(鄭世雲)은 성격이 우직하고 괄괄해 가끔 전하의 속을 썩이나 전술과 병법은 고려에서 당할 자가 없어요."

"김용과 순군부 병사들이 과인을 경호하기 때문에 과인이 마음 놓고 정사를 보고 있는 거요. 하니 김용을 너무 언짢게 생각하지 마시오."

공민왕이 조금도 물러서지 않자 노국공주가 답답한 마음을 토로하듯이 말했다.

"전하가 김용을 철석같이 믿고 계시지만 얼굴에 심술이 가득하고 몸은 멧돼지처럼 비대해 검이나 제대로 들겠어요? 전술은 아녀자인 신첩보다도 모르고, 순군부 병사들은 저잣거리에 떠도는 불량배들로 홍건적이 침략하면 도망갈 놈들입니다. 그리고 보셔요. 조일신(趙日新)이 난을 일으켰을 적에 김용이 어떻게 처신했는지."

원나라에서 공민왕이 환국한 그해 가을, 조일신이 기황후(奇皇后)의 오라비 기철(奇轍)과 기원(奇轅)을 잡아 죽인다고 난을 일으켰지만, 기철은 도망가고 기원만 잡아 죽였다. 조일신은 난이 실패로 끝나자 문책이 두려웠는지 공민왕이 머물고 있는 시어궁(時御宮)을 포위했다. 그때 김용이 시어궁의 경비를 맡고 있었는데, 조일신에게 맞아 죽을까 봐 병력은 움직이지 않고 몸만 사렸다. 노국공주가 그때 일을 들추어냈지만, 공민왕은 개의치 않았다.

"과인이 대도(大都)에서 볼모살이 할 때 과인을 지켜준 자가 바로 김용이요. 다른 말씀은 하지 마시오."

노국공주도 공민왕의 마음을 모르지 않았지만, 김용은 생각 밖이었다.

“사람마다 능력과 쓰임이 다르니 선불리 결정하지 마시고 찬성사 유탁(柳濯)을 불러보심이 어떤가요? 찬성사는 황제도 알아주는 무장출신이라 홍건적을 물리칠 방책이 있지 않겠어요?”

“유탁이라고 무슨 해결책이 있겠소만 왕후께서 말씀하시니 한번 생각해 보겠소.”

“생각만 하지 말고 꼭 부르십시오. 전하.”

노국공주는 공민왕을 몰아세웠지만 한편으로는 안쓰러웠다. 10년간 보위(寶位)에 있으면서 심적 고통이 얼마나 컸는지, 이립(而立)이 조금 지난 혈기 왕성한 나이인데도 항상 용안에 그늘이 져 있었다.

공민왕은 충숙왕(忠肅王) 둘째 아들로 태어났지만, 보위를 오르기까지 순탄치 못했다. 아버지 충숙왕의 뒤를 이어받은 충혜왕(忠惠王)이 원나라에 끌려와 비명횡사했다. 공민왕이 충혜왕의 빈자리를 채울 기회가 왔으나 기황후의 눈 밖에 나 뜻을 이루지 못했다.

결국 충혜왕의 큰아들 충목왕(忠穆王)이 여덟 살 어린 나이에 기황후의 뒷배로 고려왕이 되었다. 그리고 충목왕이 재위 4년 만에 죽자, 충혜왕의 둘째 아들 충정왕(忠定王)이 12세에 보위를 이어받았다. 하지만 충정왕의 외척들이 정권을 잡고 기황후의 오라비 기철과 부원배(附元輩)들을 모조리 내쫓았다. 기황후는 자신의 권력 기반이 흔들리자 충정왕을 재위 2년 6개월 만에 폐위시키고 공민왕을 보위에 올렸다.

공민왕은 보위에 오르자, 국정을 쇄신하고 몽골풍의 변발과 복식을 바꾸는 등 온갖 노력을 다했다. 하나 생각처럼 쉽지 않았다. 조일신의 난에서 살아남은 기철이 공민왕에게 칭신(稱臣)하지 않고 국정을 쥐락펴락하니 공민왕의 개혁정책은 한 치도 앞으로 나갈 수가 없었다. 한술 더 떠 기황후는 아버지 기자오를 2자 영안왕(榮安王)에서 격이 한층 더 높은 1자 경왕(敬王)으로 추증하는 것도 부족해, 3대조까지 왕으로 추증했다.

이런 난파선 같은 정국에 하늘의 뜻인지 선왕들의 뜻인지는 알 수 없지만, 공민왕이 기황후의 오라비 기철과 그 일족을 내치고 나서야 국정을 바로 세울 수가 있었다. 그러나 하늘은 더 이상 공민왕을 도와주지 않았다.

모거경(毛居敬)의 홍건적 4만이 서경(西京, 평안도 평양)을 함락하자 나라가 망할 지경에 이르렀다. 그런데 홍건적 20만이 또다시 요동으로 방향을 틀었다고 하니 공민왕도 신경을 안 쓸 수가 없었다.

상장군 김용은 굶주린 살쾡이처럼 눈동자를 좌우로 굴리면서 순군부의 병사들에게 호통을 쳤다.

"네놈들은 군왕을 경호하는 순군부 병사다. 한 치도 틈을 보이면 안 된다."

순군부의 병사들이 겁을 잔뜩 먹었는지 사시나무 떨듯 떨면서 대답했다.

"비렁뱅이였던 저희를 순군부 병사로 삼으신 상장군의 은혜를 어찌 다 갚겠습니까? 무슨 일이든지 명령만 내려주십시오."

순군부 병사들의 입발림에 기분이 좋아진 김용은 시선을 제공 화지원(華之元)에게 돌렸다.

"네 이놈 화지원, 지금 당장 말을 대령하라."

"알겠습니다. 상장군."

털북숭이 원숭이처럼 검은 털이 양쪽 볼을 덮은 화지원이 김용의 발 앞에 넙죽 엎드리니, 김용이 말 등에 올라타듯 화지원의 등짝에 올라탔다.

"보잘것없던 네놈을 부장보다 높은 제공으로 삼은 이유를 알고 있느냐?"

"소인이 어찌 그걸 모르겠습니까? 평생 상장군의 말이 되겠습니다."

"평생 말이 된다고? 네놈의 생각이 정말 가상하구나."

"네, 상장군."

화지원이 숨넘어가는 목소리로 대답했다. 그리고 똥마려운 강아지처럼 끙끙대면서 순군부를 돌기 시작했다. 하지만 김용은 말 탄 기분이 나지 않는지 화지원의 엉덩이를 말채찍으로 때렸다.

"이놈아. 주인이 네놈의 등짝에 탔으면 말처럼 힘차게 달려야지 왜 굼벵이처럼 느릿느릿 기어가고 있느냐?"

화지원은 멧돼지처럼 살찐 김용의 몸통이 온몸을 짓누르니 식은땀이 줄줄 흐르고 숨이 막혀 왔다. 하나 김용의 심복이 되기 위해선 선택의 여지가 없었다. 화지원의 입에서 말 울음소리가 흘러나왔다.

"히이잉, 히이잉."

"그래, 말이 되었으면 말처럼 울어야지. 하하하."

김용은 말고삐를 잡아당기듯 화지원의 목덜미를 잡아당기는 순간, 참지정사 정세운의 목소리가 귓가를 때렸다.

"나라를 지킬 병사의 등짝에 올라타다니 상장군이 볼썽사납게 무슨 짓인가? 체통을 지키시게."

김용은 기분이 매우 언짢았다.

"순군부에 왔으면 굿이나 보고 떡이나 얻어먹어야지 무슨 잔말이 그리도 많은가?"

"그걸 말이라고 하나? 내가 왔으니 망정이지 전하가 오셨으면 자네의 목이 열 개라도 모자랄 걸세. 정신 차리게 상장군."

정세운이 공민왕을 들먹거리면서 상장군을 종놈 대하듯 훈계하자 김용은 참고 있던 화가 폭발했다.

"순군부 상장군에게 입이 터졌다고 말을 함부로 내뱉어? 네 놈을 죽이고 말겠다."

김용이 성난 멧돼지처럼 씩씩거리면서 철퇴를 들자 화지원이 김용의 앞을 가로막았다.

"상장군, 노기를 참으십시오. 철퇴를 내려놓으십시오."

정세운은 기가 막혔다. 순군부를 아이들의 놀이터로 생각하는 놈이 공민왕의 경호를 책임지고 있다니, 하지만 계속 김용과 입씨름만 할 수 없었다.

"자네와 나는 전하가 원나라에 볼모로 있을 적부터 모셨네. 그때 우리가 얼마나 원나라 놈들에게 무시당했는지 알고 있지 않나. 전하가 보위에 올랐건만 기철의 일족과 왜구, 홍건적으로 인해 하루도 마음 편한 날이 없으니 걱정이 되어서 찾아온 걸세."

공민왕은 보위에 오르기 전, 원나라에서 원치 않은 볼모살이를 10년간 했다. 정세운이 공민왕을 보필했던 그때의 일을 언급하자, 김용은 지난 일들이 주마등처럼 머릿속을 스치고 지나갔다.

"네놈이 지난날을 말하니 오늘은 그만 넘어가겠다. 앞으로는 앞뒤 가려서 말해라."

정세운은 김용의 손을 덥석 잡았다.

"내 말을 들어주니 고맙네. 한데 최유, 그놈의 소식을 들었나?"

김용이 의심스러운 눈빛으로 되물었다.

"원나라에 있는 최유 그놈을 왜 내게 묻는가?"

"최유(崔濡)와 자네는 의형제 사이지. 그런데 최유가 역적 덕흥군(德興君)과 기황후의 주위를 빙빙 돌고 있으니 자네도 역적으로 몰리지 않으려면 처신을 잘하시게."

김용은 소가 되새김 하듯이 정세운의 말뜻을 되씹어보았다. 최유는 충정왕의 모후, 희빈 윤씨와 외척 윤시우의 등쌀을 견디지 못하고 원나라로 도망쳤다. 그리고 공민왕의 숙부 덕흥군을 고려왕으로 세우기 위해 기황후의 치맛자락을 붙잡고 온갖 술수를 다 부렸다. 상황이 이러니 공민왕도 잘못하면 원나라에서 비명횡사한 충혜왕의 꼴이 될 판이었다. 그런데 정세운이 뜬금없이 최유를 거론하자 김용은 속이 뒤집혔다.

"정세운 네놈이 무슨 마음으로 내 속을 떠보는지 알 수 없으나 최유가 어디서 무슨 짓을 하고 있는지 알 수가 없다. 쓸데없는 소리 지껄이지 말고 돌아가거라."

"자네가 듣기 싫다니 돌아가겠네만 최유 그놈의 소식이 오면 곧장 알려주게. 그게 자네의 신상에 좋을 걸세."

정세운이 입가에 엷은 미소를 지으면서 순군부를 나가버리자 김용은 철퇴를 움켜잡았다.

"저놈이 또 내 속을 긁어, 저놈을 가만히 두지 않겠다."

김용이 정세운을 죽일 듯이 고래고래 소리를 지르자 화지원이 손사래를 치면서 귓속말로 말했다.

"상장군, 정세운을 죽이는 것보다 급한 일이 생겼습니다."

"급한 거라고? 무슨 뜻인가?"

"집무실에 행색이 남루한 돌중이 상장군을 기다리고 있습니다."

"행색이 남루한 돌중? 어떻게 생겼나?"

"누더기 장삼을 걸치고 두꺼비 왕눈에 백발이 허리까지 내려온 돌중입니다."

"그런 형편없는 돌중을 왜 상장군인 내가 만난단 말이냐?"

김용이 자존심이 상한 듯 잠시 머뭇거렸다. 하나 화지원은 아니었다.

"상장군, 그자 행색이 남루하나 눈빛이 예사 눈빛이 아닙니다."

"눈빛이 그렇다면, 음! 알았다."

김용은 손에 들고 있던 철퇴를 화지원에게 던져주고 집무실로 들어갔다. 그리고 자신을 기다리고 있는 돌중의 행색을 살펴보았다. 화지원의 말처럼 백발이 허리까지 내려오고, 두꺼비 왕눈에 누더기 장삼을 걸치고 있었다. 하지만 돌중이 진짜 중인지 알 수가 없었다.

"그대의 행색을 보니 돌중 같은데 이 삼엄한 순군부를 대관절 어떻게 들어왔소?"

돌중은 조금도 위축되지 않고 말했다.

"소승은 돌중이 아니고 청한거사(淸閑居士)로 묘향산에서 도술과 무공을 20년간 연마했소. 하니 순군부의 지붕을 타고 내려오는 것쯤은 눈감고도 할 수 있지 않겠소? 상장군."

"지붕을 타고 내려왔다면 나를 죽이러 온 자객 아닌가?"

"상장군의 앞길을 열어주려고 왔는데 자객이라니 말씀이 과하시오."

청한거사가 사람의 눈을 현혹하는 도술을 배웠는지 온몸에 요사스러운 기운이 감돌고 눈빛 또한 예사롭지 않자, 김용은 자신도 모르게 목소리를 낮추었다.

"내가 자객이라고 말한 것은 사과하겠소. 그런데 상장군인 나를 만나러 온 이유가 무엇이오. 청한거사."

"최유 공의 서신을 전하고자 왔는데 이곳에서 말씀드리기가 마땅치 않소."

청한거사가 김용의 낯빛을 살피면서 말하자 김용은 마음이 급해졌다.

"집무실은 내 명령이 없이는 개미 새끼 한 마리 들어올 수 없소. 걱정하지 말고 말씀하시오."

"그럼 말씀드리겠소. 기황후가 공민왕을 내쫓고 덕흥군을 고려왕으로 세우려고 합니다."

"저잣거리 무뢰배도 다 아는 사실을, 그걸 비밀이라고 말씀하시오?"

김용이 기가 막힌다는 듯이 혀를 끌끌 찼다. 하지만 청한거사는 얼굴색 하나 변하지 않고 말했다.

"상장군이 소승을 믿지 못하는 것 같은데 한 말씀 더 드리겠소. 기황후가 덕흥군의 왕세자로 기철의 아들 기삼보노(奇三寶奴)를 세워 기씨 왕조를 창업하려고 하니 상장군도 살길을 찾으십시오."

"기씨 왕조라고? 그게 가당키나 한 소리요? 게다가 듣지도 보지도 않은 기삼보노란 놈을? 그럼 개나 소나 왕이 된다는 것 아니겠소."

"그건 너무 과한 말씀이고, 상장군도 가능하지요."

김용은 뒤통수를 한 대 얻어맞은 것처럼 정신이 번쩍 났다. 청한거사란 놈을 믿을 수는 없지만, 상장군도 가능하다는 말만은 사실처럼 들렸다. 더욱이 어릴 때 같이 놀던 최유의 서신을 가지고 왔다고 하니, 무슨 개소리를 썼는지 직접 눈으로 확인해 보고 싶었다.

"청한거사, 속 터지게 말만 하지 말고 최유의 서신을 보여주시오?"

"알겠습니다. 상장군."

청한거사는 최유가 쓴 친필 서신을 탁자에 펼쳐놓았다.

- 왕후장상의 씨가 따로 있겠는가. 김용 자네가 큰일을 할 인물로 믿고 있네. 죽마고우. 최유 -

김용이 서신을 살펴보니 짧게 썼지만, 최유의 글씨가 분명했다.

"최유의 서신을 보니 믿음이 가오. 한데 그게 말처럼 쉬운 일이오? 청한거사."

김용의 욕망에 불이 붙자 청한거사는 더욱더 세차게 풀무질을 했다.

"소승이 천기를 보니 조만간 우리 고려 하늘에 먹구름이 몰려올 것입니다. 그때를 잘 이용하시면 상장군도 용이 될 수 있습니다."

"청한거사의 그 말씀 믿을 수 있소?"

"소승은 허튼소리를 하는 사람이 아닙니다. 먹구름이 올 그때를 기다리십시오. 상장군."

청한거사가 할 말을 다 했다는 듯이 자리를 털고 일어나자 김용이 빙긋이 웃으면서 말했다.

"청한거사, 다음부터는 도적이나 자객처럼 지붕을 타고 오지 말고 순군부의 정문으로 오시오. 내가 순군부 병사들에게 말해 놓을 테니."

"상장군도 이제 소승과 마음이 통하는 것 같소."

청한거사는 김용에게 묵례를 한 후 먹구름을 몰고 가듯 집무실을 나가버렸다. 김용은 청한거사가 눈앞에 보이지 않자 다시 울화가 치밀었다. 정세운 그놈이 하룻강아지 범 무서운 줄 모르고 상장군을 조롱했다. 먹구름이 언제 올지 모르지만, 용이 되어 정세운을 죽이겠다고 마음속으로 다짐하니 청한거사의 얼굴이 부처로 보였다.

찬성사 유탁이 장검으로 군무를 추듯이 목표물을 날렵하게 찌르고 베면서 밤하늘에 섬광을 그으니, 수많은 별이 숨소리도 내지 않고 지켜보기 시작했다. 이렇게 유탁이 별빛을 등불 삼아 검술훈련을 하고 있는데 노국공주가 호위무사 진비를 앞세우고 나타났다. 유탁은 검을 내려놓고 무릎을 꿇었다.

"야밤에 소신의 집에 오시다니 무슨 급한 일이 있으시옵니까? 왕후마마."

"궁에 있기가 무료해서요. 한데 찬성사의 변화무쌍한 검술을 보니 고려에는 당할 자가 없을 것 같군요."

"없다니요, 왕후마마의 검술은 소신보다 한 수 위잖습니까? 하하하."

유탁이 호탕하게 웃으면서 호위무사 진비를 바라보니 스무살 전후로 눈망울이 샛별처럼 반짝이었다. 더구나 무술을 연마해서 그런지 아무도 범접할 수 없는 당당함이 온몸에 배어 있었다.

"자네의 매서운 눈빛과 다부진 모습을 보니 이제 왕후마마 걱정은 안 해도 되겠구나."

"소녀의 사명이 왕후마마를 지키는 것입니다. 과찬의 그 말씀은 거두어주십시오."

진비가 당차게 대답하자 노국공주가 입가에 미소를 머금고 말했다.

"진비 너는 모르겠지만 찬성사가 강남의 반란 세력 장사성(張士誠)을 토벌할 때 적병들에게 포위된 부왕을 구해주셨다. 찬성사의 공적이 이뿐만이 아니니다. 악랄한 왜구들이 장생포(전남 여수와 순천 일대)로 몰려와 백성들을 죽이고 노략질을 일삼자 찬성사가 일거에 물리쳤다. 찬성사는 고려에 없어서는 안 될 장수시다."

원나라 황제가 장사성을 토벌하기 위해 고려에 파병을 요청하자, 유탁이 원정군 사령관으로 출병해 장사성의 근거지 고우성을 노국공주의 부왕(父王)이신 위왕과 함께 공략했다. 하지만 위왕이 적진에 갇혀 목숨이 경각에 이르자 유탁이 단기필마로 적진을 돌파해 위왕을 구했다. 노국공주가 그때 일을 잊지 않고 소상히 말하니 유탁은 몸 둘 바를 몰랐다.

"왕후마마, 소신도 적진에 갇히면 위왕께서 구해주셨을 것이옵니다. 더욱이 왜구를 물리친 것은 국록을 먹는 장수가 당연히 할 일이옵니다. 하오니 그런 말씀은 마시고 소신의 집에 오신 이유나 말씀해 주십시오."

노국공주가 자신의 속내를 털어놓았다.

"부왕의 서신에 홍건적 20만이 대도를 우회해 요동으로 방향을 틀었다고 합니다. 요동이면 압록강이 코앞인데 정말 큰일이 아닙니까? 찬성사."

유탁은 노국공주의 말에 눈앞이 캄캄했다.

"홍건적 20만이 일시에 압록강을 건너온다면 우리 고려의 형편으로서는 막을 방법이 없사옵니다. 왕후마마."

"찬성사, 제가 그 말씀을 들으러 온 게 아닙니다. 홍건적을 막을 방법을 생각해 보셔요."

노국공주의 송곳 같은 질문에 유탁은 잠시 망설였다. 하지만 방법이 전혀 없는 것은 아니었다.

"왕후마마, 소신의 생각으로는 요동으로 척후를 보내 홍건적의 움직임을 감시하고 전쟁에 나갈 병사를 모집해야 하옵니다. 특히 담력과 전술이 능한 장수를 총병관으로 삼아 홍건적의 기선을 제압하면 승산이 있사옵니다."

노국공주의 단아한 얼굴에 그늘이 졌다.

"찬성사의 말씀도 맞지만 전하는 김용을 고려군 총병관으로 삼을 것 같습니다. 김용은 무뢰배 수준에 불과하나 전하의 총애가 깊은 걸 찬성사도 아시잖습니까?"

"왕후마마, 순군부에서 병사들이나 들볶는 김용을 총병관으로 삼다니요. 소신이 보건데 정세운이 언사는 좀 거칠지만 전술과 담력, 전하에 대한 충성심이 남다르니 정세운을 총병관으로 삼아야 하옵니다."

"찬성사의 말씀처럼 저도 정세운을 추천했어요. 하나 전하의 생각이 김용에게 가 있으니 마음만 답답하군요."

노국공주는 공민왕을 지아비로, 고려에서 10여 년을 보냈지만 고려는 산도 물도 낯선 타국이었다. 유탁은 노국공주의 외로움을 직감했다. 하지만 노국공주가 아무리 걱정한다고 한들, 총병관의 임명은 공민왕의 마음에 달려 있어 해결책이 별로 없었다.

"소신이 왕후마마의 뜻을 전하께 말씀드리겠사오니 너무 걱정하지 마십시오."

"찬성사의 말씀에 막혔던 저의 가슴이 뻥 뚫린 것 같습니다. 고맙습니다. 찬성사."

"소신이 당연히 할 일을, 고맙다는 말씀은 거두어주십시오. 왕후마마."

"그럼, 찬성사만 믿고 왕후궁으로 돌아가겠어요."

"네. 왕후마마."

유탁이 대답하면서 밤하늘을 바라보았다. 여인네가 비단 폭에 수를 놓은 듯 밤하늘의 별들이 은하수 물결을 이루고, 달빛마저 창연해 온갖 시름이 다 날아갈 지경이었다. 그런데 또다시 전란이 일어난다고 생각하니 백성들의 고통이 눈에 선했다. 하지만 결과는 하늘만 아는지라, 유탁은 왕후궁으로 발길을 돌리는 노국공주와 진비의 뒷모습을 지켜보면서 두 주먹을 불끈 쥐었다.

기황후는 공민왕만 생각하면 잠자다가도 벌떡 일어났다. 솥에 삶아 죽여도 시원찮은 놈이 오라비 기철과 조카들을 모두 도륙했다. 원나라 황후로서 어디다 하소연할 수 없고, 냉가슴을 앓듯이 속만 끓이고 있는데 최유가 황후궁에 들어와 넙죽 엎드렸다.

"황후마마, 공민왕의 숨통을 끊을 방법이 생겼사옵니다."

"공민왕 그놈의 숨통을 끊을 수 있다니 정말이오?"

"그렇사옵니다. 황후마마."

늙은 아낙이 화장을 짙게 하고 꽃구경을 가듯이, 눈 화장을 한 기황후가 최유의 아래위를 훑어보면서 되물었다.

"공민왕 그놈도 그놈이지만 노국공주 그년까지 나를 원수 보듯 하는데 무슨 방법이 있단 말이오."

"황후마마, 토사구팽이란 말이 있잖습니까? 한마디로 사냥개를 이용해 공민왕의 숨통을 끊는 방법이옵니다."

"그런 사냥개가 고려에 있소?"

"김용이 순군부 상장군으로 있어 공민왕을 제거하기에는 가장 적당한 인물이옵니다. 해서 소신이 왕후장상의 씨가 따로 없다고 떡밥을 던졌더니 김용이 덥석 물었사옵니다."

기황후는 생각에 잠긴 듯이 잠시 눈을 감았다. 김용은 대도에 있을 때부터 무뢰배를 몰고 다니면서 고려인의 재산과 부인을 탐하기를 밥 먹듯이 했다. 고려를 모국으로 둔 기황후도 황제 보기가 민망해 얼굴이 화끈거릴 정도였다. 하지만 김용을 사냥개로 택한 최유의 선택이 최상의 술책이었다. 게다가 공민왕의 경호를 맞고 있으니 이런 절호의 기회는 두 번 다시 오지 않을 것만 같았다. 기황후는 흡족한 표정으로 물었다.

"그 정도의 떡밥으로 공민왕의 숨통을 끊을 수 있겠소? 최유 공."

"황후마마, 김용은 소신의 죽마고우로 제사보다는 젯밥에 신경 쓰는 놈입니다."

"최유 공의 생각이 그렇다면 누군가를 보내야지 않겠소. 김용을 잘 구워삶아야 하니."

"황후마마, 청한거사란 돌중을 보냈사옵니다. 묘향산에서 20년간 천문지리를 읽히고 무공을 연마했다고 하옵니다만, 사실인지 확인은 못 했사옵니다."

기황후는 왠지 미심쩍었다.

"그런 출신도 불명한 가짜 돌중한테 공민왕을 내치는 중차대한 일을 맡겨도 되겠소?"

"비록 출신이 불명하지만 한번 내뱉은 말은 하늘이 두 조각나도 지키는 돌중이오니 믿어주옵소서. 황후마마."

"최유 공이 그리 장담하니 내 한번 믿어보겠소."

기황후가 믿어준다고 말하자 최유는 다음 단계로 들어갔다.

"황후마마, 홍건적이 요동을 평정한 것 아시지요?"

"우리 원나라의 후환거리인 홍건적을 왜 들먹거리시오. 기분 나쁘게."

"원나라의 후환거리지만 홍건적이 개경(開京, 황해도 개성)만 함락하면 공민왕은 우물 안의 개구리에 지나지 않사옵니다."

"홍건적 그놈들이 개경을 함락할 수 있겠소? 말 같지 않은 소리 마시오."

기황후는 믿지 못하겠다는 듯이 고개를 갸우뚱거렸다. 하지만 최유는 멈추지 않았다.

"황후마마, 홍건적이 설령 개경을 함락하지 못한다 해도 청한거사가 있으니 걱정하지 마옵소서."

"그 돌중 말이오? 최유 공."

"맞사옵니다. 그 돌중이 공민왕을 잡을 묘책이 수없이 많다고 하니 돌중의 묘책을 믿으시옵소서."

최유는 자신만이 기황후의 한을 풀어줄 수 있다는 듯이 입가에 회심의 미소를 지었다. 하지만 기황후는 청한거사니, 김용이니, 홍건적이니 하면서 장황하게 늘어놓는 최유의 세 치 혀를 믿기에는 마음이 허락하지 않았다. 그러나 기황후의 곁에 믿을 수 있는 자는 다 떠나고 최유밖에 없었다. 물에 빠진 사람이 지푸라기 잡는 심정으로 최유에게 마지막 기대를 해보는 수밖에 없었다.

가을이 막바지에 들어서인지 오색 단풍잎이 낙엽으로 변해 떨어지고 백성들이 논밭에서 거두어들인 벼를 타작하니, 가을의 풍요로움은 하늘 끝까지 닿았다. 그런데 강안전(康安殿)의 분위기는 그 어느 때보다도 살벌했다. 문하시중 염제신(廉悌臣)이 공민왕과 노국공주의 눈빛을 조심스럽게 살펴보면서 아뢰었다.

"전하, 홍건적 괴수 파두반(破頭潘)이 전하께 통첩을 보냈사옵니다."

공민왕은 기가 막혔다. 홍건적의 괴수가 고려의 군왕에게 통첩을 보내왔다. 눈앞에 있으면 사지를 절단하고 싶었지만 때가 때인 만큼 목소리를 낮추었다.

"문하시중, 통첩 내용이 무엇이오. 어디 한번 들어나 봅시다."

공민왕의 독촉에, 문하시중 염제신이 떨리는 목소리로 파두반이 보낸 통첩을 읽어 내려갔다.

– 공민왕은 무릎을 꿇고 들어라. 대의를 받드는 우리 홍건군 20만이 요동을 평정했다. 이제 남은 것은 고려로, 압록강만 건너면 그대가 있는 개경이다. 우리 병사 20만이 고려를 초토화하기 전에 두 손을 들고 항복하라. 그러면 그대와

백성들의 목숨만은 보장하겠다. 홍건군 대원수 파두반 -

파두반의 통첩에 중신과 장수들의 입에서 탄식이 흘러나오자, 공민왕은 그동안 참고 있었던 화가 폭발했다.

"살육과 약탈을 일삼는 홍건적이 대의를 받드는 홍건군이라니 과인은 도저히 참을 수가 없소. 한데 그대들은 무도한 홍건적의 괴수 파두반의 통첩에 방책을 세울 생각은 하지 않고 한숨만 내쉬고 있으니 국록을 먹는 자로 무책임하지 않소."

순군부 상장군 김용이 무릎을 꿇었다.

"전하, 서경을 점령했던 홍건적도 우리 용감한 병사들이 물리쳤사옵니다. 소신에게 맡겨주시옵소서. 파두반의 홍건적 20만을 모두 압록강에 수장시키겠습니다."

문하시중 염제신은 김용의 허풍이 가소로웠다.

"상장군, 서경을 점령했던 홍건적은 고작 4만이었으나 이번에는 20만이오. 홍건적 괴수 파두반은 어떻고요. 이름 그대로 사람의 목 베기를 밥 먹듯이 하는 놈이오. 목이 잘리지 않으려면 잠자코 계시오."

"문하시중이란 분이 어찌 그런 막말을 하시오? 내 목보다 문하시중 목이나 조심하시오."

김용이 염제신에게 화를 버럭 냈다. 묵묵히 듣고 있던 찬성사 유탁이 이들의 다툼에 끼어들었다.

"전하, 상장군 김용은 전하를 경호하는 막중한 책임이 있고,

문하시중은 중신들의 수장이라 전장에 나가기 어렵습니다. 참지정사 정세운은 전술과 병법이 출중하여 총병관의 직책을 잘 수행할 것이옵니다. 정세운을 기용하옵소서."

김용이 입에 거품을 물고 거친 언사를 내뱉었다.

"아니 찬성사, 전하를 경호하는 순군부 상장군이 참지정사 정세운보다 전술과 병법이 못하다는 것이오. 찬성사라고 말을 함부로 내뱉지 마시오."

정세운이 김용의 속을 뒤집어 놓았다.

"전하를 경호하는 것은 자네가 월등하나 전장에서 적과 싸우는 것은 내가 좀 낫지 않겠나. 상장군."

"정세운 네놈이 끝까지 상장군인 나를 물고 늘어지는구나. 내 기필코 네놈을 죽이겠다."

김용이 멧돼지처럼 씩씩거리면서 정세운의 멱살을 잡으려 하자 공민왕은 화를 버럭 냈다.

"홍건적이 코앞에 와 있는데 그대들은 아직도 정신을 차리지 못하고 있으니 답답하오."

김용과 정세운의 기 싸움도 공민왕의 노여움에 중단되자, 강안전은 다시 무거운 침묵이 흘렀다. 이들의 거친 언사를 듣고 있던 노국공주가 공민왕에게 귓속말로 말했다.

"찬성사의 주청을 받아들이는 것만이 전하가 살고 나라가 사는 길이오니 정세운을 총병관으로 임명하셔요."

노국공주가 찬성사 유탁의 주청에 힘을 실어주었다. 하지만 공민왕의 마음은 망부석처럼 움직이지 않았다.

"그대들도 알다시피, 파두반의 홍건적은 약탈하러 오는 게 아니라 고려를 멸망시키러 오는 거요. 과인은 상장군 김용을 총병관으로 임명해 고려군을 총괄하게 하겠소. 또한 참지정사 정세운을 군용 체찰사로 삼아 장수들이 서로 협력하게끔 감찰하게 하겠소. 병참 지원은 찬성사 유탁이 맡아주시오."

20만 홍건적이 눈앞에 있는데 전술이 밝은 장수들을 제치고 공명심이 강한 김용을 총병관으로 낙점했다. 공민왕이 사람 보는 눈이 없는 것 같아 노국공주는 한숨을 내쉬었다.

"신첩의 말은 듣지 않는군요. 전하."

"과인이 왕후의 마음을 왜 모르겠소. 다 생각이 있어 그런 것이오. 너무 심각하게 생각하지 마시오."

노국공주는 공민왕의 결단에 한발 물러섰다. 하지만 김용은 정세운이 군용 체찰사로 장수들을 감찰할 것을 생각하니 마음이 썩 내키지 않았다. 그러나 자신이 그토록 원하고 원하던 고려군의 수장 총병관이 되었다.

"소신, 생사를 걸고 홍건적을 물리치겠사옵니다."

김용이 군례를 하고 물러서자 공민왕은 다시 한번 당부했다.

"과인이 믿는 것은 총병관뿐이오. 과인의 기대에 어긋나지 않게 전략을 잘 세워 홍건적을 물리치시오."

"소신, 총병관으로서 소임을 다할 것이옵니다. 심려치 마시옵소서. 전하."

정세운도 장수들을 감찰하는 체찰사가 마음에 들지 않았지만 근엄한 국왕의 명령이었다.

"소신 정세운, 명을 받들겠사옵니다."

찬성사 유탁은 마음이 착잡했다. 노국공주의 간곡한 부탁으로 정세운을 총병관으로 추천했다. 하지만 공민왕은 김용을 낙점했다. 더욱 심각한 것은 홍건적과 싸울 병사가 문제였다. 유탁이 아뢰었다.

"전하, 어렵게 지휘계통은 정해졌으나 홍건적과 싸울 병사가 없사옵니다."

공민왕의 얼굴에 그늘이 졌다. 원나라 제후국이 된 이후로 고려는 상비군체제를 갖출 수가 없었다. 오직 할 수 있는 것은 군왕을 경호하는 순군부와 치안을 담당하는 병사뿐이었다. 이마저도 원나라의 감시와 통제를 받았다. 이런 열악한 상황에 왜구와 홍건적이 밥 먹듯이 강토를 침범해 백성을 약탈하고 죽였으니 병사로 쓸 장정이 남아있을 리 만무했다.

"그럼, 어찌하면 좋겠소. 찬성사."

"소신의 생각은 벼슬하지 못한 향리와 중인들에게 전공을 세우면 벼슬을, 노비들에게도 양민으로 환속(還屬)을 약속하면 병사를 징집할 수 있사옵니다. 전하."

"찬성사의 생각이 그렇다면 당장 시행하시오."

공민왕도 병사를 징집한다는 것은 난제 중 난제였다. 하나 시간이 없었다. 공민왕은 밀린 숙제를 풀듯이 유탁의 주청을 윤허하니 무거웠던 마음이 조금은 홀가분해졌다.

홍건적의 대원수 파두반은 공민왕만 생각하면 생각할수록 화가 치밀었다. 공민왕에게 통첩을 보냈는데 일언반구(一言半句) 대꾸도 없었다. 자존심이 상할 대로 상한 파두반이 사냥감을 찾는 굶주린 늑대처럼 개경의 하늘을 노려보니, 좌군장 사유(沙劉)도 속이 편치 않았다.

"대원수, 공민왕이 통첩을 받고도 답이 없으니 아직도 정신을 못 차린 것 같습니다."

파두반이 카랑카랑한 목소리로 사유의 말을 받았다.

"공민왕 그놈이 홍건군 대원수가 보낸 통첩을 겁도 없이 뭉개고 있으니 도저히 용서할 수가 없다. 홍건군 20만이 일시에 압록강을 건널 수 있도록 만반의 준비를 해두어라."

"대원수, 만반의 준비는 걱정하지 마시고 소장에게 선봉을 맡겨주십시오. 공민왕을 사로잡아 대원수께 바치겠습니다."

좌군장 사유가 선봉을 자청하자 파두반의 얼굴에 화색이 돌았다.

"좌군장의 기백이 마음에 든다. 한데 우군장 관탁(關鐸)은 어디 갔는가?"

"대원수, 전쟁보다 주색잡기에 능한 놈이라 어디서 무얼 하는지 소장도 알 길이 없습니다."

파두반은 관탁의 목을 베려는 듯 장검을 허공에 휘둘렀다.

"기방에서 기생 엉덩이나 두드리던 잡놈을 우군장으로 발탁했는데 날이 새어도 나타나지 않으니 내 이놈을 당장."

파두반이 욕설을 퍼붓고 있는데 등 뒤에서 우군장 관탁의 게걸스러운 목소리가 들렸다.

"대원수, 압록강을 코앞에 두고 왜 욕설을 퍼붓고 계십니까?"

"네놈이야말로 어디 갔다가 왔느냐? 목을 자르기 전에 냉큼 말해라."

파두반의 호령에도 관탁은 믿는 구석이 있는지 조금도 위축되지 않았다.

"소장이 묘향산에서 왔다는 승려 한 분을 모시고 왔습니다. 아주 싱싱한 첩보를 가지고 왔으니 직접 물어보십시오, 대원수."

고려군과 싸울 전략을 세우기도 바쁜데 절간에서 목탁이나 두드리는 중놈을 데리고 왔다. 파두반은 관탁의 면상을 후려치고 싶었다.

"네놈이 술을 처먹다가 데리고 온 모양인데 저런 돌팔이 돌중은 필요 없으니 당장 내쫓아라."

"대원수, 절대 돌중이 아닙니다. 고려군에 대한 첩보를 가져

왔다고 소장에 말했으니 들어보십시오."

관탁의 말에 파두반은 중놈의 행색을 훑어보았다. 한데 돌중의 행색이 누더기 장삼에 머리카락은 허리까지 닿는 백발이었으니 파두반은 왠지 믿음이 가지 않았다.

"첩보를 가지고 왔다면서 우리의 동태를 살피러 온 공민왕의 첩자 아니오?"

"그렇게 소승을 믿지 못한다면 돌아가겠소. 후회하지 마십시오. 대원수."

파두반은 후회하지 말라는 돌중의 겁박에 호기심이 생겼다.

"내가 실언을 한 것 같소. 한데 그대는 도대체 누구요?"

"소승은 청한거사라 하오. 천문지리를 꿰뚫어 모르는 게 없소. 첩보 내용을 알고 싶다면 입조심을 하십시오."

"입조심을 하겠소만, 첩보라면 조건이 있을 것 같은데 말해보시오. 청한거사."

청한거사가 파두반을 바라보니 개돼지를 잡던 백정이라 그런지 냉혈한처럼 눈빛이 차갑게 보였다. 검을 들고 있는 손 또한 두꺼비 등가죽처럼 갈라지고 목소리마저 냉기가 돌았다. 그리고 홍건적이 20만이라고 하나 농민들과 부랑배들이 대부분이라 웃음이 절로 나왔다. 하나 홍건적의 군영에 왔으니 속내를 감추고 말할 수밖에 없었다.

"조건이라니요. 소승은 대원수에게 하늘의 뜻만 전하고 가겠소."

"하늘의 뜻이란 게 무엇이오. 청한거사."

"하늘의 뜻이 멀리 있는 게 아니오. 바로 대원수가 대업(大業)을 이루는 것이니 하늘이 뜻을 거역하지 마십시오."

파두반이 궁금하다는 듯이 재촉했다.

"무슨 첩보인지 알아야 대업을 이루지 않겠소. 숨넘어가는 소리 그만하고 말씀해 주시오. 청한거사."

"대원수, 고려군의 병력이라곤 순군부 병사와 창검도 제대로 들지 못하는 오합지졸밖에 없소. 총병관으로 임명된 김용도 부하를 종 부려 먹듯 하는 무뢰배 수준이오. 이런 어수룩한 놈이 총병관으로 있을 때 홍건군 20만이 개경으로 일시에 진격한다면 공민왕은 두 손 들고 항복할 것이오."

청한거사의 첩보에 고무된 파두반은 얼굴에 근엄한 표정을 지으면서 말했다.

"청한거사, 그대를 처음 만났으나 피를 나눈 형제로 느껴지오. 내 반드시 대업을 이루어 그대와 부귀를 함께하겠소."

"소승은 부귀 따위는 필요 없고, 오로지 대원수가 대업을 이루는 것이 소원이오. 대원수."

"청한거사, 고려에 그대처럼 물욕이 없는 고승이 있는 것을 내 미처 몰랐소."

"과찬의 말씀이고, 드릴 말씀은 다 드렸으니 소승은 묘향산으로 돌아가겠소."

청한거사는 갈 길이 바쁘다는 듯이 누더기 장삼을 펄럭이면서 묘향산으로 발길을 돌렸다. 파두반은 한동안 청한거사의 뒷모습을 바라보았다. 하지만 이것도 잠시, 좌군장과 우군장에게 뇌성벽력이 치듯 큰소리로 명령했다.

"전쟁은 속전속결이 답이니 홍건군 전 병력은 압록강을 건너 고려의 수도 개경으로 진격하라."

"명을 받들겠습니다. 대원수."

좌군장 사유와 우군장 관탁이 파두반의 명을 받았다. 결국 1359년에 이어, 1361년 10월 홍건적은 압록강을 건너 고려를 침략했다. 두 번에 걸친 홍건적의 침략으로 산천초목은 누렇게 빛이 바래고 백성들의 곤궁한 삶은 더욱 절망의 늪 속으로 빠지게 되었다.

고려 조정은 긴박하게 움직였다. 압록강에서 고려를 엿보고 있던 홍건적이 의주(義州, 평안북도 신의주)를 단숨에 점령하고 삭주(朔州, 평안북도 삭주)까지 내려왔다. 공민왕은 총병관 김용에게 불같이 화를 냈다.

"전장에서 적과 싸워야 할 총병관이 개경에 죽치고 있는 이유는 무엇인가? 당장 출정하시오."

공민왕의 호령에도 김용은 눈 한번 깜박하지 않고 말대꾸했다.

"전하, 소신이 만반의 준비를 해놓았습니다. 도원수 안우(安祐)와 도지휘사 정휘(鄭暉)에게 안주(安州, 평안남도 안주)에 1차 방어선을, 지휘사 이방실(李芳實)과 도병마사 김득배(金得培)에게 절령고개(황해도 황주, 자비령)에 2차 방어선을 세워 홍건적을 막으라고 군령을 내렸습니다. 이제 개경에서 승전보만 기다리면 되옵니다."

김용의 전략에 유탁은 기가 막혔다.

"총병관이 전장에서 병사들과 생사고락을 같이해도 홍건적을 물리치기가 쉽지 않소. 그런데 개경에 눌러앉아 군령만 내리다니 더 늦기 전에 전장으로 가십시오."

김용은 속이 부글부글 끓었다. 하지만 장사성 토벌에 유탁의 중랑장으로 참전한 적이 있어, 대놓고 욕설을 퍼부을 수 없었다.

"소장은 전장도 중요하나 전하의 경호가 더 중요합니다. 전장으로 가란 말씀은 하지 마시오. 찬성사."

김용의 작태에 노국공주는 헛웃음이 절로 나왔다.

"내가 비록 여인의 몸이지만 검술은 총병관 못지않소. 또한 내 호위무사도 여타 무장에게 지지 않을 정도로 검술이 능해요. 전하는 걱정 말고 지금 당장 전장으로 가십시오."

강안전에 찬물을 끼얹듯 냉기가 흐르자 공민왕은 옥좌에서 벌떡 일어났다.

"총병관의 충심은 모르는 바가 아니나 개경은 과인에게 맡기고 전장에 가시오. 그것만이 과인을 위한 길이고 그대가 사는 길이오."

"명을 받들겠사옵니다. 전하."

김용이 전장에 가지 않으려고 발버둥을 쳤다. 하지만 공민왕에 이어 노국공주까지 들고일어나자 전장으로 떠날 수밖에 없었다.

안주평야에 방어선을 구축한 도원수 안우와 도지휘사 정휘는 찰랑거리면서 흐르는 청천강의 물결을 응시했다. 이들의 절박한 심정을 모르는지 수천수만 마리 철새들이 가을걷이를 끝낸 안주평야에 날아들었다. 압록강에서 불어오는 가을바람이 이들의 갑옷을 스치고 지나가자 안우가 정휘의 손을 잡았다.

"청천강은 옛 고구려 을지문덕(乙支文德) 장군이 수나라 100만 대군을 물리쳤던 살수(薩水)요. 이 뜻깊은 청천강에서 우리 고려군이 홍건적을 물리칠 수 있을지 모르겠소."

안우가 도원수답지 않게 한숨 내쉬자 정휘도 마음이 편치 않았다. 하지만 홍건적 20만이 청천강을 건너올 것이 분명하니 자탄만 하고 있을 수가 없었다.

"도원수, 설령 우리 방어선이 무너진다 해도 이방실과 김득배 장군이 절령에 방어진을 구축했소. 너무 걱정하지 마십시오."

"맞는 말씀이오. 홍건적이 20만이라고 하나 지휘사 김경제(金

景禪), 상장군 이음(李蔭)과 조천주(趙天柱)가 병사를 모집해 오고 있으니 한번 싸워볼 만하지 않겠소."

안우의 결기에 찬 대답에 정휘는 고개를 끄떡였다. 그리고 청천강의 물줄기를 살펴보기 시작했다. 묘향산맥에서 발원한 청천강의 물길이 개천과 합류하고, 박천평야(평안남도 박천, 영변)와 안주평야(평안남도 안주, 평원)의 중앙을 가로질러 황해로 빠져나갔다.

"도원수, 병력도 병력이지만 홍건적이 청천강을 건너올 지점이 문제입니다. 소장의 생각으로는 이곳 안주평야보다는 모래사장과 강폭이 좁은 개천 쪽이 아닐까 합니다."

안우가 걱정하지 말라는 듯이 손사래를 쳤다.

"정 장군, 도원수인 내가 홍건적의 얄팍한 술수를 모르겠소. 단연코 말하건대 홍건적은 박천평야에서 청천강을 건널 것이오. 우리 고려군은 안주평야에서 청천강을 건너오는 홍건적을 기다리면 됩니다."

안우의 장담에도 정휘는 마음이 놓이지 않았다.

"아무리 그래도 도원수, 우리 군의 병력이 고작 2만이라 20만의 홍건적을 막기에는 말처럼 쉽지 않을 것 같소."

원나라의 감시로 상비군 체제를 갖추지 못한 고려군의 형편으로서는 2만의 병사도 모집하기가 쉽지 않았다. 다행히 홍건적 20만이 농민으로 조직된 오합지졸이라고 소문나 있어 그 소문에 기대어 볼 수밖에 없었다.

"정 장군의 마음을 알겠소. 하나 우리 군의 형편에 그런 것 탓하면 무엇하겠소. 더 늦기 전에 병력을 전투대형으로 편성합시다."

"도원수, 병력 배치를 총병관에 보고하지 않아도 되겠소?"

정휘가 총병관을 거론하자, 안우가 화를 벌컥 냈다.

"개경에 눌러앉아 계집년 엉덩이나 두드리고 있는 총병관에게 보고를 말이오? 쓸데없는 소리 마시오."

전장에 있어야 할 총병관이 개경에서 군령만 내리고 있으니 안우의 말이 틀린 말이 아니었다. 게다가 홍건적이 눈앞에 있어 전황보고 보다는 병력편성이 먼저였다.

"소장이 괜한 걱정을 한 것 같습니다. 도원수."

"소장의 마음을 알아주시니 고맙소."

안우와 정휘가 손을 맞잡고 병력을 전투대형으로 편성하고 있는데 지휘사 김경제와 상장군 이음, 조천주가 3천의 병력을 몰고 왔다.

"정말 잘 오셨습니다. 세 분 장군."

안우가 물고기가 물을 만난 것처럼 이들을 반갑게 맞자, 지휘사 김경제가 민망한 목소리로 말했다.

"도원수, 병력을 모집한다고 했으나 3천밖에 안되니 도움이 될지 모르겠습니다."

"3천이면 어떻고 3만이 어떻소. 그런 말씀 하지 마시고 홍건적을 막을 준비나 합시다."

고려군은 3군으로 편성했다. 중군은 도원수 안우와 상장군 조천주, 좌군은 상장군 이음과 지휘사 김경제, 그리고 우군은 도지휘사 정휘가 맡고, 홍건적을 물리칠 전략을 세웠다. 하지만 시간은 고려군을 기다려주지 않았다.

홍건적의 공격이 임박했는지 안주평야에서 먹이를 찾던 철새 떼가 별안간 하늘 높이 날아올랐다. 그리고 찰랑거리면서 흐르던 청천강의 물결도 거센 파도로 변해 강둑을 내리치자, 병사들은 무심코 창검을 움켜잡았다.

안우와 정휘가 긴장된 눈빛으로 박천평야를 바라보자, 머리에 붉은 두건을 두른 홍건적이 청천강으로 몰려오고 있었다. 게다가 홍건적의 손에 뗏목이 들려져 있으니 안우의 얼굴이 돌처럼 굳어졌다.

"정 장군, 홍건적이 예상대로 청천강으로 몰려오고 있소. 청천강을 건너기 전에 공격합시다. 홍건적이 청천강을 건너오면 승리는 장담할 수 없소."

"잘 알겠습니다. 도원수."

정휘는 궁수를 전진 배치했다. 그리고 뗏목을 타고 청천강을 건너오는 홍건적을 향해 수천 발의 화살을 쏘아붙였다. 하지만 화살도 소용없었다. 화살을 맞은 홍건적이 피를 토하면서 강물로 떨어졌지만, 계속 뗏목을 타고 청천강을 건너왔다. 홍건적의 인해전술(人海戰術)에 정휘는 정신을 차릴 수가 없었다.

"도원수, 화살도 안 되겠소. 절령고개로 퇴각해 후일을 도모하는 게 좋을 것 같소."

정휘의 겁먹은 목소리에도 안우는 조금도 위축되지 않았다.

"고려의 형제들아, 우리가 홍건적을 물리치면 부모 형제도 살고 나라도 산다. 청천강을 지켜, 부모 형제를 지키고 나라를 구하자."

"홍건적을 청천강에 수장시키자. 와와."

안우의 명령에 호응한 고려군 병사들이 홍건적에게 화살을 쏘고 창검으로 막았다. 하지만 계란으로 바위 치기나 다름없었다. 결국 고려군은 안주평야로 들어온 홍건적과 생사를 걸고 싸울 수밖에 없었다. 홍건적의 괴수 파두반이 안우를 비웃었다.

"청천강을 지킨다는 놈들이 제대로 싸워보지도 못하고 청천강을 내주었으니, 장하구나. 하하하."

안우는 속에서 천불이 났다.

"저 도적놈을 죽이지 못하면 고려의 장수가 아니다. 내 뒤를 따라라. 고려의 형제들아."

"와와! 와와!"

"홍건적 괴수 파두반만 잡으면 홍건적은 무너진다."

안우가 중군을 앞세우고 홍건적을 공격하자, 좌군과 우군도 지지 않으려는 듯이 홍건적을 향해 돌진했다. 고려군의 3군이 일시에 홍건적을 공격하자, 파두반의 투박한 손이 하늘을 가리켰다.

"내가 하늘의 계시를 받았노라, 철기병은 고려군을 모두 죽이고 개경으로 가는 길을 열어라."

파두반의 명령에 홍건적 20만이 좌우로 갈라지더니, 철갑옷에 투구를 쓴 철기병 5천이 말을 타고 나타났다. 고려군은 철기병의 기세에 눌려 공격을 못 하고 뒷걸음치기 시작했다.

철기병은 천금의 기회가 온 것처럼 고려군의 중앙을 파고들어, 상장군 조천주의 목을 일거에 베었다. 또한 상장군 이음과 지휘사 김경제가 탄 말을 창검으로 찌르고 목을 치자, 이음과 김경제는 땅에 굴러떨어졌다. 정휘가 이들을 구하려고 말머리를 돌렸다.

"조금만 기다리십시오. 소장이 갑니다."

상장군 이음은 피눈물을 흘리면서 말했다.

"정 장군, 오시면 죽습니다. 오지 마십시오."

상장군 이음의 목소리는 이승에서 마지막 말이었다. 파두반의 장검이 이음의 목을 통과해 버렸다. 김경제는 복날에 개 떨듯 떨면서 파두반에게 무릎을 꿇었다.

"대원수, 소장을 살려주십시오."

파두반은 김경제의 겁먹은 얼굴에 이맛살을 찌푸렸다. 그리고 장검을 들자 좌군장 사유가 막아섰다.

"김경제를 살려주십시오. 크게 쓸모가 있을 것 같으니, 대원수."

"쓸모가 있다고? 좌군장."

파두반도 김경제의 겁먹은 얼굴을 보니 장수의 재목이 아닌 것 같았다. 하지만 고려의 장수로 전장에 나왔다면 한 번쯤은 쓸모가 있을 것만 같았다.

"좌군장이 부탁하니 살려주겠다. 그리고 우리 철기병의 활약으로 고려군은 거의 전멸되었다. 남아있는 장수는 안우와 정휘뿐이다. 항복한 김경제보다 쓸모가 있을 것이다. 이 두 놈은 절대 죽이지 말고 사로잡아라."

"와와."

"도원수 안우를 사로잡아라."

홍건적이 함성을 내질렀다. 그리고 철기병과 혈투를 벌이고 있는 도원수 안우를 사로잡으려고 포위망을 좁히기 시작했다. 정휘가 안우에게 큰 소리로 외쳤다.

"홍건적이 도원수를 잡으려고 포위망을 좁히고 있소. 안주 방어선은 틀렸소. 절령고개로 퇴각합시다."

철기병의 창검에 의해 고려군의 병사들이 가을바람에 나뭇잎이 떨어지듯 피를 토하면서 쓰러졌다. 이렇게 고려군이 검 한번 제대로 휘두르지 못하고 벼랑 끝으로 내몰리니, 전장에서 잔뼈가 굵은 안우도 별수가 없었다.

"전군은 퇴각하라. 고려의 형제들아."

안우의 명령에 고려군이 퇴각을 시도하자 파두반은 눈에 보이는 것이 없었다.

"우리 홍건군이 고려군을 전멸시켰다. 도망치는 고려군의 숨통을 끊으면 승리는 우리 것이다."

"네, 대원수."

홍건적이 고려군의 퇴로를 차단하고자 벌 떼처럼 달려들자, 홍건적의 창검에 죽는 것보다 도망치다가 밟혀 죽은 고려군 병사의 수가 더 많았다. 결국 상장군 이음과 조천주가 전사하고 지휘사 김경제가 생포되었다.

한나절도 버티지 못하고 안주의 방어선이 뚫렸다는 소식이 절령고개의 군진에 들어왔다. 고려군 2만과 상장군 이음, 조천주가 홍건적의 창검에 목숨을 잃고 지휘사 김경제가 생포되었다는 비보였다. 도원수 안우와 도지휘사 정휘만이 살아남아 퇴각했다고 하니, 군진에 모인 장수들은 홍건적의 군세가 얼마나 큰지 알 것 같았다. 하지만 총병관 김용은 홍건적의 동태를 청한거사로부터 받았으니 겁먹을 것이 없었다.

"내가 홍건적 괴수 파두반의 일거수일투족을 모두 알고 있소. 홍건적은 장강의 수해 복구를 하다가 도망친 놈들이고 파두반 또한 소 돼지를 잡던 백정 놈이니 제장들은 너무 걱정하지 마시오."

동지추밀원사 이여경(李餘慶)이 못 믿겠다는 듯이 고개를 갸우뚱거리면서 물었다.

"개경에 계시던 총병관께서 어찌 그렇게 홍건적과 파두반에 대해 잘 알고 있소?"

"이 장군, 나의 몸은 개경에 있었지만 내 귀는 그놈들에게 가 있었소. 그런데 안우 그놈은 나를 무시해도 유분수지 전황보고를 한마디도 하지 않았소. 그런 자가 안주 방어선을 지키고 있었으니 지는 것은 당연한 것 아니오. 입이 있다면 말들 해보시오."

김용의 조롱 섞인 말투에 도병마사 김득배가 버럭 화를 냈다.

"홍건적과 생사를 걸고 싸우고 있는데 전황 보고라니 말씀이 좀 지나치시오."

"김득배 네놈은 주제 파악도 못 하고 상관인 총병관에게 대들어? 오늘이 네놈의 제삿날인 줄 알아라."

김용이 검을 빼 들자 김득배도 지지 않았다.

"총병관이라는 자가 제 버릇 개 못 준다고, 말끝마다 이놈, 저놈 하는데 오늘 그 버릇을 고쳐놓겠다."

전쟁을 눈앞에 두고 두 장수가 싸우자 정세운은 기가 막혔다.

"총병관은 고려군의 수장으로 전황보고는 당연하오. 김 장군도 나이가 지천명이 넘었소. 한데 총병관이 이놈, 저놈 하면서 놈자를 부치니 마음이 상하지 않겠소. 두 분 다 한발 물러나시오."

김득배가 마지못해 김용에게 고개를 숙였다.

"소장이 총병관에게 결례한 것 같소. 노여움을 푸시오."

"나도 말조심하겠지만 김 장군도 조심하시오. 내 화가 폭발하기 전에."

김용과 김득배의 다툼이 가까스로 마무리되었으나 홍건적을 막을 방책이 문제였다. 지휘사 이방실이 절령고개의 산세를 상세히 설명했다.

"총병관도 아시는 것처럼 절령고개는 언진산맥과 정방산맥의 사이에 자리 잡은 고개로 서경과 개경을 잇는 군사적 요충지입니다. 또한, 절령고개의 좌우측은 산세가 험악하고 수풀이 우거져 매복하기가 아주 좋습니다. 해서 이곳에서 매복했다가 절령고개를 넘어오는 홍건적에게 불화살을 쏘고 돌과 통나무를 굴리면 승산이 있습니다."

김득배도 극성(棘城)벌판의 아픈 역사를 거론했다.

"절령고개의 바로 아래, 극성벌판은 거란족과 원나라가 침략할 때 고려군과 백병전을 치렀던 곳이라 지금도 백골이 널려 있소. 그 원혼들이 외적이 침략하면 슬피 운다고 하니 제단을 만들어 향불을 피우고 원혼들의 원통함을 달래주면 어떻겠소."

김득배의 말에 군진의 장수들은 가슴이 찢어지듯 아팠다. 하나 김용은 별것 아니라는 듯이 비아냥거렸다.

"전쟁을 앞두고 백골 타령을 왜 하는 것이오. 기분 나쁘게."

"총병관이 말을 함부로 하면 백골의 원혼들이 우리를 도와주겠소? 말을 가려 하시오."

김득배가 화를 버럭 내고 있는데 안주에서 퇴각한 도원수 안우가 군진에게 들어왔다. 그리고 마치 죄지은 것처럼 김용에게 고개를 숙였다.

"안주 방어선을 지키지 못하고 패장이 되어왔습니다. 총병관."

김용은 안우의 눈빛을 살피면서 말했다.

"도원수는 전술에 귀재라고 알고 있소. 한데 오합지졸에 불과한 홍건적에게 2만이나 되는 아까운 병력과 상장군 두 분을 먹잇감으로 내주었소. 그리고 정휘 장군은 보이지 않으니 도대체 어찌 된 일이오."

"정휘 장군은 부상이 워낙 심해 부모님이 계신 계림으로 갔습니다. 그리고 홍건적이 오합지졸이라고 말씀하시나 철갑옷을 입은 철기병을 보유하고 있습니다. 소장이 패전한 것도 철기병 때문이니 만만히 보시지 마십시오. 총병관."

김용은 코웃음을 쳤다.

"도원수, 패장으로 돌아왔으면 쥐 죽은 듯이 입을 다물어야지 패전의 책임을 철기병에게 돌리는 것이요. 정말 눈 뜨고는 못 보아주겠소."

김득배의 얼굴색이 급변했다.

"홍건적과 싸우다가 온 도원수를 위로는 못 해줄망정 그 무슨 망발이오. 총병관이라고 눈에 보이는 게 없소?"

"패장인 도원수에게 책임을 묻고 있는데 김 장군이 왜 참견이오. 군법으로 죽고 싶소."

김용이 김득배의 뺨이라도 후려칠 것처럼 자리에서 벌떡 일어났다. 군진의 분위기가 험악하게 변하자 도원수 안우는 김용에게 다시 한번 고개를 숙였다.

"안주의 패전은 철기병이 아니라 소장에게 있으니 소장에게 책임을 물으십시오. 총병관."

"도원수가 패전을 인정했으니 더는 죄를 추궁하지 않겠소."

김용은 안우에게 패전의 책임을 묻고 싶었으나 코앞까지 온 홍건적 때문에 잠시 접어두기로 했다. 하지만 정세운은 아니었다. 전장에 나왔는데 김용이 지나가는 닭 보듯이 하니, 도저히 참을 수가 없었다.

"총병관, 나도 고려의 장수인데 다른 장수처럼 홍건적을 막을 임무를 주지 않는가?"

정세운이 다그치자 김용은 자리에서 벌떡 일어났다.

"자네의 직책은 군용 체찰사로 장수들의 감찰과 감독일세. 내 휘하의 장수들이 공을 세우는 것이나 지켜보시게. 하하하."

김용이 정세운을 조롱하듯 면박하자, 김득배는 김용이 하는 짓이 역겨워 군진을 나와 버렸다. 그리고 병사들과 함께 극성들판에 깔린 백골의 원혼을 위로하기 위해 제단을 만들고 향불을 피웠다.

이방실은 절령고개 좌우측 숲속에 목책을 세우고 참호를 팠다. 하지만 병사들은 나뭇잎 떨어지는 바스락 소리만 들어도 홍건적이 온 것처럼 마음을 졸였다. 그나마 다행인 것은 홍건적이 개경을 향해 남하한다는 소문이 고려 전역에 퍼지자, 뜻있는 장수들이 절령고개로 모여들었다.

이런 벼랑 끝 같은 전황에 불어오는 가을바람은 가을바람이 아니었다. 백두산에서 서늘한 바람이 불어오더니 그 서늘한 바람이 매서운 북풍으로 변했다. 이때를 맞추어 안주에서 약탈에 맛 들였던 20만 홍건적이 절령고개로 들이닥쳤다. 홍건적의 대원수 파두반은 생포한 김경제에게 주문 외듯 말했다.

"그대의 전술로 우리 홍건군이 절령고개에서 승리하게 된다면 그대를 원수로 삼겠소. 고려군을 몰살시킬 전술을 말해주시오."

김경제는 난감했다. 생포된 것만 해도 치욕인데 홍건적을 향해 계책을 내야만 하는 현실이 더 치욕이었다. 하나 현실은 생각할 여유가 없었다. 살아야 한다는 일념 하에 말문을 열었다.

"고려군은 절령고개의 좌우측에 참호를 파고 목책을 세워 홍건군의 시선을 분산할 것입니다. 그리고 모거경을 죽인 이방실이 절령고개를 맡지 않을까 합니다만 확실치는 않습니다. 또한 총병관 김용은 전술보다 공을 세운 장수들을 모함하는 잔재주가 월등하니, 절령고개의 전투는 식은 죽 먹기나 다름이 없습니다. 대원수."

파두반은 모거경이란 말에 정신이 번쩍 났다. 모거경은 1차 침략 당시 홍건적 4만을 몰고 서경을 점령한 홍건적의 대장군이었다. 하지만 이방실에게 목이 잘렸으니 파두반은 이방실을 죽여 모거경의 한을 풀어주고 싶었다.

"그대의 전술에 따라 3군을 편성하겠소. 좌군장의 병사 2만은 절령고개 좌측의 고려군을, 우군장의 병사 2만은 우측의 고려군을, 나는 철기병을 선봉에 세우고 이방실의 고려군을 모두 참살하겠소."

홍건적이 3군으로 편성하자 고려군도 맞대응했다. 김경제가 예측한 대로 절령고개는 이방실이, 절령고개 좌측은 이여경이, 우측은 안우가, 극성벌판은 김득배가 맡았다. 밤이 깊어 가고 부엉이가 먹이를 찾아 나설 자정이 되자 홍건적의 3군이 움직이기 시작했다.

홍건적의 선봉 철기병 5천이 절령고개에 포진하고 있는 이방실의 진을 향해 공격하고, 고려군의 좌우측에서도 홍건적과 혈전을 시작했다. 한마디로 절령고개를 넘으려는 홍건적과 막으려는 고려군의 혈투가 벌어졌다. 절령고개는 양군의 함성과 비명소리가 난무하고 피가 강을 이루었다. 승리를 확신한 파두반은 고려군에게 항복을 권했다.

"우리 홍건군이 안주를 평정하고 고려장수 김경제를 생포했다. 절령고개에 포진하고 고려군은 창검을 버리고 투항하라."

이방실은 파두반의 자존심을 건드렸다.

"내가 네놈의 죽마고우, 모거경을 죽인 이방실이다. 네놈도 모거경처럼 목이 떨어지지 않으려면 원나라로 돌아가라. 개돼지를 잡던 백정 놈아."

파두반의 눈이 뒤집혔다.

"이방실 네놈이 내 죽마고우 모거경을 죽였다고 실토하는구나. 네놈은 항복해도 죽은 목숨이다."

파두반의 욕설에도 고려군의 장수들은 기죽지 않았다. 특히 안우는 안주에서 패한 복수를 하고 싶었다.

"이놈 파두반아, 나를 모르겠느냐? 안주에서 네놈에게 당한 안우다. 오늘은 네놈의 수급을 취해 극성벌판의 원혼을 위로하고 몸뚱이는 호랑이굴 속에 던지겠다."

"안주에서 줄행랑친 놈이 큰소리는, 네놈의 목이나 조심해라."

파두반의 검과 안우의 창이 부딪치자 마른하늘이 번개 치듯 섬광이 번쩍이었다. 파두반과 안우는 외나무다리에서 만난 원수처럼 한 치도 물러서지 않고 사투를 거듭했다. 또한 고려군의 장수들도 홍건적과 일진일퇴를 거듭했으나 전황은 녹록지 않았다.

홍건적의 선봉 철기병이 제 세상을 만난 것처럼 좌우로 날면서 창으로 고려군을 찌르고, 검으로 목을 베었다. 저승사자처럼 날뛰는 철기병에 의해 고려군은 조금씩 밀리기 시작했다. 훈련도 받지 않은 병사들이 대부분이었으니 철기병의 창검에 쓰러지는 것은 어쩌면 당연했다.

김득배가 지키는 극성벌판도 힘없이 무너졌다. 그리고 절령고개의 좌우측 고려군도 홍건적의 인해전술로 당하자 김용은 잔뜩 겁먹은 목소리로 정세운에게 말했다.

"절령고개의 방어선이 무너졌으니 퇴각할 수밖에 없다."

장수들과 병사들이 홍건적과 피 말리는 싸움을 하고 있는데 총병관이란 자가 퇴각을 입에 담다니 정세운은 매우 불쾌했다.

"총병관이 덩칫값도 못 하고 도망칠 궁리만 하다니, 정신이 나갔는가?"

김용은 목숨이 걸린 일이니 물러설 수가 없었다.

"절령고개에서 개죽음할 수 없다. 싸우려면 정세운 네놈이나 싸워라."

김용이 꽁무니를 빼듯 퇴각 명령을 내리니 고려군은 홍건적의 창검을 피해 도망치기 시작했다. 하지만 도망치는 것도 쉽지 않았다. 홍건적이 망나니 칼춤을 추듯이 창과 검으로 도망치는 고려군의 숨통을 끊자, 극성벌판에 시체가 쌓이기 시작했다. 결국 고려군은 절령고개에서 하루도 버티지 못하고 개경으로 퇴각해야만 했다. 이제 고려의 운명은 풍전등화에 놓이게 되었다.

안주 방어선이 뚫릴 적만 해도 백성들은 크게 겁먹지 않았다. 하지만 홍건적이 절령고개의 방어선을 돌파하자, 백성들은 피난 보따리를 싸기 시작했다.

공민왕은 중신들에게 얼굴을 들 수가 없었다. 노국공주도 반대한 김용을 총병관으로 임명해, 홍건적을 물리치려 했던 전략이 산산이 조각나버렸다. 노국공주 보기도 민망하고 중신들 보기도 민망했다. 하지만 홍건적은 공민왕이 후회할 틈도 주지 않았다. 절령고개에서 온 병사가 부복했다.

"전하, 홍건적 선봉이 흥의역(興義驛, 황해도 금천)까지 왔사옵니다. 대책을 세우십시오."

흥의역은 닭 울음소리도 들릴 정도로 개경의 코앞이었다. 공민왕은 개경을 수성할 대책을 염제신에게 물었다.

"문하시중, 홍건적이 개경을 넘보고 있으니 어찌하면 좋겠소."

염제신은 긴장이 되었는지 마른침을 한번 삼키고 아뢰었다.

"전하, 동경유수 소손녕이 거란군 80만으로 우리 고려를 침략할 때 서희가 강동 6주를 얻는 것을 기억하옵소서. 외교만이 살길이옵니다."

공민왕은 염제신의 전략에 마음이 갔다. 백성들이 초근목피로 연명하고 있는 실정에 군왕으로서 쓸 수 있는 계책은 다 쓰고 싶었다. 하지만 서희가 담판한 거란과는 달리, 홍건적은 신의가 없고 사람 죽이기를 밥 먹듯이 하는 놈들이라 과연 외교가 통할지 장담할 수가 없었다. 공민왕의 마음을 유탁이 읽었다.

"전하, 약탈에만 신경을 쓰고 배신에 길들어진 홍건적과 외교라니요. 가당치 않습니다."

강골로 소문난 최영(崔瑩)도 주청했다.

"전하, 도적 떼에 불과한 홍건적과 흥정하다니요. 소장이 병사를 모집해 개경을 수성하겠으니 걱정하지 마십시오."

총병관 김용은 살길이 생긴 것처럼 목소리를 높였다.

"절령고개에서 패한 것은 병력 부족이었습니다. 최영의 말처럼 병력을 충원해 개경을 수성하십시오."

절령고개에서 도망친 놈이 개경의 수성을 주장하자, 추밀원사 유숙(劉淑)은 김용의 상판대기에 침을 뱉고 싶었다.

"전하, 개경의 젊은 장정은 절령고개에서 살아오지 못하고 극성들판을 지키는 백골이 되었사옵니다. 이게 총병관의 책임이 아니고 누구의 책임이겠사옵니까? 더구나 개경에는 늙은이와 과부들, 어린애들밖에 없고 설령 이들에게 창검을 쥐여준들, 개미 새끼 한 마리 제대로 죽이겠습니까? 성곽은 허물어지고 군량은 바닥나, 군량 창고에 쥐새끼만 들락거리고 있어 무엇으로 군량을 대고 성곽을 보수하겠습니까? 소신이 생각으로는 몽진해 후일을 도모하는 것이 가장 좋은 전략이옵니다."

유숙의 막힘없는 언변에 김용의 낯빛이 붉으락푸르락했다. 게다가 자신의 실책을 조목조목 나열하니 앉은 자리가 바늘방석이었다. 하지만 천하의 김용이 추밀원사 유숙에게 밀릴 수는 없었다.

"추밀원에서 왕명 출납이나 하는 글쟁이가 전장에서 돌아온 총병관을 욕보이는구나. 네놈을 죽이지 않으면 내가 사람이 아니다."

"총병관이란 놈이 패장으로 돌아왔으면 자숙해야지 망둥이처럼 날뛰고 있어 정말 가소롭다."

유숙은 공민왕이 들으라는 듯이 목청을 높였지만, 공민왕은 미동도 하지 않았다. 한마디로 패전의 책임을 묻지 않겠다는 암시였으니 유숙은 말문이 막혔다. 하지만 유탁은 유숙의 마음과는 달리, 마음이 급했다.

"전하, 개경은 빈 수레와 같사오니 몽진을 해 후일을 도모하십시오."

판도판서 김원명(金元命)도 몽진에 동조했다.

"소신이 장수들과 더불어 홍건적을 막겠사오니 몽진하십시오. 전하."

공민왕은 결정하기가 쉽지 않았지만 유탁의 말처럼 개경은 빈 수레에 지나지 않았다.

"개경을 비운다는 것은 백성을 버리는 것과 같소. 하나 무도

한 홍건적이 개경을 넘보고 있으니 몽진을 할 수밖에 없소. 해서 과인은 복주(福州, 경북 안동)로 몽진해 후일을 도모할까 하오."

공민왕은 몽진에 방점을 찍으니 몽진을 반대한 장수들이나 몽진을 주장한 중신들의 마음은 허탈했다. 하지만 후일을 도모할 수밖에 다른 방법이 없었다.

공민왕이 몽진한다는 소문이 개경 안팎에 퍼져나가자, 노국공주는 민심을 직접 확인하고 싶었다.

"진비야, 홍건적이 눈앞에 있으니 별 소문이 다 도는구나. 개경의 저잣거리에 한 번 나가보자."

진비는 왕후궁에 들어온 후로 틈만 나면 노국공주와 검술 대련만 해, 개경의 저잣거리를 나가 본지가 언제인지 기억나지 않을 정도였다.

"네, 왕후마마."

노국공주가 진비를 앞세우고 왕후궁을 나가보니 백성들의 피난 행렬이 줄을 이었다. 나이 많은 늙은이가 뒤따라오는 백성들의 발에 밟히고, 부모를 잃는 아이들의 울음소리가 하늘에 진동했다. 이런 참담한 상황에도 무뢰배들이 백성들의 재물을 빼앗고 몽둥이로 두들겨 패니 지옥이 따로 없고, 개경이 지옥이었다. 좀처럼 눈물을 보이지 않던 노국공주의 눈가에 눈물이 맺혔다.

"진비야, 홍건적 4만이 서경을 함락했을 때는 백성들도 참을 수 있었다. 한데 이번에는 20만이니 백성들이 개경을 떠날 수밖에 없겠구나."

노국공주의 자탄에 진비도 가슴이 무너져 내렸다.

"왕후마마, 소녀는 직접 겪었어요. 홍건적이 개봉을 함락하고 소녀의 부모를 난도질했습니다. 그리고 다음 해 파종할 씨앗 한 톨까지 모두 약탈해 갔으니 그 참상은 직접 겪어 보지 않으면 알 수 없습니다."

홍건적이 송나라 수도였던 개봉을 함락하고 풀 한 포기 남아 있지 않을 정도로 초토화했다. 진비가 그때의 참상을 회상하면서 눈물을 흘리자 노국공주는 가슴이 먹먹했다.

"진비야, 네 부모님이 당했던 참상이 개경에서도 일어날 것 같은데 막을 방법도 없고 마음만 답답하구나."

노국공주도 슬픔이 복받쳐서인지 말을 하다가 끊었다. 더구나 국모로서 할 말이 없었다. 진비도 노국공주와 마음이 다르지 않았다. 홍건적에게 부모님을 잃고 노국공주가 있는 개경에 와 보니 모든 게 의문투성이였다.

"왕후마마, 옥체에 해로우니 너무 가슴 아파하지 마십시오. 그리고 드릴 말씀이 있사온데 말씀드려도 되겠는지요."

"무슨 말인데 그리 어렵게 하느냐?"

"총병관이 저 혼자만 살겠다고 도망쳐왔는데 전하께서 문책 한번 하지 않고 계시는지 알다가도 모르겠어요."

노국공주는 가슴이 뜨끔했다. 김용이 소인배라고 공민왕에게 누누이 말했지만, 일언반구 대답도 없었다. 결국 포기할 지경에 이르렀는데 진비처럼 생각하는 사람이 많으니 내심 부담스러웠다.

"전하는 무장들을 믿지 못하고 어느 한쪽에도 힘을 실어주지 않고 계신다. 진비 너도 시간이 가면 알게 될 것이다."

진비는 의문이 가시지 않은 것이 또 있었다.

"왕후마마, 순군부에 수상한 사람이 제집처럼 들락거리고 있는데 혹시 알고 계신지요?"

노국공주는 금시초문이었다. 하지만 순군부의 수장이 김용이니 한번은 짚고 넘어갈 일이었다.

"수상한 사람이라니, 어떻게 생긴 놈인데 호들갑을 떠느냐?"

"두꺼비 왕눈에 백발이 허리까지 내려오고, 백성들 사기나 처먹는 돌중 같아요."

"사기나 처먹는 돌중 같다고? 네 말이 믿기지 않는구나."

"거짓이 아니옵니다. 제 눈으로 직접 확인했사옵니다. 왕후마마."

진비가 확인했다고 목에 힘주었지만, 노국공주는 도저히 믿을 수가 없었다. 하나 사실이건 아니건 하늘은 무심했다. 백성들의 눈물처럼 하늘에서 진눈깨비가 을씨년스럽게 내리기 시작했다. 또한 순군부 병사들이 전장에 내보낼 젊은 장정을 막무가내로 잡아가고 있어, 노국공주는 눈물보다 화가 치밀었다.

"진비야, 이 참상을 더는 보기 싫구나. 왕후궁으로 돌아가자."

"네, 왕후마마."

진비와 노국공주가 왕후궁으로 발길을 돌리는 순간, 환관 안도치(安都赤)가 노국공주의 앞을 가로막았다.

"왕후마마, 전하가 급히 찾으시옵니다."

"이 난국에 전하께서 찾으시다니 무슨 일인지 아는가?"

"왕후마마, 소신이 드릴 말씀이 아니오니 직접 전하께 들으시옵소서."

노국공주는 직감적으로 올 것이 왔다고 생각했다. 그리고 안도치의 뒤를 따라 어전에 들어가니 말도 많고 탈도 많던 중신들은 다 어디로 갔는지 보이지 않고 공민왕만 옥좌에 앉아 있었다. 노국공주는 화풀이하듯 목청을 높였다.

"전하가 몽진하신다고 백성들이 피난 보따리를 싸고 있어요. 개경은 이제 사람 사는 곳이 아닙니다. 몽진하신다는 말이 사실입니까?"

공민왕은 노국공주가 생각 밖으로 목소리를 높이자 난감했다.

"왕후도 알고 계시겠지만 우리 고려군은 상비군 체제를 갖추지 못한 탓에 홍건적 20만을 막을 병력이 없소. 부득불 과인이 몽진을 결정했으니 왕후도 몽진할 준비를 하십시오."

노국공주는 공민왕의 말에 실망했는지 강안전의 마루에 주저앉고 말았다. 하나 공민왕의 말속에 노국공주의 모국, 원나라의 압박으로 상비군을 육성하지 못했다는 원망이 묻어나 있었다.

"전하의 뜻이 그렇다면 왕후로서 따를 수밖에요. 하나 개경만은 꼭 수복해야 합니다."

공민왕은 노국공주를 부축했다.

"과인이 부덕하여 왕후의 마음을 상하게 했소. 하나 전황이 매우 급하니 몽진을 할 수밖에 없소."

진비는 공민왕의 얼굴을 올려다보았다. 그리고 공민왕의 옆에서 시립하고 있는 환관 안도치의 얼굴도 바라보았다. 그런데 공민왕의 얼굴에서 환관 안도치의 얼굴이 보이니 진비는 정신이 아찔했다. 누가 군왕이고 누가 환관인지 헷갈리게 할 정도로 닮았으니 진비가 정신 줄을 놓은 것은 어쩌면 당연했다.

2장

애통교서(哀痛敎書)

홍건적 20만이 압록강을 건넌 지 두 달 동안 크고 작은 전투가 있었지만, 고려의 수도 개경에 무혈 입성했다. 홍건적의 괴수 파두반은 마치 대업을 이룬 것처럼 강안전의 옥좌에 앉아 기염을 토했다.

"나는 고려의 수도 개경에서 홍건적이라는 오명을 씻고 새로운 나라를 건국하고자 한다. 제장들은 나의 뜻을 받들어 맡은 바 소임을 다하라."

우군장 관탁이 파두반의 욕망에 부채질했다.

"대원수, 공민왕이 복주로 도망가고 없으니 개경은 우리의 수도입니다. 개경에서 대원수의 뜻을 마음껏 펼치십시오."

좌군장 사유의 얼굴이 돌처럼 굳어졌다.

"우리가 원나라 제2의 수도 상도와 개봉을 점령한 적도 있었는데 변방의 작은 나라 개경에 머물다니요. 우리는 원나라 놈들과 싸울 전쟁물자만 약탈하면 그만입니다. 대원수."

우군장과 좌군장의 생각이 다르니 소 돼지를 잡던 파두반은 머리에 쥐가 날 것만 같았다. 결국 파두반의 시선이 김경제에게 옮겨갔다.

"김원수도 우리 홍건군의 장수가 되었으니 할 말 있으면 해 보시오."

김경제는 파두반의 약속대로 홍건적의 원수가 되었다. 하나 말로만 원수지 생포한 포로에 지나지 않았다. 홍건적의 말단 병졸로부터 대원수 파두반까지 솔잎에 붙은 송충이보다 못하게 생각했다. 하지만 명색이 홍건적의 원수였다.

"대원수가 점령한 개경을 보십시오. 개경은 서긍이 『고려도경(高麗圖經)』에 표현한 것처럼 화려하고 웅장하였지만 잦은 병란으로 인해 성곽은 무너지고 허물어졌습니다. 궁궐은 어떻고요. 하늘로 날아갈 듯한 용마루와 붉고 푸른 단청으로 꾸며진 궁궐은 하늘이 보일 정도로 낡고 퇴색했습니다. 이런 음산한 개경에서 대업은 무엇이며 약탈은 무엇입니까? 먼저 성곽과 궁궐을 보수한 뒤에 대원수의 뜻을 이루는 것이 좋을 것 같습니다."

파두반은 김경제의 조언이 솔깃했다. 개경에 입성해 보니, 백성들은 어디에 숨어 있는지 보이지 않고 궁궐은 원나라 궁궐의 행랑채만도 못했다. 성곽도 어린애들이 넘어 다닐 정도로 낡고 허물어져 있어, 이게 과연 고려의 수도인지 의심이 갈 정도였다. 또한 재무장한 고려군이 개경을 포위한다면 막을 방법이 없을 것만 같았다.

"나도 그것이 걱정이오. 개경에 입성했지만 다 어디에 숨었는지 개미 새끼 한 마리 보이지 않소. 게다가 만물이 얼어붙는 엄동설한에 돌과 흙은 어디서 구해 성곽을 보수한다는 것이오."

파두반이 김경제를 때려죽일 듯이 눈을 부라리며 목소리를 높이자, 강안전의 분위기는 급속히 얼어붙었다. 하지만 뜻이 있으면 이루어진다는 것처럼 우군장 관탁이 파두반의 눈빛을 살피면서 말했다.

"대원수, 걱정마십시오. 소장이 해결책을 내놓겠습니다."

"우군장이 해결하겠다고? 말해보라."

관탁은 그 정도는 문제가 아니라는 듯이 어깨를 들썩이면서 말했다.

"한겨울에 땅을 파서 흙과 돌을 구하기는 어렵습니다. 하오니 대원수, 백성들이 키우는 소와 말의 가죽을 벗겨 그 속에 물을 집어넣고 얼리면 바위보다 더 단단한 얼음덩어리가 됩니다. 그 얼음덩어리를 무너진 성곽에 쌓고 고려군을 방어하면 개경의 방어는 식은 죽 먹기보다 쉽습니다. 속된 말로 꿩 먹고 알 먹기 옵니다."

파두반의 생각에도 고기는 고기대로 먹고 가죽은 가죽대로 쓰니, 꿩 먹고 알 먹기란 관탁의 말이 맞는 것 같았다. 하지만 소 돼지를 잡던 자신이 그 좋은 방법을 몰랐으니 헛웃음이 절로 나왔다.

"우군장, 내가 그 좋은 걸 미처 생각하지 못했다. 하하하."

"대원수가 흡족해하시니 소장 마음이 놓입니다."

파두반은 무너진 성곽을 보수할 방법을 찾아냈으니 이제 실행할 일만 남았다.

"우군장과 좌군장은 백성들의 소와 말을 모두 잡아 가죽을 벗기고 물을 넣어 성곽을 보수하라."

"네, 대원수."

우군장과 좌군장이 합창하듯 대답했다. 김경제는 기가 차서 할 말을 잊었다. 소와 말의 가죽에 물을 넣어 성곽을 보수한다니, 우군장 관탁이란 놈이 제정신으로 하는 소리인지 알 수가 없었다. 하지만 자신은 생포된 포로 신세였다.

공민왕의 몽진 행렬이 죽령고개(충북 단양 ~ 경북 영주)를 넘어 복주 행궁에 멈추었다. 중랑장 임견미(林堅味)가 눈물을 흘리면서 주청했다.

"전하, 홍건적이 개경을 점령했으니 임진강의 이북은 우리 땅이 아니옵니다. 바라옵건대 병사를 모집해 홍건적을 몰아내십시오."

임견미도 모병이 얼마나 힘든지 모르지 않았다. 하지만 개경에서 들려오는 비보는 억장이 무너지는 아픔이었으니 참을 수가 없었다. 공민왕은 임견미의 마음을 위로했다.

"과인도 홍건적을 몰아내고 싶은 마음이 굴뚝같소. 하나 모병은 말처럼 쉽지 않소. 전황을 좀 더 지켜봅시다. 중랑장."

찬성사 유탁이 공민왕의 눈빛을 살피면서 아뢰었다.

"전하, 기쁜 소식도 있사옵니다. 중랑장 김장수(金長壽)가 홍건적이 천하무적이라고 자랑하는 철기병 1백을 참살했다 하옵니다."

김용도 패전을 만회할 기회가 온 것처럼 목소리를 높였다.

"전하, 중랑장 김장수처럼 백성들이 들불처럼 일어날 것이옵니다. 너무 심려 마십시오."

공민왕은 김용의 면피성 말투에 화가 목까지 치밀어 올라왔다.

"총병관은 입이 열 개라도 할 말이 없을 것 같은데 아직도 할 말이 많은 것을 보니 정신을 못 차린 것 같소."

정세운은 복주에 오면서도 홍건적에 패한 분을 삼킬 수가 없었다. 그런데 전장에 있어야 할 총병관이 복주까지 따라왔으니 낯가죽이 두꺼워도 여간 두꺼운 것이 아니었다. 정세운은 젖 먹을 힘을 다해 주청했다.

"나라에 병란이나 풍수 재해가 발생할 때 군왕이 죄를 뉘우치고 스스로 반성하는 애통교서를 내리옵니다. 하오니 전하, 백성들에게 애통교서를 내리시어 병사를 모병하고 홍건적을 물리치십시오."

유탁도 정세운의 주청에 동조했다.

"전하, 애통교서밖에 홍건적을 물릴 칠 방책이 없사옵니다. 정세운의 주청을 윤허하십시오."

김용이 정세운을 죽일 듯이 노려보면서 주청했다.

"전하께서 애통교서를 미천한 백성들에게 내리면 홍건적의 괴수 파두반에게 낯부끄러워서 군왕의 노릇이나 제대로 하겠사옵니까? 애통교서로 전하를 기만한 정세운 저놈을 내치십시오."

김용이 공민왕도 안중에 없는 것처럼 날뛰자, 공민왕의 얼굴이 돌처럼 굳어졌다.

"정세운의 주청은 충정에서 나온 것이오. 해서 과인은 죄를 뉘우치는 애통교서를 백성들에게 내리고 문하시중에 홍언박(洪彦博)을, 총병관에 정세운을 임명해 홍건적을 물리치겠소. 김용은 과인을 경호한 공을 참작해 순군제조로 삼을 터이니 더는 총병관에 미련을 두지 마시오."

공민왕은 노국공주가 천거한 정세운을 고려군의 총병관을 삼았다. 그리고 총병관에 걸맞게 부월(斧鉞)을 내렸다. 더 나가 공민왕의 외사촌 홍언박을 문하시중으로 발탁했다. 김용은 정세운에게 부월까지 내려주자 소태 씹은 것처럼 얼굴이 심하게 일그러졌다.

"전쟁 중에 총병관을 바꾸다니요. 고려군 수장 총병관을 상장군보다 못한 순군제조로… 이럴 수는 없사옵니다. 전하."

공민왕은 그 어느 때보다 단호했다.

"그대에게 맞지 않는 총병관직을 내려놓고 순군제조로서 책임을 다하라."

"아니 되옵니다. 전하."

공민왕은 김용의 앙칼진 목소리에 마음이 상했는지 시선을 정세운에게 돌렸다.

"과인이 잠시 자리를 비우는 동안 총병관은 중신들과 개경을 수복할 방책을 논의하시오."

"명 받들겠사옵니다. 전하."

정세운의 대답을 뒤로하고 공민왕과 노국공주는 행궁을 나가버렸다. 정세운은 공민왕이 앉았던 옥좌를 바라보니 감회가 새로웠다. 홍건적이 두 차례나 걸쳐 온 나라를 휘젓고 다녔으니 고려의 장수로서 얼굴을 들 수가 없었다.

하지만 기회가 찾아왔다. 공민왕이 복주로 몽진해 와서야 총병관의 상징인 부월을 내렸다. 이제는 정세운이 공민왕에게 답할 차례고 백성들에게 답할 차례였다. 정세운은 부월을 한 손에 들고 행궁에 모여 있는 중신들에게 명령하듯이 목소리를 높였다.

"전하께서 애통교서를 내리면 뜻있는 백성들이 구름처럼 모여들 것이오. 여기 계신 중신들도 창검을 들고 소장을 따라 전장에 나가기를 바라겠소."

중신들은 고개를 끄덕이면서도, 정세운이 들고 있는 부월을 바라보니 가슴이 섬뜩했다. 하나 문하시중 홍언박은 기분이 언

짧은지 화를 버럭 냈다.

“총병관이 말하지 않아도 우리 중신들은 할 바를 다할 것이오. 중신들을 애들 취급하지 마시오.”

홍언박이 화를 벌컥 내자 김용의 어둡던 얼굴색이 밝아졌다.

“총병관이 되었으면 총병관답게 행동해야지 왜 문하시중과 중신들을 죄인 다루듯이 몰아세우는가?”

“김용 네놈은 전하의 위세를 믿고 궁녀를 강간하고 남의 부인을 겁탈한 것을 내 입으로 말해야만 정신 차리겠느냐? 앞으로 내 발목을 잡으면 네놈의 몸통을 이 부월로 두 동강이 내겠다.”

정세운이 눈을 부릅뜨면서 부월을 들자 어전에 찬바람이 불었다. 유탁이 보다 못해 큰소리를 내질렀다.

“개경의 수복은 장수들이 온 힘을 다 기울여도 될까 말까 한데 말싸움만 하고 있으니 그러고도 고려의 장수요? 총병관도 부월을 내려놓으시오.”

유탁의 질책에 정세운은 민망했는지 손에 들었던 부월을 탁자 위에 올려놓았다.

“찬성사, 소장은 매우 한미(寒微)한 사람이오. 그러나 소장보다 더 용렬한 김용이 고려군의 총병관으로 홍건적과 대적했으니 패한 것은 당연합니다. 해서 좀 과하게 경고한 것뿐이오.”

정세운의 사과 아닌 사과로 행궁의 분위기는 가라앉았다. 김용과 사이가 매우 좋지 않은 유숙이 나섰다.

"이제부터 총병관은 전하 다음으로 우리의 생사여탈을 손에 쥐고 계십니다. 어떻게 개경을 수복할지 계책을 알려주십시오."

"소장이 김용처럼 전장에 나가지 않고 복주에 머문다면 천하의 웃음거리가 될 것이오. 소장은 지금 당장 출정해 천수사(天壽寺, 경기 파주))에 고려군의 군영을 세우겠소."

수문하시중 이암(李嵒)은 정세운의 충정을 격려했다.

"총병관이 부월을 가지고 전장으로 떠나니 이제야 제 마음이 놓입니다. 부디 홍건적을 물리치고 개경을 수복하십시오."

개경을 수복할 대책이 일단락되자 중신들과 장수들은 행궁을 썰물처럼 빠져나갔다. 하지만 유탁은 못다 한 말이 있다는 듯이 정세운의 손을 잡아당겼다.

"총병관, 내가 드릴 말씀이 있소."

"하실 말씀이 있으면 하십시오. 찬성사."

"김용이 절령고개에서 패한 것은 인재를 잘 쓰지 못한 탓도 있소."

" 찬성사, 패한 것이 인재 탓이라면 홍건적 막을 인재가 어디 있겠소?"

정세운이 다그치자 유탁은 마른침을 한번 삼키면서 대답했다.

"훈련도 받지 못한 고려군의 보병은 홍건적의 철기병을 당할 수가 없어요. 홍건적이 안주와 절령고개에서 승리한 것은 철기병의 전투력 때문이오. 그러니 철기병만 잡으면 개경의 수복은 어렵지 않을 것이오. 철기병을 당할 자는 동북면(東北面, 함경도 일대)의 이성계(李成桂)밖에 없소."

"이성계는 풋내기 시골무장인데 가능하겠습니까? 찬성사."

"그 무슨 말씀. 반란을 일으킨 독로강 만호, 박의를 단숨에 때려잡은 것이 이성계라는 것은 총병관도 아시잖소. 이성계는 화살을 쏘면 백발백중이고 그가 거느린 가별초 또한 맹수와 같소. 하나 범상치 않은 인물이라 잘못 쓰면 독이 될지 모르니 잘 판단하시오."

유탁은 이성계를 중히 쓰라고 말했지만, 마음 한구석에 찜찜한 구석이 있는지 잘 판단하라고 당부했다. 정세운은 유탁에게 고개를 숙여 하직 인사를 했다.

"소장이 홍건적을 물리치고 돌아올 수 있을지는 하늘만이 알겠으나 찬성사의 말씀만은 가슴속에 간직하겠습니다."

유탁은 정세운의 하직 인사에 가슴이 울컥했다. 마치 전장에서 돌아오지 못할 것을 미리 예견이라고 하듯 행궁을 떠나니, 왠지 정세운의 뒷모습이 쓸쓸하게 보였다.

김용은 공민왕에게 버림받은 것 같아 울화통이 터졌다. 게다가 중신들마저 등을 돌리니 세상인심이 조석으로 변한다는 옛말이 틀린 말이 아니었다. 더욱 기막힌 것은 정세운이 부월로 쳐

죽일 듯이 달려드니, 대놓고 욕설을 퍼 부울 수도 없고 속앓이만 할 수밖에 없었다. 그런데 생각하지도 않던 조카 김림(金琳)이 순군부에 들어왔다.

"숙부님, 정세운이 총병관으로 발탁된 것이 오히려 잘된 일이 아닙니까? 우리 고려군은 1만밖에 안 되는데 무슨 수로 홍건적 20만을 개경에서 몰아내겠어요. 그리고 정세운이 홍건적과 싸우다가 죽을 수도 있으니 너무 속상해 마십시오."

김용도 생각해 보니 전장에서 적과 싸우다가 죽은 장수가 수두룩했다. 정세운이라고 그런 일이 생기지 말란 법도 없지 않은가.

"네 말이 그럴듯하다. 한데 무슨 일로 왔느냐? 할 말 있으면 해보아라."

김림은 김용의 눈빛을 조심스럽게 살펴보면서 말했다.

"숙부님의 뒷배로 공부상서까지 해보았습니다. 이제 숙부님의 은덕을 갚을 때가 되었습니다. 할 일이 있으면 무엇이든 말씀해 주십시오."

김용은 은덕을 갚는다는 김림의 말에 감격했다. 형님의 아들 김림을 키워준 결과가 빛을 보는 것 같았다.

"혈육이라는 말이 실감이 난다. 그리고 너의 그 마음을 내가 알고 있으니 도움이 필요하면 말 하마."

"숙부님께 조카의 마음을 전했으니 물러가겠습니다."

김용은 김림이 눈앞에서 사라지자 또다시 화가 치밀었다. 고려군의 수장 총병관이 상장군도 아닌 순군제조로 강등되니, 순군부 병사들도 얕잡아 보는지 어느 놈 하나 나타나지 않았다.

"화지원 그놈은 어디 갔느냐? 죽고 싶지 않으면 당장 오너라."

김용의 투박한 목소리에 화지원은 오지 않고 생각지도 않던 청한거사가 나타났다.

"아니, 청한거사 아니요?"

"맞습니다. 소승 청한거사입니다."

김용은 순군제조로 강등된 분풀이를 청한거사에게 해댔다.

"홍건적 괴수 파두반이 개돼지 잡던 백정이란 그대의 첩보를 믿고 절령고개를 방어했소. 한데 그 백정 놈이 철기병을 앞세워 나에게 치욕적인 패전을 안겨주었소."

김용은 패전의 책임을 은근슬쩍 청한거사에게 떠넘기려 했다. 하지만 청한거사는 천기를 알고 있으니 김용의 얄팍한 술수에 당하지 않았다.

"소승도 패전이 아쉽지만, 그 패전이 상장군을 살리는 비상약이 될 수가 있으니 마음에 담지 마십시오."

"비상약이 될 수 있다니 그 무슨 개소리요. 그리고 먹구름은 온 것이요. 올 것이요. 용이 된다는 말은 나를 놀리기 위해 지어낸 헛소리 아니오."

"비상약이 될지 안 될지는 상장군이 마음먹기에 달렸고, 먹구름은 때가 되면 몰려올 것이니 걱정 마십시오. 하나 먹구름 속에 이무기가 숨어 있으니 이무기를 잡아 죽여야만 상장군이 용이 될 수 있습니다."

청한거사의 입에서 별안간 이무기가 튀어나오자 김용은 정신이 몽롱했다.

"이무기라뇨, 대체 누굴 가리키는 것입니까? 청한거사."

"그건 천기를 거스르는 일이라 발설할 수가 없으니 더는 묻지 마십시오."

김용은 청사거사의 세 치 혀에 놀아나는 것 같아 마음이 매우 불편했다.

"청한거사, 입만 열면 먹구름 타령이니 그대의 말을 어찌 믿겠소. 더구나 순군제조로 강등된 내가 무슨 힘이 있겠소. 하니 너무 기대는 하지 마시오."

"소승을 믿고 안 믿고는 순군제조의 자유입니다. 하나 기회는 두 번 다시 오지 않으니 천금 같은 기회를 놓치지 마십시오."

청한거사가 기분이 언짢은 듯 소태 씹은 얼굴로 순군부를 나가버리니, 김용은 닭 쫓던 개처럼 청한거사의 뒷모습만 바라볼 수밖에 없었다. 하지만 이무기가 먹구름 속에 숨어 있다는 청한거사의 말만은 머릿속에서 떠나지 않았다.

파두반은 대업은 고사하고 굶어 죽게 생겼다. 공민왕이 도망가면서 청야수성전술(淸野守城戰術)을 한 것처럼 궁궐의 곳간은 비어 있고 개경의 저잣거리와 백성들이 거처하는 집은 삭막하다 못해 음산했다. 이런 난국에 20만의 홍건적의 군량을 구한다는 것은 하늘에서 별을 따는 것처럼 어렵고 힘겨웠다.

"내일 모레면 정월 초하루인데 병사들이 입고 먹을 것이 없으니 어찌하면 좋겠는가?"

우군장 관탁은 머리에 서캐가 있는지, 머리를 득득 긁으면서 대답했다.

"대원수, 백성들의 식량을 쌀 한 톨 남김없이 약탈했으니 이제 약탈도 끝내야 할 것 같습니다."

"끝낸다니 그럼 무엇으로 목구멍에 풀칠할 것인가? 머리만 득득 긁지 말고 해결책을 마련하라."

파두반의 호통에 관탁이 품속에 괘서(掛書) 한 장을 꺼내면서 말했다.

"대원수, 이걸 보십시오. 개경의 저잣거리에 붙어있는 괘서를 가지고 왔습니다. 한데 내용이 매우 불길합니다."

"뭐라 쓰여 있기에 불길하다는 것인가? 우군장."

"애통교서라고 하는데 직접 한번 읽어보십시오. 대원수."

"내가 까막눈이라는 것을 조롱하는 것이냐? 맞아 죽지 않으려면 읽어보아라. 우군장."

"조롱이라뇨, 절대 아닙니다. 대원수."

파두반의 호령에 관탁이 애통교서를 읽기 시작했다.

— 삼가 생각건대 과인이 안락에 깃들어 군사를 폐하고 대책을 강구하지 않았기 때문에 홍건적 20만이 압록강을 건너 개경까지 점령했다. 과인이 홍건적을 막지 못하고 복주로 몽진하였으니 태조와 선왕들을 생각하면 가슴이 아프고 쓰라려 얼굴을 들 수가 없도다. 이에 과인은 깊이 반성하고 총병관 정세운에게 부월을 내려 고려군을 지휘 감독하게 할 것이니 백성들과 장수들은 총병관을 도와 개경을 수복하라 —

관탁이 애통교서를 다 읽으니 파두반은 천둥을 치듯 화를 버럭 냈다.

"공민왕 그놈이 개경을 수복하려고 별짓을 다 하는구나. 하나 우리 홍건군의 형편에 고려군과 전면전을 벌일 수도 없고 답답하다. 이 난국을 타개할 대책이 있으면 말해보라."

파두반의 명령에 좌군장 사유는 잠시 망설이었다. 하지만 병사들의 생사가 달린 문제라 눈뜨고만 있을 수 없었다.

"대원수도 알고 계시듯이 개경 밖의 상황이 매우 좋지 않습니다. 멍청한 김용이 총병관에서 파직되었고 전술에 능한 정세운이 총병관이 되었습니다. 백성들도 애통교서에 자극받아 천수사 군영에 줄을 섰다고 합니다. 상황이 이렇게 급변하니 개경 밖으로 군량을 구하기 위해 나갈 수도 없습니다. 결국 굶어 죽거나 얼어 죽을 판이니 특단의 대책을 마련해야 합니다."

파두반이 심각한 표정으로 되물었다.

"무슨 대책인지 말해보라. 좌군장."

"저잣거리에 돌아다니는 쥐새끼까지 잡아먹고 있는 실정에 인육인들 못 먹겠습니까? 대원수."

사유의 파격적인 대책에 파두반은 천 길 벼랑으로 떨어지는 것처럼 정신이 아득했다.

"좌군장, 아무리 그래도 인육을 먹다니 그게 사람이 할 짓인가?"

"살기 위해선 인육도 먹어야 합니다. 대원수."

파두반은 소 돼지를 잡던 그 시절이 눈앞에 아른거렸다. 은나라 폭군 주왕이 서백 희창(西伯 姬昌)의 아들 백읍고를 솥에 삶아, 서백 희창에게 먹였다. 이처럼 중원에서는 정적을 삶아 먹거나 기근이 들면 목숨 줄을 연명하기 위해 인육을 먹는 일이 있었으니, 파두반은 사유의 대책을 허락할 수밖에 없었다.

"좌군장의 대책에도 일리가 있다. 지금 당장 시행해 병사들의 굶주림을 해결하라."

"네, 대원수."

파두반의 명령이 떨어지자 개경은 피바다가 되었다. 홍건적이 무리를 지어 백성들의 집을 이 잡듯 훑으니 숨어 있던 백성들이 개돼지처럼 끌려 나왔다. 그리고 늙은이는 맛이 없다고 몽둥이로 패 죽이고 젊은 장정과 어린아이는 수육으로 만들어 먹었다. 한술 더 떠, 애 밴 아낙의 젖 가슴살이 맛이 가장 좋다고 애 밴 아낙만 찾아다니니 악귀가 따로 없었다. 한마디로 개경은 사람 사는 곳이 아니라 구천을 떠도는 귀신들의 세상이 되어버렸으니 그 참담함은 말로서 형용할 수 없었다.

공민왕이 애통교서를 백성들에게 내리자 천수사 군영에 백성들이 구름처럼 모여들었다. 총병관 정세운은 가슴이 뭉클했다. 그러나 군사훈련을 받지 않은 백성들이라, 고심 끝에 최영에게 부탁했다.

"최 장군, 백성들의 충정은 알겠소만 충정만으로 홍건적과 싸울 수는 없소. 최소한 창검을 손에 쥐는 방법이라도 알려주시오."

"소장이 해결할 테니 걱정하지 마십시오, 총병관."

최영이 당차게 대답하자 정세운은 마음이 한결 가벼워졌다. 그런데 유탁이 걱정한 철기병이 마음에 걸렸다. 정세운은 김득배에게 물었다.

"철기병을 당할 자는 동북면의 이성계밖에 없을 것 같소. 김 장군의 생각은 어떻소."

"소장도 이성계의 가별초가 범처럼 용맹하다는 소문을 들었습니다. 빨리 조치하십시오. 총병관."

"김 장군의 생각도 그렇다면 내 그리하겠소. 한데 동북면에 보낼 만한 자가 혹시 김 장군 휘하에 있소."

"직한림으로 있는 정몽주(鄭夢周)가 제격입니다. 정몽주가 제 휘하에 있으니 정몽주를 보내면 될 것 같습니다."

정세운의 그늘졌던 얼굴이 밝아졌다.

"작년에 문과로 장원급제한 정몽주군요. 지금 당장 이성계에게 보내십시오."

"알겠습니다. 총병관."

정몽주는 김득배의 제자로 문과에 장원급제해 예문관검열로 관리로서 첫발을 내디뎠다. 그리고 주자학에 밝아 신진 사대부들의 기대를 한 몸에 받고 있었다. 정세운은 이성계의 문제를 해결했으나 마음이 편치 않았다. 홍건적이 백성들을 잡아 수육을 만들고 애 밴 아낙의 젖 가슴살을 베어 불에 구워 먹고 있었다. 이런 천인공노할 놈들에게 천벌을 내리지 않는 염라대왕이 한없이 원망스러웠다. 그런데 희망의 불빛이 보였다. 이방실이 밝은 낯빛으로 나타났다.

"총병관, 홍건적에게 붙잡힌 백성 1만이 탈출해 천수사로 오고 있습니다."

"백성 1만이 천수사 군영으로 온 단 말이요?"

"그렇습니다. 총병관."

"좋은 소식이기는 하나 훈련도 받지 않은 백성 1만 가지고는 개경수복은 턱도 없소. 홍건적 20만에 상응한 병력이 모이면 그 때 논의해 봅시다."

이방실은 문뜩 진나라 장수 왕전이 생각났다. 왕전은 진시황에게 초나라를 멸망시키려면 그에 상응한 병력 100만은 되어야 한다고 주장했다. 이방실은 총병관 정세운이 왕전처럼 배짱이 있어 보이니 개경수복은 큰 어려움이 없을 것만 같았다.

이렇게 정월 초하루가 지나고 1월 중순이 되자 안우와 황상(黃裳)이 병사를 모집해 군영에 들어왔다. 그리고 정몽주의 노력인지는 알 수 없어도 이성계가 가별초 2천을 앞세우고 군영에 들어와 정세운에게 군례를 했다.

"소장 이성계, 총병관께 인사를 올립니다."

정세운이 군례를 하는 이성계를 바라보니 유탁이 말한 대로 콧날이 우뚝하고 장대한 기골과 범상치 않은 풍채를 가졌다. 고려군의 사령탑인 정세운도 위압감을 느낄 정도였다.

"장군이 가별초를 앞세우고 군영에 들어오니 내가 천군만마를 얻은 것 같소. 정말 기대가 크오."

"너무 과찬이십니다. 총병관."

"과찬이 아니오. 지금 우리 군영에 의로운 병사들이 모여들고 있으나 군사훈련을 제대로 받지 않아서 걱정이 많았소. 그런데 장군이 범처럼 용맹한 가별초까지 데리고 왔으니 홍건적의 철기병은 큰 문제가 안 될 것 같소."

말을 마친 정세운이 자리에서 일어났다. 그리고 이성계의 손을 잡으니 얼마나 무술을 연마했는지 팔과 손 근육이 돌처럼 단단했다. 이성계도 정세운의 따뜻한 환대에 감격했다.

"소장의 가별초는 2천밖에 안 되지만 일당백 하는 자들입니다. 철기병을 소장에게 맡겨주십시오."

"홍건적은 철기병이 주력이니 철기병만 잡으면 전쟁은 끝나오. 잘 부탁하겠소."

이성계의 가별초가 군영에 들어오자, 안우경(安遇慶)을 비롯한 이귀수(李龜壽), 한방신(韓方信), 김원명, 목충(睦忠)도 정세운의 기대에 어긋나지 않게 병사를 모집하여 나타났다. 이제 고려군의 병력도 홍건적의 병력에 못지않은 20만에 육박하니, 천수사 군영은 비집고 들어갈 틈도 없었다.

이에 걸맞게 내관 권천우(權天祐)가 수레에 술과 갑옷을 잔뜩 싣고 군영에 들어왔다. 정세운이 내관 권천우에게 하례했다.

"먼 길 잘 오셨소. 권 내관."

권천우는 수레에 실은 술과 갑옷을 바라보면서 말했다.

"전하께서 장수들과 병사들에게 술과 갑옷을 내리셨습니다. 한번 보시지요."

허허벌판과 다름없는 복주 행궁에서 마련하기도 힘든 술과 갑옷을 마련하였으니 정세운의 눈가가 촉촉이 젖기 시작했다.

“전하의 하해와 같은 성은을 갚는 길은 개경을 수복하는 방법밖에 없소. 권 내관.”

“총병관의 충정 어린 말씀을 들으니 소인이 군영에 온 보람이 납니다.”

정세운은 못다 한 말이 있는 듯이 장수들의 면면을 살피면서 말했다.

“권 내관, 전하께 개경을 수복한 후에 장수들의 전공을 일괄 장계에 적어 올리겠다고 전해주시오.”

“그리 말씀 올리겠습니다. 총병관.”

권천우는 정세운의 충정 어린 말에 가슴이 먹먹했다. 하지만 군영에 모인 장수들의 마음 한구석에, 정세운이 전공을 가로채지 않을까 하는 의구심이 도사리고 있었다. 어쨌거나 내관 권천우가 복주 행궁으로 돌아가고, 장수들과 병사들은 공민왕이 하사한 술과 음식을 먹었다. 그리고 병사들이 갑옷을 입자 오합지졸이 아닌 전투 병사로 거듭났다. 겨울 날씨는 변덕도 심해 눈보라가 치던 날씨가 포근해지더니 하늘에서 눈비가 섞인 진눈깨비가 내리었다. 정세운은 때가 왔다는 듯이 장수들에게 자신의 전략을 설명했다.

“우리 고려군의 병력도 20만이 되었소. 숭인문은 이여경 장군, 탄현문은 이방실장군, 북성문은 안우, 선의문은 한방신 장군이 맡아주시오. 철기병을 상대할 병사는 이성계 장군의 가별초밖에 없소. 개경 외곽은 안우경, 황상, 목충 장군에게 부탁하니 도망치는 홍건적을 모두 참살하시오."

"명 받들겠습니다. 총병관."

고려군 장수들이 군령을 받고 각자의 위치에서 성안으로 들어갈 시간만 초조히 기다리기 시작했다. 그런데 숭인문을 담당한 이여경의 중랑장 권희(權僖)가 홍건적의 수상한 낌새를 알아챘다.

"장군님, 홍건적이 숭인문의 성루에 모여 술을 먹고 있으니, 불시에 공격하면 승리할 수 있습니다. 명령을 내려주십시오."

중랑장 권희의 첩보에 고무된 이여경은 총병관 정세운에게 보고했다. 총병관 정세운은 행궁을 향해 사배를 올렸다.

"전하, 신이 죽음을 불사하고 개경을 수복해 드리겠사옵니다. 성심을 바로 하옵소서."

복주 행궁에 사배를 올린 정세운은 피 토하는 심정으로 공격 명령을 내렸다.

"개경에서 온갖 악행을 저지르고 있는 홍건적을 모두 척살하라."

숭인문에서 공격 명령이 떨어지길 기다리고 있던 중랑장 권희가 병사들의 선봉에 섰다.

"고려의 형제들아, 부모 형제를 죽이고 부녀자를 겁탈한 홍건적을 모두 죽여라."

"와와!"

"홍건적을 참살해 부모 형제의 원수를 갚자."

고려군이 당차로 성문을 때려 부수고, 개경을 포위한 장수들도 성곽을 넘어 성안으로 들어가니 홍건적은 혼비백산했다. 군막에서 잠자다가 뛰쳐나오는 놈, 부녀자를 겁탈하다가 맨몸뚱이로 도망치는 놈, 인육을 처먹다가 목에 걸린 놈, 별의별 놈이 고려군의 기습에 죽어 나갔다. 하지만 홍건적의 병력도 20만이나 되니 만만치 않았다. 파두반은 사유에게 명령했다.

"좌군장, 고려군은 오합지졸이다. 철기병을 선봉에 세워 고려군의 숨통을 끊어라."

사유가 큰소리로 대답했다.

"대원수, 철기병은 천하무적입니다. 고려군을 단숨에 때려잡겠습니다."

사유가 철기병을 앞세우고 고려군의 중앙을 파고 들어가자, 고려군은 철기병의 말발굽에 밟히거나 철기병의 창검에 피를 토하면서 쓰러졌다. 전황이 가파르게 변하자 이성계가 명령했다.

"도적 떼에 지나지 않는 놈들이 감히 우리 병사를 죽이다니 가별초 형제들아, 철기병을 모조리 죽여라."

이성계의 의형제 퉁두란(佟豆蘭)이 호랑이가 포효하듯 큰소리로 대답했다.

"걱정 마십시오. 철기병 정도야, 아침 해장거리도 안 됩니다."

통두란이 철기병에게 철퇴를 휘두르자 가별초 병사들도 괴성을 지르면서 철기병과 혈전을 벌리기 시작했다. 사유는 이성계를 바라보았다. 젊은 장수인데 눈에 서늘한 기운이 감돌았다. 가볍게 볼 놈이 아니라고 생각하고 있는 순간, 이성계가 앞을 가로막았다.

"네놈이 사람 백정 사유구나. 내 장검을 받아라."

"어린놈이 나를 조롱해? 내 창에 죽어라."

사유가 큰소리치면서 이성계를 창으로 찌르니, 이성계가 검으로 막으면서 벼락을 치듯 호통을 쳤다.

"그런 창술로 나를 찔러? 정말 가소롭구나. 사유야."

이성계가 말머리를 돌려 도망가는 척하다가 화살을 쏘니, 화살이 바람을 뚫고 날아가 사유의 목을 관통했다.

"으흑, 어린놈에게."

사유가 썩은 나무토막처럼 쓰러지자 홍건적의 자랑인 철기병이 뒷걸음치기 시작했다. 하지만 도망치는 것도 만만치 않았다. 통두란이 도망치는 철기병에게 큰소리를 내질렀다.

"이놈들아, 도망치지 말고 내 철퇴에 죽어라."

홍건적이 천하무적이라고 자랑했던 철기병이 이성계의 가별초에 의해 몰살될 지경에 이르자, 파두반은 관탁에게 명령했다.

"우군장, 저승사자처럼 날뛰는 저놈들을 죽이지 못하면 퇴로가 막혀 몰살된다. 저놈들을 모두 죽여라."

"네, 대원수."

관탁이 검을 빼 들고 이성계에게 달려갔지만, 전황은 관탁의 편이 아니었다. 최영이 관탁에게 호통을 쳤다.

"관탁 이놈아, 내가 황천길로 보내주마. 목을 내놓아라."

최영이 관탁의 목을 검으로 내리치자 관탁은 비명 한번 지르지 못하고 쓰러졌다. 파두반은 정신이 번쩍 났다.

"고려에 저런 장수가 있는 것을 내 미처 몰랐구나. 퇴각하라."

파두반이 명령을 내렸지만 퇴각도 여의치 않았다. 탄현문의 이방실과 북성문의 안우, 선의문의 한방신이 도망치는 홍건적의 퇴로를 봉쇄하니, 홍건적 20만이 개경에 갇혀 꼼짝없이 죽을 지경에 이르렀다.

또한 김득배도 연경궁(延慶宮)과 강안전에 숨어 있는 홍건적의 무리를 찾아내 목을 베니 궁궐은 핏빛으로 붉게 물들었다. 그리고 안우경을 비롯한 장수들이 성곽을 넘어 도망치는 홍건적을 참살했다. 개경의 안과 밖에 홍건적의 시체가 두세 겹으로 쌓이자 목충이 정세운에게 보고했다.

"총병관 승전이 눈앞에 왔습니다. 하나 홍건적 20만을 다 죽이면 개경은 군왕의 사는 곳이 아니라 시체의 성이 될 것입니다. 이를 어찌해야 할지 말씀해 주십시오."

정세운은 목충의 보고에 하늘에 감사하고 땅에 감사했다. 공민왕의 성은에 보답할 길이 없었는데 갚을 길이 생겼다고 생각하니, 눈물이 앞을 가렸다.

"홍건적 20만이 죽기 살기로 덤비면 우리 고려군의 피해도 만만치 않을 것이오. 탄현문과 숭인문을 열어 퇴로를 열어주시오."

목충은 정세운의 전략에 반기를 들었다.

"총병관, 그 악독한 놈들을 살려준단 말이오. 소장은 몰라도 다른 장수들이 용납하지 않을 것입니다."

"목 장군도 생각해 보시오. 개경에 홍건적의 시체가 산처럼 쌓인다면 좋겠소? 우리 군이 놈들에게 퇴로를 열어주면 압록강을 건너 요동으로 도망칠 겁니다. 요동에는 요양행성의 총관 고가노(高家奴)가 이를 갈고 있으니 아마 그곳에서 홍건적은 모두 소탕될 것이오."

홍건적 20만이 요동을 초토화시키고 고려를 침략했으니 요양행성의 총관 고가노가 이를 갈만했다. 목충은 곧바로 총병관의 전략을 장수들에게 전했다.

"총병관의 명령이오. 계속 싸우면 우리 군의 피해도 만만치 않으니 탄현문과 숭인문을 열어 놓으라 하십니다."

이방실은 헛웃음이 절로 나왔다.

"목 장군, 저놈들에게 퇴로를 열어주라니 총병관이 제정신이오?"

"명령을 듣지 않으면 군율로 다스린다고 엄히 경고했소. 이 장군."

장수들의 반대에도 탄현문과 숭인문이 열리자, 홍건적이 무리를 지어 압록강을 향해 도망치기 시작했다. 그러나 도망도 쉽지 않았다. 총병관의 생각처럼 홍건적 20만 중 10만이 개경에 뼈를 묻고 파두반과 홍건적 10만이 압록강을 건넜다. 하지만 요동에서 기다리고 있던 고가노에게 목이 잘렸다.

3장

이무기

[redacted]

개경 수복을 기다리고 있던 공민왕과 노국공주, 문하시중을 비롯한 중신들은 정세운이 보낸 승전보에 기쁨의 눈물을 흘렸다. 특히 공민왕은 십 년 묵은 체증이 내려간 것처럼 얼굴색이 보름달처럼 밝아졌다.

"총병관과 장수들이 일치단결해 홍건적을 물리쳤소. 그 충정을 어떻게 다 입에 담겠소. 게다가 전리품으로 원 황제 옥새 두 개와 많은 병장기를 노획했소. 개경을 수복한 장수들과 병사들에게 전공에 합당한 벼슬과 상을 내리겠으니 과인의 뜻을 전할 사절을 정해 주시오."

찬성사 유탁이 탑전(榻前)에 아뢰었다.

"전하, 개경을 수복했다지만 총병관의 장계가 아직 도착 안 했사옵니다. 장계가 올 때까지 기다려보옵소서."

공민왕은 그 어느 때보다 마음이 급했다.

"찬성사, 과인은 장계가 올 때까지 기다리지 못하겠으니 지체하지 말고 사절을 정하시오."

김용은 속이 검게 타들어 갔다. 자신이 총병관으로 있을 때는 전장에 나가지 않는다고 눈칫밥만 주었다. 그런데 정세운이 개경을 수복하자 대우가 달랐다. 더구나 전공을 운운하니 공민왕의 목소리가 귀에 거슬렸다. 하지만 전공에 걸맞은 사절을 정해달라고 어명을 내리니 머릿속에 한 인물이 떠올랐다.

"전하, 전 공부상서 김림이 적당하옵니다. 김림은 기철 일당을 잡는 데 공을 세웠고 홍건적을 물리치는데 군량과 병사를 모집한 충신이옵니다."

공민왕은 흡족한 표정을 지으면서 말했다.

"김림은 순군제조의 조카가 아니오. 순군제조를 믿는 것처럼 김림을 믿을 테니 그리하시오."

공민왕이 김용에게 힘을 실어주니 중신들은 또다시 입을 다물었다. 하지만 노국공주는 생각이 달랐다.

"전하, 김림보다는 재상반열에 있는 찬성사 유탁을 보내시는 것이 좋지 않겠습니까?"

공민왕은 김용이 팥으로 메주를 쑨다고 해도 믿었다.

"찬성사는 병참을 지원할 막중한 책임이 있소. 사절로는 순군제조가 추천한 김림이 적절하니 다른 말씀은 하지 마시오."

김용은 노국공주의 반대에도 김림으로 정하자 공민왕에게 서운했던 감정이 봄눈 녹듯이 사라졌다. 공민왕의 믿음을 확인한 김용은 홀가분한 마음으로 행궁을 나왔다. 그리고 하늘을 바라보니, 마치 용이 승천하는 것처럼 먹구름이 하늘을 덮고 있었다.

김용은 불현듯이 청한거사의 말이 머릿속에 떠올랐다. 순군부에 들어오자 조카 김림을 불렀다.

"네가 승전 축하사절로 정해졌으니 이제 숙부를 위해 나설 때가 되었다."

"무슨 말씀이신지 말씀하십시오. 숙부님."

김용이 순군부의 안팎을 조심스럽게 살피면서 말했다.

"청한거사가 먹구름 속에 숨어있는 이무기를 잡아야만 용이 될 수 있다고 했다. 해서 숙부가 이무기를 잡고자 한다."

김용이 먹구름 속의 이무기를 잡는다고 설치는데 김림은 무슨 말인지 도통 알아들을 수가 없었다.

"숙부님, 말씀해 주십시오. 이무기는 도대체 누구입니까?"

김용은 귓속말로 말하듯이 목소리를 낮추었다.

"정세운과 이방실, 안우, 김득배가 이무기다. 하나 이무기들의 성질이 매우 사나워 쉽게 잡아 죽일 수 없을 것 같구나."

"산전수전 다 겪은 숙부님이 웬 걱정이 그리 많습니까? 차도살인(借刀殺人)의 술책을 쓰십시오."

"이무기들의 칼을 빌려 이무기들을 죽이라는 말이구나. 아주 좋은 술책이다."

"이 못난 조카의 술책을 인정해주시니 정말 고맙습니다. 한데 용은 누구인가요? 숙부님."

김림이 의아한 눈빛으로 되묻자 김용은 웃통을 벗었다. 그리고 군왕이 명령하듯 근엄하게 말했다.

"내 등짝에 상처 난 흔적을 한번 보아라. 용이 누군지 알게 될 것이다."

"네, 숙부님."

김림이 상처 난 흔적을 살펴보니 입이 딱 벌어졌다. 김용에게 되묻고 싶었으나 입이 떨어지지 않았다. 김용은 당혹해하는 김림의 손에 밀지를 쥐여주면서 말했다.

"숙부의 마음을 알았으면 할 일도 알 것이다. 이번 일을 깨끗하게 처리하고 오너라."

"네, 숙부님."

김림은 마치 군왕에게 하는 것처럼 김용에게 하직 인사하고 순군부를 나서니 온몸에 식은땀이 줄줄 흘렀다.

정세운은 개경을 수복한 장수들을 앞세우고 본궁인 연경궁과 정사를 보던 강안전, 그리고 백성들의 삶이 묻어있는 저잣거리를 둘러보았다. 그런데 차마 눈 뜨고는 못 볼 지경이었다. 궁궐은 모두 파괴되어 불쏘시개가 되었고, 백성들의 집은 홍건적의 약탈과 방화로 흔적 없이 사라졌다.

또한 그 자리에 시체가 산더미처럼 쌓여 있어 사람이 살던 곳인지, 귀신이 살던 곳인지 분간할 수가 없었다. 그리고 역겨운 피비린내와 시체 썩은 냄새가 코를 찔렀다. 이런 참상을 겪어 보지 못한 장수들은 오장육부가 기어 나올 정도 구토를 심하게 했다. 결국 개경을 다 돌아보지 못하고 군영에 들어오니, 전 공부상서 김림이 정세운에게 승전 축하 인사를 했다.

"전하께서 총병관의 충정을 높이 사 술과 음식을, 왕후마마께서 손수 지으신 관복을 가지고 왔습니다."

"장계도 올리기 전에 축하 사절을 보내시다니, 이렇게 황감할 데가 어디 있겠소. 김 상서."

정세운은 말하면서 김림의 눈빛을 살폈다. 그런데 그 눈빛이 예사 눈빛이 아니고 살기를 품고 있어, 정세운은 심기가 매우 불편했다. 하나 내색하지 않고 김림에게 말했다.

"전하께서 하사한 술과 음식을 장수들의 군막으로 보내 병사들과 함께 들게 하겠소. 김 상서는 행궁으로 돌아가 전하와 왕후마마께 개경의 상황을 잘 말씀드려주시오."

"총병관의 말씀, 전하께 전하겠으니 걱정하지 마십시오."

김림은 정세운에게 하직 인사를 하고, 안우의 군막으로 발걸음을 옮겼다.

정세운은 김림이 눈앞에서 사라지자 마음이 찜찜했다. 김림은 김용의 뒷배로 공부상서까지 올랐던 인물로 김용의 조카였으니 더 말할 필요가 없었다. 하지만 이런 잡다한 생각을 할 틈이 없었다. 손에 붓을 들고 행궁으로 보낼 장계를 쓰기 시작했다. 정세운의 마음과는 달리, 도원수 안우는 자신의 군막을 찾아온 김림을 반겨 맞았다.

"아니 김 상서, 총병관만 뵙고 가시면 되는데 소장의 군막까지 오시다니 하여튼 반갑소."

"도원수가 개경의 수복에 제일 큰 전공을 세웠는데 아니 올 수 있겠소. 해서 도원수와 지난날의 회포를 풀고 싶어 온 것이오."

안우는 심사가 불편한지 표정이 심드렁했다.

"개경수복은 총병관의 전략에 의한 것이고 전공 또한 총병관의 것 아니겠소. 더 이상 전공 운운하지 마시오."

"도원수의 그 마음을 위로하고자 온 것이니 너무 야단치지 마시오."

김림의 살기 어린 눈빛에 안우는 가슴이 덜컹 내려앉았다.

"위로라니요. 빙빙 돌리지 말고 알아듣게 말씀하시오. 군막에는 소장과 김 상서밖에 없지 않소."

김림은 도원수 안우의 얼굴색을 살펴보니 전장에서 잔뼈가 굵은 무장이라 눈빛이 칼날처럼 매서웠다. 하지만 곰처럼 우직해 한번 결정하면 끝을 보는 성품이니 총병관을 잡는 사냥개로 부족함이 없었다. 김림이 밀지를 안우에게 주면서 말했다.

"총병관이 전부터 도원수를 못마땅하게 생각했으니 도원수는 죽음을 면치 못할 것이오. 전하께서도 그것을 우려해 도원수에게 밀지를 내렸소."

안우는 김림이 준 밀지를 읽어보았다. 한데 밀지가 공민왕이 직접 쓴 것인지 믿음이 가지 않았다. 더욱 기막힌 것은 개경을 수복한 총병관을 밑도 끝도 없이 참살하라니 밀지의 진위가 의심스러웠다.

"말도 안 되는 밀지를 믿을 수 있겠소? 총병관을 참살하라는데."

"전하께서 제일 신임하는 중신은 순군제조, 김용 숙부요. 숙부에게 밀지를 내렸으니 믿고 안 믿고는 도원수가 판단할 일이오. 하나 뒷감당은 하여야 할 것이오."

김림은 설득보다도 반강제로 밀어붙였다. 하지만 안우는 명색이 도원수이니 총병관을 참살하는 일을 쉽게 결정할 수 없었다.

"소장 혼자 결행할 수 없으니 개경수복에 공을 세운 이방실 장군과 상의하겠다고 순군제조에게 전해주시오."

"숙부께서 결행이 늦으면 정세운에게 당할 수 있다고 신신당부했소."

김림은 다시 한번 다짐하고, 복주 행궁으로 발길을 돌렸다. 안우는 김림이 가지고 온 밀지를 믿어야 할지 말지 결정하기가 매우 어려웠다. 하지만 정세운이 홍건적과 직접 싸우지 않고 군영에서 명령만 내렸으니 개경수복에 참여한 장수들의 전공을 깎아내릴 여지가 다분히 있었다. 안우는 김림이 준 밀지를 품 안에

집어넣고 이방실의 군막에 들어섰다. 이방실은 어주를 들이켰는지 코맹맹이 소리로 말했다.

"아니 도원수, 술을 드시려고 오셨소. 그럼, 소장의 술 한 잔 받으시오."

"이 장군, 술보다 더 급한 것이 있소."

"도원수, 그 지긋지긋한 홍건적도 물리쳤는데 생뚱맞게 급한 것이라니요."

안우는 밀지를 이방실에게 보여주면서 말했다.

"전하께서 총병관을 참살하라는 밀지를 보내셨으니 한번 보시오."

이방실은 술에 취해 있었으나 정신만은 멀쩡했다.

"개경이 수복되었다고 총병관을 내쳐요? 그게 말이나 되는 소리요?"

"소장도 처음에는 믿지 않았소. 한데 보시오. 총병관은 군영에 눌러앉아 군령만 내리고 우리 장수들만 전장에 내몰았소. 더욱 괘씸한 것은 탄현문과 숭인문을 열어 홍건적을 도망치게 했소."

"그렇다고 총병관을 참살합니까? 도원수."

"이 장군, 총병관을 참살하지 않으면 전하의 진노를 어떻게 감당하겠소. 한마디로 우리가 사는 길은 전하의 명을 받드는 것뿐이니 어찌하면 좋겠소?"

안우의 물음에 이방실은 정신이 번쩍 들었다. 밑지도 밑지지만 총병관이 개경수복의 전공을 일괄 적어 올린다고 했으니 잘못하면 헛물만 켜게 생겼다.

"하면 도원수, 무슨 방법이 있는지 말해보시오."

"이 장군과 나는 무식한 무관이나 김득배는 문관이오. 김득배는 주자학자로 많은 신진 사대부의 지지를 받고 있소. 김득배를 우리 편으로 만들면 설령 잘못되어도 목숨까지는 잃지 않을 것이오."

이방실도 학문과 덕망이 높은 김득배가 참여하면 큰 문제가 없을 것 같았다.

"도원수의 생각이 맞소. 김득배의 군막으로 가서 설득합시다."

안우는 이방실의 결단에 한고비를 넘겼다는 듯이 안도의 한숨을 내쉬었다. 하지만 김득배는 이방실과는 달리 무슨 문제든 꼬장꼬장하게 풀기를 좋아해 설득이 쉽지 않을 것만 같았다. 하나 주사위는 던져졌다. 안우가 이방실을 앞세우고 김득배의 군막에 들어서자, 김득배의 제자 정몽주가 반갑게 맞았다.

"잘 오셨습니다. 한데 무슨 급한 일이라도 있는지요?"

안우는 술병을 정몽주에게 보이면서 말했다.

"꼭 무슨 일이 있어야 오는가? 전하께서 하사하신 어주를 김장군과 마시기 위해 왔네."

정몽주는 어주를 마시겠다고 찾아온 안우와 이방실의 모습을 살펴보니 무슨 말 못 할 사정이 있는지 매우 부자연스러웠다. 하지만 말단 관리라 대놓고 물어볼 수 없는 일, 목소리를 낮추면서 말했다.

"소인을 따라오십시오. 두 분 장군."

정몽주가 안우와 이방실을 군막으로 안내하자 붓글씨를 쓰고 있던 김득배가 자리에서 벌떡 일어났다.

"도원수, 이 장군과 같이 오시다니 좋은 일이라도 있습니까?"

"있다마다요. 전하가 내린 어주를 혼자 먹기 적적해 찾아왔습니다."

이방실은 한술 더 떠 김득배가 쓴 붓글씨를 보고 말했다.

"소장은 까막눈이라 김 장군이 쓰신 글씨의 깊은 뜻을 모르겠습니다. 한번 말씀해 주시오."

"개경을 수복했으니 이젠 민생을 살펴야겠지요. 해서 국태민안(國泰民安)이라고 주제넘게 써보았습니다. 이 장군."

김득배가 붓글씨를 가리키면서 말하자 이방실은 고개를 끄덕이었다. 하지만 안우는 마음이 급했다.

"김 장군, 민생보다 더 급한 게 있습니다. 사실 술 핑계로 그걸 말씀드리려고 왔습니다. 한데 좀."

안우가 말을 채 끝내지 못하고 정몽주를 바라보니 김득배는 직감적으로 와 닿은 것이 있었다.

"몽주야, 두 분 장군이 나에게 할 말이 있어 온 것 같은데 잠시 자리를 비켜라."

"알겠습니다. 스승님."

정몽주가 자리를 피해주자 안우는 그간 벌어졌던 일들을 하나도 빼놓지 않고 낱낱이 설명했다.

"김 장군도 알고 계시는 것처럼 정세운이 홍건적이 두려워 숭인문과 탄현문을 열어주었소. 순군제조 김용도 정세운을 탐탁하게 여기지 않으니 정세운을 참살할 수밖에 없소."

이방실도 고집불통 김득배를 설득했다.

"정세운을 참살하라는 것은 전하의 어명인데 장수 된 자가 받들지 않으면 그 죄를 어찌 다 감당하겠소, 김 장군."

김득배의 얼굴이 돌처럼 굳어졌다.

"이제 겨우 개경을 수복했는데 우리끼리 싸우면 좋겠소? 부득불 피치 못할 사정이 있다면, 정세운을 잡아 전하께 바치면 우리는 죄를 면할 수 있지 않겠소? 소장은 정세운을 참살하는데 협조하지 않을 터이니 두 분 다 물러가시오."

이방실과 안우가 얼굴색이 흙빛이 되어 군막을 나왔다. 그리고 정몽주에게 시선 한번 주지 않고 어둠 속으로 사라졌다. 정몽주는 사태의 심각성을 직감했다. 군막을 들어오자마자 김득배에게 물었다.

"스승님, 두 분 장군의 얼굴색이 밝지 않으니 무슨 일 있었습니까?"

김득배가 떨리는 목소리로 대답했다.

"일도 아주 큰일이다. 전하가 밀지를 내렸다면서 총병관을 참살하려고 공작을 꾸미고 있다."

"개경을 수복한 총병관을 참살하라니요. 전하가 그런 말도 안 되는 밀지를 내릴 리 없습니다. 정말 기가 막혀 말이 안 나옵니다. 스승님."

김득배는 김용의 농간이라고 확신했다. 하나 공민왕이 김용을 철석같이 믿고 있으니 김용을 견제하는 것은 계란으로 바위치기였다. 김득배는 마음을 정한 듯이 정몽주의 손을 잡았다.

"앞길이 창창한 자네도 이곳에 있으면 변을 당할 수 있다. 두말 말고 이성계를 따라 동북면으로 가라."

"하지만, 스승님."

정몽주가 동북면으로 가지 않으려고 발버둥을 친들, 말단 관리로서는 한숨만 내쉴 뿐 다른 방법이 없었다. 결국 정몽주는 이성계를 따라 동북면으로 몸을 피했다.

총병관으로 받든 정세운을 참살한다는 것은 제 살을 깎아 먹는 것과 다름이 없었지만, 안우는 마음을 굳게 다잡았다. 더욱이 공민왕의 밀지가 손안에 있으니 거칠 것이 없었다. 안우가 온기 없는 말투로 이방실에게 말했다.

"어젯밤에 김득배를 찾아가 전하의 밀지를 받드는 것만이 목숨을 보존하는 길이라고 설득했소. 하니 김득배 걱정은 더 이상 하지 마시오."

이방실이 한 고비를 넘긴 듯 밝은 낯빛으로 대답했다.

"고집불통 김득배가 도원수의 설득에 넘어갔군요. 정말 잘되었소."

"이 장군, 정세운 참살에 걸림돌이 없어졌으니 소장의 군막에서 주연을 베푼다고 정세운을 초대합시다."

"그럼, 소장이 정세운을 데리고 오겠소. 하나 정세운의 무공이 도원수 못지않으니 잘못하면 우리가 당할 수 있소."

"그건 걱정하지 마시오. 소장의 군막에 믿을 만한 장사를 매복해 놓겠소."

매서운 북풍이 군막이 날아갈 정도로 휘몰아쳤다. 이방실은 북풍을 등에 지고 총병관의 군막으로 발걸음을 옮겼다. 개경 수복 직후라 거리마다 시체가 두세 겹을 쌓여 있어, 시체를 피해 총병관의 군막으로 가기도 말처럼 쉽지 않았다. 하지만 길은 하나였다. 이방실이 총병관의 군막에 들어가니 정세운이 목충과 바둑을 두고 있었다.

"총병관께서 바둑을 두시는군요. 소장이 훈수 좀 해도 될까요."

"끝내기 바둑을 두고 있는데 훈수라니 이 장군도 참 실없는 분이오. 한데 이 추운 날에 어찌 오셨소."

이방실은 긴장되었는지 마른침을 한번 삼키고 말했다.

"도원수가 총병관을 위로하고자 술과 고기를 준비했습니다. 별일이 없으시면 도원수의 군막으로 가시지요."

목충은 추운 날씨에 총병관을 도원수의 군막으로 초대하는 이방실의 저의가 의심스러웠다.

"이 장군, 총병관의 군막에 전하가 하사하신 어주가 남아있소. 자리를 옮길 것이 아니라 이곳에서 코가 비틀어지도록 어주를 듭시다."

목충의 가시 돋친 말투에 이방실은 당혹했다. 하지만 정세운은 목충과는 달리 이방실의 초대에 흔쾌히 응했다.

"추운 날씨에 술과 고기를 먹으면 몸도 녹이고 온갖 시름을 날릴 수 있으니 신선이 부럽지 않겠나. 목 장군은 너무 고깝게 생각 마시게."

"총병관, 이 무식한 놈은 신선이 되지 말란 법이 어디 있습니까? 소장도 신선처럼 도원수의 군막에서 술과 고기를 먹고 싶습니다."

목충이 정세운을 따라나서려 하자 이방실은 난감했다.

"목 장군, 자리가 자리인 만큼 총병관만 모시고 갈까 합니다."

"이 장군, 무슨 켕기는 게 있으시오? 소장을 못 오게 하게."

"켕기다니요. 그 무슨 섭섭한 말씀을 하시오. 그럼 같이 갑시다."

이방실은 정세운만 데리고 가려다가 혹 하나를 더 붙였다. 이들은 시체가 산처럼 쌓인 저잣거리를 지나서 도원수의 군막에 당도하니, 콧구멍이 벌름거릴 정도로 고기 굽는 냄새가 진동했다. 이방실은 군막을 향해 큰 소리로 외쳤다.

"도원수, 총병관과 목충 장군이 왔습니다. 나오십시오."

이방실의 목소리에 안우는 걱정이 앞섰다. 강직하기로 소문난 목충까지 따라왔으니 잘못하면 실패할 것만 같았다. 안우는 복면을 쓴 장사에게 귓속말로 말했다.

"한 놈이 더 늘었으니 실수 없이 해라."

복면을 쓴 장사가 알았다는 듯이 고개를 끄덕였다. 안우는 마음을 다잡고 군막을 나왔다.

" 소장의 군막에 맛 좋은 고기와 술이 있어 총병관을 모시게 되었습니다. 그리고 총병관과 친밀한 김득배 장군도 오셨으니 들어가십시오."

정세운은 안우의 인사말이 흡족했는지 큰 소리로 말했다.

"아니 도원수, 이 추운 날씨에 김득배 장군도 오셨단 말이오? 두말 말고 들어갑시다."

목충은 기겁했다. 군막 안이 음산해 보이고 잘 보이지 않는 실 그림자가 눈에 잡혔다.

"총병관, 군막 안이 매우 수상하니 돌아갑시다."

안우는 가슴이 철렁했다.

"목 장군, 매서운 추위에 돌아가다니 가더라도 목이나 축이고 가시게."

정세운도 목충을 다독거렸다.

"도원수의 말씀이 맞지 않는가? 도원수에게 결례를 마시게."

"결례는 소장이 아니라 도원수가 하고 있습니다. 총병관."

목충이 정세운을 잡고 계속 늘어지자 안우는 마음이 급했다.

"아니 목 장군, 내가 명색이 도원수인데 그렇게 마음에 안 드시는가? 가려면 혼자 돌아가게."

"혼자 돌아가라고? 도원수."

안우는 목충의 말을 한 귀로 흘려들었다. 그리고 걱정하지 말라는 듯이 정세운의 손을 다정스럽게 잡고 군막 안으로 들어갔다. 그런데 상황이 돌변했다. 군막 안에 들어온 정세운이 김득배의 손을 반갑게 잡으려는 순간, 복면을 쓴 장사가 철퇴로 정세운의 머리통을 내리쳤다.

"으헉! 감히 총병관을…."

정세운이 비명 지르면서 쓰러졌다.

목충은 한순간에 상황이 돌변하니 정신이 번쩍 들었다. 더군다나 정세운의 참살 현장을 목격했으니 이번에는 자신의 차례인 것 같았다. 목충은 살아야겠다는 일념에, 압록강에서 불어오는 북풍을 등지고 복주 행궁을 향해 내달렸다.

총병관 정세운이 보낸 장계에 공민왕과 노국공주는 기쁨이 하늘에 닿을 정도로 높았다.

— 전하, 개경을 수복하고 파두반의 홍건적 20만을 몰아낸 것은 소신의 공이 아니라 전하가 계시었기 때문에 가능했사옵니다. 이제 전하께서 매가 하늘로 날듯이 백성들에게 성덕을 베풀면 소신은 전장에서 죽어도 전하의 성덕에 감사할 따름이옵니다. 소신 행궁을 향해 사배를 올리니 만수무강하옵소서 —

총병관이 병사 한 명 없이 전장에 갈 때만 해도 개경을 수복하리라곤 꿈도 꿀 수가 없었다. 그런데 그 총병관이 개경을 수복하고 홍건적을 물리쳤다.

공민왕은 노국공주를 바라보았다. 원나라의 공주로 태어나 부러운 것이 없었는데 고려에 시집와 온갖 고생을 다 하고 있었다. 공민왕은 입이 열 개가 있어도 할 말이 없었다. 한데 노국공주가 신임한 정세운이 자신의 한을 풀어주었으니 노국공주에게 백번 천번이라도 절하고 싶어졌다.

"왕후, 과인이 사람 보는 눈이 없었나 보오. 정말 고맙소."

노국공주는 입가에 미소를 머금고 말했다.

"총병관은 전하의 신하입니다. 그런 말씀 하지 마십시오."

"왕후도 중신들처럼 아첨을 잘하시니 과인이 손 좀 봐야겠소."

공민왕은 애틋한 심정으로 노국공주의 손을 살며시 잡았으나 상황이 돌변했다.

목충이 어전에 들어왔다. 한데 목충의 행색이 저잣거리의 상거지만도 못했다. 갑옷은 나뭇가지에 걸려 찢어졌는지 너털거리고 온몸에 핏자국이 수묵화처럼 그려져 있으니, 사람인지 귀신인지 분간하기가 어려웠다. 공민왕은 어전 바닥에 쓰러진 목충에게 물었다.

"목 장군, 군영에 있어야 할 장수가 이 무슨 꼴인가? 말씀해 보시게."

"전하, 총병관 정세운이 참살되었습니다. 총병관 정세운의 원수를 갚아주십시오."

하늘이 무너지는 비보에 어전은 곧바로 얼어붙었다. 하지만 총병관 정세운의 참살은 역모에 준하는 사건이라 망연자실만 하고 있을 수 없었다. 찬성사 유탁이 나섰다.

"목 장군, 총병관을 누가 죽였는지 전하께 사실대로 고하시오."

목충은 설움에 복받쳤는지 한동안 대답을 하지 못했다. 하나 길게 가지 않았다. 오장육부를 토해내듯 말했다.

"소인배 이방실과 안우, 김득배가 총병관의 전공을 시기해 참살했사옵니다. 하오니 전하, 전공에 눈이 먼 역적놈들을 참수하십시오."

공민왕은 고려군의 수장 총병관을 참살한 역적놈들을 도저히 용서할 수 없었다. 문하시중 홍언박에게 명했다.

"문하시중, 총병관을 참살한 역적놈들을 지금 당장 잡아들이시오. 과인이 용서할 수 없소."

홍언박은 공민왕과 생각이 달랐다.

"전하, 총병관은 소신과 중신들에게 부월을 들이대면서 말을 함부로 했듯이 개경 수복에 참전한 장수들에게도 그리했을 것이옵니다. 하니 성정이 급한 장수들이 참겠습니까? 총병관의 죽음은 총병관 스스로 자초한 것이옵니다."

찬성사 유탁은 정세운이 전장으로 떠나면서 돌아올지는 하늘만 알겠다고 말한 것이 마음에 걸렸다. 그런데 홍언박이 상황 파악을 못 하고 경망스러운 말을 내뱉었으니 도저히 참을 수가 없었다.

"문하시중이 애도는 하지 못할망정 개경을 수복한 총병관에게 독설을 퍼붓다니 제정신이오?"

노국공주도 마음이 저리고 아팠다.

"전하, 총병관을 참살한 소인배를 잡아들이셔요. 그래야만 총병관이 구천에서 편히 쉴 수가 있어요."

유숙도 눈물로 주청했다.

"전하, 총병관을 죽인 역적놈들을 살려주시면 반역을 꾀할 수 있으니 두말할 것 없이 목을 베소서."

공민왕도 생각해 보니 역적들이 고려군을 장악하고 있어 마음만 먹으면 고려왕조를 뒤엎기는 손바닥 뒤집기보다 더 쉬울 것만 같았다.

"순군제조, 총병관의 머리와 몸통을 따로 놀게 한 역적놈들을 어떻게 처리해야 할지 말해보시오."

김용은 이무기를 잡는 술책이 한 치도 어긋남이 없이 척척 맞아떨어지고, 공민왕이 역적들의 처리 방법까지 물으니 신바람이 났다.

"전하, 물고기를 잡으려면 떡밥을 주듯이 역적 놈들에게 벼슬을 주면 냉큼 물을 것이옵니다. 떡밥으로 역적 놈들을 잡으십시오."

홍언박은 김용의 술수가 그럴듯했다.

"순군제조의 술수가 맞사옵니다. 역적 놈들이 떡밥을 물으면 행궁으로 불러드려 죄를 물으십시오. 전하."

공민왕도 김용이 총병관으로서 책임은 다하지 못했으나 술수만은 마음에 들었다.

"순군제조의 주청이 합당한 것 같소. 해서 떡밥을 주듯 이방실을 재상급인 중서평장사로 삼아 총병관의 임무를 대신하게 하고 도원수 안우와 김득배에게는 전공에 걸 맞는 합당한 상을 내리겠소. 과인의 뜻을 누가 역적들에게 전하겠소."

지주사 원송수가 자청했다.

"소신 원송수, 능력이 부족하나 역적들에게 전하의 뜻을 전하겠사옵니다."

공민왕은 원송수의 생사가 내심 걱정이 되었다.

"역적들이 그대를 참살할지도 모르는데 괜찮겠소?"

"소신의 생사는 역적들에게 있는 게 아니라 전하께 있사오니 심려 마십시오."

살얼음판은 걷는 것처럼 어전회의가 가까스로 끝이 났다. 그리고 공민왕의 명을 받은 원송수가 역적들을 설득하기 위해 천수사 군영으로 떠났다. 노국공주는 유탁을 바라보았다. 하지만 유탁은 정세운의 죽음에 가슴 아파하는 노국공주의 눈빛을 보기 싫어 애써 외면했다.

김용은 정세운에게 총병관직을 빼앗기고 순군제조로 강등되었다. 하지만 정세운의 숨통을 끊었다. 이제 고려에는 김용의 권세를 넘볼 자가 없었다. 한데 불길한 기운이 온몸을 휘감으니 제공 화지원을 불렀다.

"화지원, 네놈을 부른 이유를 아는가?"

김용의 살기 어린 눈빛에 화지원은 가슴이 철렁 내려앉았다.

"소인이 무슨 죄라도 지었습니까? 말씀해 주십시오. 순군제조."

김용은 기분이 매우 나쁜지 화지원의 면상을 후려쳤다.

"순군제조로 강등된 것만 해도 화가 나 죽겠는데 네놈은 내 속도 모르고 순군제조, 순군제조하고 입방아를 찍고 다니니 살고 싶지 않은 것 같구나."

화지원은 김용의 발 앞에 넙죽 엎드렸다.

"소인이 죽을죄를 지었습니다. 앞으로 상장군으로 부르겠습니다."

김용이 동냥을 주듯이 화지원에게 떡밥을 내던졌다.

"네놈이 내 심복만 된다면 장군보다 더 높이 오를 수 있다. 알겠느냐?"

"상장군, 무슨 말씀인지 말씀하십시오. 소신이 목숨을 걸고 완수하겠습니다."

화지원이 떡밥을 덥석 물고 충성을 맹세하자 김용은 마른하늘에 날벼락 치는 명령을 내렸다.

"전 공부상서 김림을 쥐도 새도 모르게 참살하라. 그것이 네놈의 임무다."

"김림은 상장군의 친조카 아닙니까?"

화지원은 목소리를 높였지만 김용의 살기 어린 눈빛을 보니 온몸에 소름이 돋았다. 김용은 마지막 끝내기를 하고 있었다. 가짜 밀지로 역적들을 사주해 총병관 정세운을 참살했으니 김림이 살아 있으면 언젠가는 들통이 날 것만 같았다.

"네놈이 살길은 내 명령을 듣는 것뿐이다. 김림이 순군부에 들어오면 단숨에 참살하라."

"철퇴로 머리통을 깨버릴 테니 걱정하지 마십시오. 상장군."

화지원이 큰 소리로 말했지만, 마음 한구석에는 알 수 없는 불안감이 엄습해 왔다. 김용의 심복이 되기 위해 온갖 궂은일을 다했다. 그런데 제 혈육인 김림을 참살하라니 사람의 탈을 쓰고서 할 일이 아니었다. 결국 자신의 목숨도 김용의 기분에 좌우된다는 생각이 들자 김용이 마치 염라대왕처럼 보였다. 하지만 선택의 여지가 없었다.

김용의 기대에 어긋나지 않게 조카 김림이 순군부의 문을 열고 들어왔다.

"숙부님, 정세운이 죽었으니 이번에는 이방실과 안우의 차례입니다."

"그래, 네가 숙부를 위해 큰일을 했다. 하나 아쉽게도 네가 먼저구나."

"숙부님, 그 말씀은?"

김림이 말을 이으려는 순간, 화지원이 김림의 머리통을 철퇴로 내리쳤다. 김용은 피를 토하면서 쓰러진 김림에게 냉기 설린 목소리로 말했다.

"너의 입을 봉해야만 숙부가 용이 될 수 있으니 숙부를 원망하지 말고 저승으로 잘 가거라."

김림은 자신이 죽어야 할 이유를 알아챘는지 눈가에 피눈물이 이슬 망울처럼 맺혔다.

안우와 이방실은 총병관 정세운을 참살하면 장수들과 병사들이 쌍수를 들고 환영할 줄 알았다. 하지만 상황은 그다지 녹록지 않았다. 장수들은 장수들대로, 병사들은 병사들대로, 안우와 이방실을 보면 마치 저승사자를 보듯 자리를 피했다. 그리고 안우와 이방실이 전공에 눈이 어두워 총병관 정세운을 참살했다는 소문이 전국 방방곡곡에 퍼져나갔다. 백성들도 총병관의 참살에 눈물을 흘리고 애석해 하니, 안우와 이방실은 군영 안에 틀어박혀 있을 수밖에 없었다. 한데 지주사 원종수가 군영에 들어왔다. 안우는 원송수의 속내를 알고 싶었다.

"전하께서 총병관을 참살한 죄를 묻고자 지주사를 보내신 것으로 알고 있습니다. 소장들을 어떻게 처분할지 말씀하십시오."

원송수는 담담한 표정으로 안우와 이방실의 손을 잡았다.

" 전하께서 세 분 장군의 전공은 총병관을 참살한 죄를 상쇄하고도 남는다고 말씀하시면서 이 장군은 재상급인 중서평장사로 삼는 동시에 총병관의 임무도 맡으라 하셨습니다. 그리고 도원수와 김 장군은 전공에 걸 맞는 합당한 상을 내린다고 하셨습니다. 그런데 김 장군은 보이지 않으시니 어디 가셨는지요."

안우는 원송수의 말을 액면 그대로 믿을 수가 없었다. 하지만 합당한 상을 내려준다고 하니 일말의 희망이 보였다.

"전하께서 그리 말씀하셨다면 한시름 놓았습니다. 그리고 김 장군은 무슨 불만이 많은지 군영에 그림자도 비치지 않고 있습니다. 지주사."

이방실도 김득배에게 불만이 많은지 목소리를 높였다.

"신선처럼 군막에서 붓글씨만 쓰고 있으니 소장도 답답합니다."

"이 장군의 말씀처럼 김득배는 학자로 나갈 분이지 창검을 들고 적과 싸울 분이 아닙니다. 너무 섭섭하게 생각하지 마십시오."

"지주사, 소장도 잘 알고 있습니다. 하나 워낙 고지식하니 말 붙이기도 쉽지 않습니다."

"사람마다 성품이 다르니 김 장군을 너무 탓하지 마십시오. 그리고 두 분 장군께 전할 말씀을 다 드렸으니 행궁으로 돌아가겠습니다."

원송수가 김득배의 역성을 들면서 자리에서 일어나자 안우는 기분이 썩 좋지 않았다.

"지주사가 가신다니 잡지는 않겠소만 소장과 이 장군의 충정을 전하께 잘 말씀드려주십시오."

"두 분 장군의 충정은 전하도 알고 계십니다. 하나 총병관의 참살은 충정만으로 해결되지 않으니 직접 행궁에 오셔서 전하께 말씀 올리십시오."

안우가 고개를 끄덕이었다.

" 이 장군은 총병관의 임무를 맡았으니 군영을 비울 수가 없습니다. 해서 소장이 먼저 전하를 뵙겠습니다."

"도원수의 그 말씀도 전하께 전하겠습니다."

원송수가 안우와 이방실의 배웅을 받으면서 행궁으로 발길을 돌렸다. 하지만 김득배를 만나지 못했으니 발걸음이 잘 떨어지지 않았다.

김용은 청한거사가 왔다 가면 앞길을 막는 걸림돌이 하나씩 빠져버리니 콧노래가 절로 나왔다. 더욱 기분 좋은 것은 눈엣가시 같은 역적놈들에게 떡밥을 던졌더니 웬 떡이냐 하고 덥석 물었다. 이제 낚싯줄을 잡아당길 일만 남았다. 김용은 어전에 들어갔다.

"전하, 지주사 원송수의 설득으로 안우가 군영을 나왔다고 하옵니다."

김용의 보고에 공민왕의 용안이 밝아졌다.

"순군제조, 그 역적 놈을 참수해 정세운의 한을 풀어주고 싶소. 하나 왜 죽였는지 그 이유만은 알아야겠으니 산 채로 잡아 오시오."

"전하, 역적을 산 채로 잡아 오라니요. 그 명만은 받들 수가 없사옵니다."

김용이 입에 거품을 물고 반대하자 공민왕은 불같이 화를 냈다.

"과인을 얼마나 우습게 보았으면 과인의 명을 거역하는가? 역적 안우보다 순군제조의 죄를 먼저 묻겠다."

"소신의 불충을 용서하십시오. 전하."

김용이 넙죽 엎드리자 공민왕은 대도에서 고생했던 지난날이 생각났다.

"앞으로 과인의 명에 토를 달면 구족을 멸하겠으니 말을 가려 하시오."

"명심 또 명심하겠사옵니다. 전하."

김용은 말 한마디 잘못해 공민왕의 진노를 샀다. 하지만 유탁은 공민왕의 진노가 문제가 아니었다. 안우와 이방실이 고려군을 장악하고 있어, 잘못하면 더 큰 일이 벌어질 것만 같았다.

"전하, 안우가 반란을 일으키고자 병력을 몰고 올지 죄를 청하러 올지 알 수 없으니 대책을 세워야 하옵니다."

"과인이 마음이 급해 그걸 미처 생각하지 못했소. 찬성사의 생각을 말해보시오."

"안우가 행궁으로 오려면 조령고개(경북 문경, 문경새재)를 지나 함창현(咸昌縣, 경북 상주)으로 와야만 하옵니다. 해서 소신이 함창현으로 가서 안우의 동태를 살펴보겠사옵니다."

"찬성사의 말처럼 안우가 반란을 꾀하려고 오는지 알아볼 필요가 있소. 하나 찬성사만 믿고 있을 수 없으니 순군제조는 행궁의 경비를 철저히 하시오."

계절이 순환하여 다시 봄가을이 오듯 공민왕에게 재신임받자, 김용은 자신도 모르게 어깨에 힘이 들어갔다.

"전하, 행궁은 순군부 병사들이 지키고 있으니 걱정하지 마옵소서."

유탁은 역겨운 김용의 목소리를 뒤로하고 행궁을 나왔다. 그리고 술과 음식을 장만해 노새에 실었다.

함창현에 가는 길은 산악길이라 말처럼 쉽지 않았다. 험준한 조령고개를 넘어서 함창현에 들어서니, 낙동강의 물길이 은빛 물비늘을 반짝이면서 유탁의 시선을 유혹했다. 또한 풍광이 제일 좋다는 비봉산(경북 상주)이 어머니가 품 안에 안듯 유탁을 감싸 안으니 무릉도원이 따로 없고 함창현이 무릉도원이었다. 하지만 안우가 병력을 몰고 올지 하늘만이 아는지라 유탁도 마음이 편치 않았다.

이런 유탁의 마음을 하늘도 알아챘는지 말 울음소리가 귓전을 때렸다. 유탁은 조심스럽게 말 울음소리가 나는 곳을 바라보았다. 그런데 병력은 보이지 않고 안우와 안우경이 낙동강 강가에서 말에게 물을 먹이고 있었다.

"도원수, 내가 그곳으로 가겠소. 잠시만 기다리시오."

안우는 유탁의 목소리에 정신이 번쩍 났다. 행궁에 있어야 할 유탁이 함창현에서 나타나니, 혹시 비봉산의 기슭에 병사가 매복하고 있는지 불안감이 엄습했다. 안우는 걱정스러운 말투로 안우경에게 말했다.

"찬성사가 노새 한 마리만 몰고 겁도 없이 오다니 아무리 봐도 수상하다."

안우경도 불안한 시선으로 낙동강의 은빛 물길과 비봉산의 기슭을 살펴보았다. 그런데 은빛 물결과 잔바람에 흔들리는 나뭇가지만 보이지 병사는커녕, 쥐새끼 한 마리도 보이지 않았다.

"찬성사는 장사성을 토벌한 분으로 장수들에게 존경받고 있습니다. 도원수 보십시오. 노새 한 마리밖에 없습니다."

안우경의 대답에 안우는 비로소 긴장을 풀었다. 그리고 유탁을 반갑게 맞았다.

"찬성사께서 함창현에는 어쩐 일이십니까? 소장을 잡으려고 오셨소?"

유탁은 너털웃음을 웃으면서 말했다.

"도원수를 잡으려면 늙은 노새 한 마리로 되겠소. 만 명의 병사도 부족할 것이오. 그런 소리랑 말고 지난날의 회포나 풉시다."

안우도 김용처럼 장사성 토벌에 유탁의 중랑장으로 참전한

적이 있었다.

"그때 찬성사의 무공은 대단하셨지요. 왕후마마의 아버지 위왕도 구해주시고 장사성이 숨어있는 고우성도 함락시킬 수 있었지요. 한데 원나라 장수들이 찬성사의 전공을 시기해 적극 협조하지 않았으니 그때를 생각하면 지금도 분통이 터집니다."

안우가 말하면서 주먹을 불끈 쥐었다.

"나도 원나라 장수들을 생각하면 속만 상하니 더는 말씀하지 마시오. 그리고 전하께서 고려의 강토를 회복시켰다고 하시면서 도원수에게 어주를 내리셨소. 하니 도원수는 어주를 서서 받으시오."

유탁은 노새에 싣고 온 어주와 음식을 강가에 내려놓았다. 그리고 군왕에게 올리는 것처럼 무릎을 꿇고 어주를 올리자 안우의 얼굴이 노랗게 변했다.

"소장이 어주를 불경스럽게도 서서 받다니요. 이제 정말 소장을 역적으로 만들 참이오? 소장이 총병관을 참살한 것은 전하의 명에 의해서지 소장이 반역하려고 참살한 것이 아닙니다."

"도원수, 전하의 명이라니요. 혹시 내가 잘못 들은 것 아니요?"

"김림이 전하의 밀지를 소장에게 전했습니다. 김림에게 물어보시면 소장이 왜 정세운을 참살했는지 알 것입니다."

안우의 말을 유탁은 도저히 믿을 수가 없었다.

"김림은 어젯밤에 떡을 잘못 먹다가 급사했으니 죽은 자에게 무엇을 물어본단 말이오."

"소장에게 밀지를 전해줄 적만 해도 멀쩡했는데 떡을 먹다가 급사를 했다고요. 그게 말이나 되는 소리입니까?"

"말이 되고, 안되고는 김용의 조카니 직접 물어보시오."

유탁의 언짢은 말투에, 안우는 김림이 가지고 온 밀지가 가짜일지도 모른다는 불길한 예감이 들었다.

"소장이 역적누명을 쓸 것 같습니다. 전하를 알현하고 밀지의 진위를 확인하겠습니다."

"내가 전하의 어필을 잘 알고 있으니 보여주면 안 되겠소. 도원수."

안우가 매몰차게 거절했다.

"찬성사께서 소장의 일에 발을 담그면 무사하지 못할 것입니다. 전하의 밀지를 보여드릴 수 없습니다."

"도원수의 뜻이 그렇다면 말리지는 않겠소. 하나 행궁의 경비는 김용이 맡고 있으니 잘 판단하시오."

유탁이 김용을 거론하자 안우는 시선을 안우경에게 돌렸다.

"자네가 함창현까지 동행한 것만으로도 내 마음은 더없이 기쁘다. 하니 군영으로 돌아가라."

안우경이 안우의 손을 잡고 눈물을 흘렸다.

"도원수와 소장은 피를 섞지는 않았으나 형제보다도 더 가까운 사이입니다. 절대 그럴 수는 없습니다."

안우는 한번 결정하면 물러서지 않는 곰처럼 우직한 성격이었다. 안우경의 손을 뿌리치면서 말했다.

"나를 형제로 생각한다면 뒤도 돌아보지 말고 군영으로 돌아가라."

"아무리 그래도, 도원수."

안우경이 마지못해 군영으로 발길을 돌리자 안우는 가슴이 미어졌다. 하지만 감성에만 젖어 있을 수 없는 일, 유탁에게 비장한 목소리로 말했다.

"소장이 행궁으로 가서 전하를 알현하겠습니다. 찬성사께서는 천천히 뒤따라오십시오."

안우는 비호처럼 말 등에 올라탔다. 그리고 말채찍으로 말 엉덩이를 후려치자 말이 말 울음소리 내면서 행궁으로 질주했다.

김용은 안우가 병력을 몰고 올지 모르니 행궁의 경비를 철저히 했다. 한마디로 모기 한 마리도 담장을 넘어올 수 없을 정도로 그물망을 촘촘히 치고 있는데 화지원이 상기된 얼굴로 나타났다.

"상장군, 안우가 단기필마로 조령고개를 넘었습니다. 한 시진이면 행궁에 도착할 것이니 명령을 내려주십시오."

김용은 회심의 미소를 지었다. 단기필마로 온다니 하늘의 도우심이고 부처님의 도우심이었다.

"화지원 이놈아, 안우가 전하를 알현하기 전에 참살해야 뒤탈이 없다."

"걱정하지 마십시오. 소인이 안우를 몽둥이로 때려죽일 터이니 마음 놓으십시오."

화지원의 음산한 대답에 김용은 조금이나마 안심이 되었다. 하지만 상황은 조석으로 변하는 것, 행궁 밖을 조심스럽게 살펴보고 있는데 지밀직사사 목인길(睦仁吉)이 행궁 앞에서 서성거리고 있었다.

"동생이신 목충 장군은 보이지 않고 지밀직사사께서 행궁에 웬일이시오."

"목충은 정세운의 죽음에 충격을 받아 몸져누워 있소. 해서 안우의 몰골이라도 볼 겸, 이렇게 기다리고 있소."

목인길은 목충의 부탁도 있었지만 정세운과는 막역지우였고 안우와도 호형호제하는 사이였다. 한데 안우가 정세운을 참살하는 천지가 개벽하는 일이 벌어졌으니 목인길은 난감했다. 하지만 김용은 이런 목인길의 마음을 모르는지 목소리를 높였다.

"전하의 윤허를 받고 오셨소?"

김용이 되묻자 목인길은 기분 나쁘다는 듯 화를 버럭 냈다.

"행궁에 오는 것까지 윤허를 받아야 하오? 순군제조의 말씀이 지나치시오."

김용은 조금도 물러서지 않았다.

"역적 안우가 오는 마당에 윤허 받는 것은 당연한 것 아니오."

"아무리 그래도 순군부 병사들이 행궁으로 들어오는 중신들의 동태를 눈을 까뒤집고 살피고 있소. 중신들이 반역을 꾀하고 있단 말이오?"

"안우와 내통한 중신들이 있는지 모르잖소. 그리고 안우가 정세운을 참살한 목적이 무엇이라고 생각하십니까? 그자의 머릿속에는 반역밖에 없소. 해서 순군부 병사들이 경비를 철통같이 서고 있으니 행궁에 머뭇거리지 말고 돌아가십시오."

목인길도 만만치 않았다. 기철의 난 때 대호군으로 활약한 맹장이라 김용이 쉽게 다룰 인물이 아니었다.

"내 동생을 죽이려 했던 그 역적 놈을 순군제조에게 맡긴단 말이오? 어림없는 소리 마시오."

"지밀직사사께서 모르시나 본데 전하께서 행궁의 경비를 순군제조 김용에게 맡겼소. 더 큰 화를 당하기 전에 물러나시오."

김용이 계속 목인길을 겁박하고 있는데 안우의 목소리가 등 뒤에서 들려왔다.

"순군제조, 나 안우요. 전하를 알현하러 왔소."

김용은 매우 불쾌했다. 총병관의 자리에 있을 적만 해도 설설 기었다. 그런데 종놈에게 명령하듯 말을 놓고 있으니 때려죽이고 싶은 마음이 굴뚝같았다. 하지만 내색하지 않고 넉살스럽게 말했다.

"도원수, 행궁에 정말 잘 오셨소."

김용의 속 타는 마음과는 달리, 목인길은 정세운을 참살한 전후 사정을 알고 싶었다.

"도원수, 총병관을 참살한 이유가 도대체 무엇이오. 정말 전공이 탐나서 참살했소?"

목인길의 송곳 질문에 안우는 김용의 눈빛을 살피면서 말했다.

"도원수까지 해본 소장이 전공이 탐나서? 말도 안 되는 소리 하지 마시오."

"하면 왜 참살했소. 도원수."

"전하가 소장에게 밀지를."

안우가 밀지라고 운을 떼니 김용의 심장이 널뛰듯 뛰었다. 잘못하면 목인길에게 들킬 것만 같았다.

"지밀직사사, 도원수를 만나 보았잖소. 돌아가십시오."

목인길은 김용의 행동이 매우 수상했다. 더구나 행궁 안으로 자주 눈길을 돌리고 있으니 행궁 안이 더욱 궁금했다.

"순군제조, 이왕에 행궁까지 왔으니 도원수를 동행하겠소. 도원수 행궁 안으로 들어갑시다."

목인길이 안우의 손을 붙잡고 행궁으로 들어가려고 하자, 김용이 목인길의 앞을 가로막았다. 하지만 김용의 뜻대로 되지 않았다. 목인길과 안우가 김용을 밀어붙이고 행궁 안으로 들어가 보니, 왠지 음산한 기운이 감돌았다. 안우가 큰 소리로 말했다.

"순군제조, 행궁 안에 모기 새끼 한 마리 없으니 어찌 된 일이오. 설마, 나를 죽이려고 작정한 것이요?"

"도원수, 내가 할 일이 없어 도원수를 죽이겠소. 전하께 알현할 준비나 하시오."

김용은 신경이 칼날처럼 곤두선 안우를 다독거렸다. 그러나 목인길이 마음에 걸렸다.

"정세운을 참살한 불똥이 도원수가 아니라 지밀직사사에게 떨어져도 좋겠소? 괜히 전하의 노여움을 사지 말고 돌아가시오."

김용이 마지막 경고하듯이 윽박지르자 목인길은 멈칫했다. 김용은 공민왕의 신임이 얼마나 두터운지 오뚝이처럼 죽었다 살아나기를 반복했다. 김용을 잘못 건드렸다가는 큰코다칠 것만 같았다.

"도원수, 순군제조가 나를 죽일 것처럼 닦달하니 안 되겠소."

목인길은 안우의 대답도 듣지 않고 행궁을 빠져나갔다. 김용은 천금의 기회가 왔다는 듯이 큰 소리로 말했다.

"도원수, 조금만 더 가면 전하가 계신 어전이오. 지체 말고 갑시다."

"알겠소. 순군제조."

안우가 김용의 뒤를 따라가고 있는데 매복하고 있던 화지원이 안우의 머리통을 몽둥이로 내리쳤다. 안우는 머리통에서 피가 솟구쳤으나 전장에서 사선을 넘나들면서 싸운 맹장이었다.

"김용 이놈아, 네놈이 준 밀지를 전하께 보여주고 죽을 터이니 잠시만 참아라."

안우가 죽는 마당에 욕설을 퍼붓자 김용은 가소로웠다.

"네놈이 가지고 온 밀지는 내가 만든 것이다. 전하께 보일 필요 없이 저승으로 가지고 가라."

김용의 말이 끝나기 무섭게, 화지원이 안우의 머리통을 몽둥이로 또 한 번 내리치자 안우는 썩은 고목처럼 쓰러지면서 외쳤다.

"김용 네놈이 만든 밀지라고? 으흑."

안우는 공민왕을 알현하지 못하고 저승길로 떠나니 행궁 안팎은 피비린내가 진동했다. 하지만 피비린내는 이제 시작에 불과했다. 김용은 이무기를 손가락으로 세어 보았다. 한데 아직도 둘이 부족했다. 김용은 마음이 급해졌다. 안우의 시체를 발로 밟고 어전으로 들어갔다. 그리고 탑전에 부복했다.

"전하, 역적 안우를 소신이 처단했습니다. 이제 역적 이방실과 김득배만 남았사옵니다."

김용이 안우를 참살했다고 큰소리를 치자 공민왕은 옥좌에서 벌떡 일어났다.

"아니 순군제조, 안우를 생포하라고 명을 내렸는데 과인의 명이 명 같지 않소."

"안우가 전하께 불충을 저지르니 소신이 참을 수가 없었사옵니다. 전하."

"불충이라니 그 무슨 해괴한 소리요. 순군제조."

김용은 입에 침도 바르지 않고 거짓을 고했다.

"정세운을 죽인 것은 전하가 정세운을 너무 총애한 탓이고, 정세운을 죽인 것은 바로 전하다. 안우가 이렇게 발악했사옵니다."

"안우 그놈이 정세운을 죽인 것이 과인이라 말했다고? 그런 괘씸한 놈이 있나."

공민왕이 불같이 화를 내자 김용은 회심의 미소를 지었다.

"전하, 이방실과 김득배도 역적 놈이옵니다. 처단을 미루시면 역으로 당할 수 있사옵니다."

김용이 계속 이방실과 김득배를 물고 늘어지고 있는데 함창현에 갔던 유탁이 어전에 들어와, 부복했다.

"전하, 행궁의 안팎에 피비린내가 진동하니 어찌 된 일입니까?"

공민왕은 심기가 매우 불편했다.

"찬성사, 그걸 몰라서 물으시오? 안우 그놈이 정세운을 죽인 것은 과인이라고 궤변을 늘어놓았다고 하오. 순군제조가 참한 것은 당연하지 않소."

공민왕이 안우를 참살한 김용을 두둔하자 유탁의 얼굴에 그늘이 졌다.

"안우가 전하의 밀지를 받고 정세운을 참살했다고 실토했사옵니다. 한데 안우가 죽고 없으니 구천에 떠돌고 있는 정세운의 한을 어떻게 풀어줄지 답답하옵니다. 전하."

김용이 얼굴에 핏대를 세우면서 유탁을 공박했다.

"전하, 찬성사가 역적 안우의 말을 믿다니 제정신이 아닌 것 같사옵니다. 그리고 역적 이방실과 김득배도 단칼에 처단하여야만 전하의 위엄이 바로 서옵니다."

공민왕은 유탁보다는 김용에게 마음이 더 갔다.

"찬성사도 과인의 눈 밖에 나지 않으려면 말씀을 가려 하시오. 그리고 안우와 공모한 역적 이방실과 김득배를 잡는 자에게는 3급을 올려 중히 쓰고 백금의 상금을 내리겠소."

김용은 공민왕을 끈질기게 물고 늘어졌다.

"그 정도로는 글쟁이 김득배는 몰라도 무공으로 단련된 이방실은 잡을 수가 없사옵니다. 소신이 추포조를 편성해 역적 놈들을 모조리 소탕하겠사옵니다. 윤허해 주옵소서. 전하."

"하면 추포조로 누가 좋겠소. 순군제조."

"소신이 보건대 전리판서 오인택(吳仁澤), 어사중승 정지상(鄭之

祥), 만호 박춘(朴椿)이 가장 적당하옵니다. 전하."

"추포조 인선은 순군제조의 생각대로 하시오."

김용의 생각대로 모든 것이 관철되었다. 군왕은 공민왕이지만 실세는 김용이었다.

도원수 안우가 행궁으로 떠난 지 만 이틀이 지나는데도 아무 소식도 없으니 이방실은 왠지 마음이 불안했다. 결국 생각 끝에 김득배의 군막을 찾았다. 하지만 김득배는 이방실이 찾아왔는데도 그리 반갑게 맞지 않았다.

"총병관과 중서평장사로 승차하셨다는 소문은 들었소. 늦게나마 승차를 축하드리겠소. 이 장군."

"총병관은 말뿐이고 중서평장사는 소장을 잡기 위한 떡밥이 아닐까 심히 의심스럽소. 그리고 소장이 그때 김 장군의 말씀을 들었어야 했는데 정말 후회스럽습니다."

"소장도 도원수의 설득을 뿌리치지 못하고 총병관의 참살 현장에 있었으니 누구를 탓하겠소. 전하의 뜻에 따를 수밖에요."

김득배의 힘없는 목소리에도 이방실은 포기하지 않았다. 한마디로 썩은 동아줄이라도 잡고 싶은 심정이었다.

"김 장군은 전하를 원나라에서도 모셨잖습니까? 전하를 누구보다도 잘 아시니 무슨 방법이든 생각해 주십시오."

"이 장군은 전하를 겪어 보고도 그렇게 모르시오. 참 답답하구려."

"소장은 전장에만 돌아다니면서 적과 싸울 줄만 알았지, 전하를 보필한 적이 없으니 어떻게 알 수 있습니까?"

"그래서 총병관 정세운을 생각 없이 참살했군요."

"소장이 생각이 깊었다면 문관으로 출세하지 무장이 되었겠소."

이방실은 땅이 꺼질 정도로 한숨을 내쉬었다. 하지만 김득배도 이방실과 같은 병을 앓고 있으니 해결책이 산 넘어서 산이었다.

"이 장군, 전하는 자신의 생각을 겉으로 표현하지 않는 냉혹한 분이오. 한마디로 선왕이시었던 충정왕의 죽음을 곰곰이 생각해 보시면 답이 나올 겁니다."

기황후의 강압에 의해 보위에서 쫓겨난 충정왕이 강화도에서 독살당했다. 하지만 범인은 소문만 무성하지 잡을 수 없으니 충정왕의 혼령이 저승에 가지 못하고 구천에서 떠돌 수밖에 없었다. 그런데 이방실은 자타가 공인하는 무장이었다.

"김 장군의 말씀 잘 알아들었습니다. 하나 소장은 무장으로 왕실의 일은 잘 모릅니다. 행궁에서 죽든 살든 전하를 찾아뵙겠습니다."

이방실이 대답하고 자리에서 일어나는 찰나, 동북면에 가 있던 정몽주가 상기된 얼굴로 군막에 들어왔다. 하지만 김득배는 자식 같은 제자 정몽주가 왔으나 왈칵 반기지 않았다.

"이곳은 자네가 있을 곳이 아니다. 지금 당장 동북면으로 돌아가라."

"제가 스승님의 제자라는 것을 모르는 사람이 없는데 동북면이라고 무사하겠습니까? 이성계의 앞길만 막을 뿐입니다."

이방실도 정몽주의 그늘진 얼굴이 마음에 걸렸다.

"직한림의 안색이 좋지 않은데 무슨 일이 일어났는가?"

"일도 아주 큰일이 났습니다. 도원수는 전하를 알현도 못 하고 김용의 수하에게 참살당했습니다. 더욱 화나는 것은 스승님과 이 장군님을 잡기 위해 추포조까지 편성했다고 합니다."

정몽주의 대답에 이방실의 얼굴이 급변했다.

"추포조라니 대체 무슨 말인가? 직한림."

"추포조도 문제지만 스승님과 이 장군님을 잡은 자에게는 3급을 올려 벼슬을 주고 백금의 상금을 내리겠다는 벽보가 방방곡곡에 붙어있으니 두 분 다 몸을 피하셔야 합니다."

김득배는 체념했는지 허탈하게 말했다.

"몽주야, 총병관의 참살을 막지 못하고 동조했으니 죽는 것이 마땅하다. 나는 부모님의 묘역이 있는 산양현(山陽縣, 경남 산청)으로 가 전하의 처분을 기다리겠다."

"절대 안 됩니다. 스승님."

정몽주가 눈물을 글썽이면서 말하자, 이방실도 마음이 편치 않았다.

“소장은 곧바로 행궁으로 가겠소. 김 장군은 산양현으로 가시든지, 이곳에 남든지 마음 편한 대로 하십시오.”

“이 장군, 김용은 뱀 같은 놈이니 행궁으로 가는 길 몸조심하시오.”

김득배의 하직 인사를 뒤로하고 이방실이 행궁으로 말을 달리니, 안우의 혼령이 지켜보듯이 먹구름이 해를 가리기 시작했다. 하지만 이방실은 멈출 수가 없었다. 밤낮을 달린 끝에 용궁현(龍宮縣, 경북 예천)에 당도하자 만호 박춘이 앞을 가로막았다.

“이 장군, 전하께서 내리신 어지니 말에서 내리시오.”

“행궁으로 가서 전하의 어지를 직접 받들겠소. 내 앞을 막지 마시오.”

이방실이 어지 받기를 거절하자 박춘이 눈에 쌍불을 켰다.

“역적인 주제에 전하의 어지를 받지 않겠다고, 죽으려고 환장을 했구나.”

박춘이 이방실을 말등에서 끌어 내리려고 했지만 쉽지 않았다. 결국 어사중승 정지상까지 힘을 합쳐 이방실을 땅바닥에 내 동갱이 쳤다. 홍건적이 이방실의 이름만 들어도 오금이 저렸는데 그 이방실이 한순간의 판단 착오로 저승길을 눈앞에 두었다.

“김용, 그놈의 술책에 넘어가 정세운을 죽였으니 내가 죽는 것이 당연하다. 어서 죽여라."

이방실이 정세운을 죽인 것을 후회하자 전리판서 오인택이 장검으로 이방실을 목을 내리치면서 말했다.

"김용을 원망하려면 저승에 가서 하시오. 소장이 단칼에 보내 드리겠소."

이방실은 맨손으로 호랑이를 때려잡았던 맹장이었다. 오인택의 장검을 날렵하게 피하면서, 오인택의 가슴을 주먹으로 가격했다. 그러나 하늘은 이방실을 도와주지 않았다. 정지상이 검으로 이방실의 목을 베자, 이방실은 검붉은 피를 토하면서 쓰러졌다.

이방실이 행궁으로 떠나자 김득배도 부모님의 묘역이 있는 산양현으로 몸을 피했다. 홍건적이 국토를 유린하니 글만 읽던 선비가 창검을 들었다. 그리고 홍건적을 쫓아다니면서 싸웠더니 어느 정도 전쟁에 자신감도 생겼다. 그런데 상황을 돌변했다. 총병관을 참살한 사건에 연루되어 산양현에 와 보니 가족은 물론 어릴 때 같이 놀던 죽마고우도 외면했다. 세상인심이 자연의 이치처럼 돌고 돈다는 것을 알고 있었지만 이렇게 각박한지는 꿈에도 몰랐다. 김득배는 제자 정몽주에게 부탁했다.

"자네가 나를 따라 산양현까지 온 것만으로도 제자의 도리를 다했으니 두말 말고 이곳을 떠나게."

정몽주는 김득배의 설득에도 물러서지 않았다.

"스승님이 고초를 겪고 계시는데 제자만 살겠다고 몸을 피할 수는 없습니다."

"자네를 제자로 받아들인 것은 나에게는 큰 복이지만 그렇다고 자네를 사지로 내몰 순 없네."

"제자도 스승님을 만난 것이 제 일생의 큰 복이었습니다. 그런 말씀 하지 마십시오."

정몽주가 한 치도 물러서지 않자 김득배는 한숨을 내쉬었다.

"대문 밖에는 나를 잡아 벼슬도 하고 상을 타려는 사람들이 구름처럼 모여들고 있네. 부인 보기도 미안하고 자식들 보기도 민망하네."

"스승님의 말씀은 알겠지만 다른 방법이 없지 않습니까? 있으면 말씀해 주십시오."

"별다른 방법이 있겠나. 부모님의 묘역에 하직 인사를 하고 전하가 계신 행궁으로 가겠네."

김득배의 비장한 눈빛에 정몽주는 억장이 무너져 내렸다.

"도원수는 몽둥이에 맞아 죽고 이방실 장군도 용궁현에서 참살당했습니다. 행궁으로 가시면 절대 안 됩니다. 스승님."

정몽주가 간곡히 말렸지만, 성격이 대쪽처럼 강한 김득배를 설득하기에는 너무 늦었다. 대문 밖에서 웅성웅성하는 소리가 나더니 이방실을 죽인 정지상과 박춘이 대문을 부수고 들어왔다.

“역적 김득배는 지체 말고 목을 내놓아라.”

“잠시만 기다리시오. 부모님에게 하직 인사를 하고 목을 내놓겠소.”

김득배는 부모님의 묘역을 향해 재배를 올렸다. 그리고 방문 밖으로 나가려고 하니 정몽주가 김득배의 앞을 가로막았다.

“스승님, 방문밖에 나가시면 바로 저승길입니다. 나가지 마십시오.”

김득배는 이승의 삶을 포기했는지 의연했다.

“죽고 사는 것은 하늘의 뜻이다. 너무 서운해 마라.”

김득배가 방문을 열고 나오자, 김득배의 부인과 사위 조운흘이 눈물을 흘리고 있었다.

“내가 먼저 저승으로 갈 테니 부인은 천천히 오시요. 그리고 사위, 유언이라 생각하고 내 말을 명심하게.”

조운흘이 눈물을 흘리면서 물었다.

“말씀하십시오. 장인어른.”

“내가 죽으면 자네는 미친 척하고 세상을 등지고 살게. 그것만이 자네와 자네 가족이 사는 길일세.”

김득배는 조운흘의 어깨를 가볍게 두드리고 난 뒤, 박춘과 정지상에게 무릎을 꿇었다.

“두 분 장군이 죄인을 저승길에 보내주시니 정말 고맙소. 어서 목을 베시오."

정지상과 박춘은 김득배의 의연함에 가슴이 뭉클했다. 하지만 멈출 수가 없었다. 정지상의 검이 하늘에 섬광을 긋더니 김득배의 목을 내리쳤다. 하지만 이것이 끝이 아니었다. 김득배의 수급이 장대에 매달려 상주 저잣거리에 걸리자 수많은 백성이 김득배의 충절에 가슴 아파하고 눈물을 흘렸다. 정몽주는 김득배의 시신을 수습하고 제문을 지었다.

지금 사람들이 이 땅에서 먹고 잠자는 것이 누구의 공덕입니까.
오늘날 모든 백성이 먹고 잠잘 수 있는 것이 누구의 공입니까.
비록 죄가 있다 하더라도 공으로서 죄를 가림이 옳고,
죄가 공보다 무겁다면
반드시 돌아와 죄를 자복하게 한 뒤에 처벌함이 옳거늘.
어찌하여 말(馬)에 땀이 마르지 않고 개선가가 끝나기도 전에
태산 같은 공을, 칼날의 피로 만든단 말입니까.
이것이 제가 읍혈(泣血)하며 하늘에 묻는 까닭입니다.
저는 충혼(忠魂)과 장백(裝魄)이 천추에 만세토록
반드시 구천(九泉) 아래서 흐느끼실 줄로 압니다.
아, 명(命)이구나, 어찌할꼬. 어찌할꼬.

4장

점괘(占卦)

공민왕의 용안이 그다지 밝지 않았다. 전장에 나가 있던 장수들이 전공에 눈이 어두워서 죽고 죽이기를 밥 먹듯이 했으니 백성들 보기 민망해 얼굴을 들 수 없었다. 그렇다고 전후처리를 미룰 수 없는 일, 공민왕이 중신들에게 목소리를 높였다.

"선왕들의 영령이 돌보아주시고 충성스러운 병사들이 홍건적 20만을 물리쳤소. 해서 과인이 벼슬과 상금을 주어 보답하려고 했는데 안우와 이방실, 그리고 김득배가 전공에 눈이 어두워 총병관 정세운을 참살하였소. 하나 이들의 전공을 생각해 형제와 처자식들에게는 죄를 묻지 않겠소."

문하시중 홍언박이 탑전에 아뢰었다.

"정세운이 비록 교만했지만, 개경을 수복했사옵니다. 정세운의 혼령이 전하를 원망하지 않게끔 합당한 벼슬을 추증(推重)하십시오. 전하."

공민왕이 윤허했다.

"문하시중의 말씀대로 정세운을 참의정승에 추중하고 화상(畫像)을 그려 공신 각에 걸어 놓겠소. 또한 전공이 있는 병사와 장수들에게는 문하시중이 그에 걸맞은 벼슬과 상을 내려주시오."

김용이 불만이 가득 찬 목소리로 공민왕에게 주청했다.

"전하, 문하시중이 벼슬과 상을 결정하면 문하시중의 집 앞에는 문전성시를 이룰 것이옵니다. 통촉하옵소서."

"그럼, 순군제조가 하고 싶단 말이오? 맡은 바 책무나 똑바로 하시오."

공민왕은 전과는 달리, 매몰차게 거절했다. 노국공주도 김용의 불룩 나온 뱃속에 욕심이 가득해 보이니 한 번쯤 눈으로 확인해 보고 싶었다.

"욕심이 과하면 화를 부르는 법이오. 순군제조는 조금 자중하시는 것이 좋을 듯합니다."

노국공주의 질책에 김용은 울화통이 터졌지만, 상대가 노국공주니 몸을 사릴 수밖에 없었다.

"명심하겠사옵니다. 왕후마마."

김용은 불만에 가득 찬 얼굴로 물러섰다. 그러나 문하시중 홍언박은 재물을 탐하는 성격이 아니니, 김용이 무슨 말을 한들 신경 쓰고 싶지 않았다.

"전하, 개경을 수복했으나 홍건적 만행에 백성들의 삶은 더욱 각박해졌사옵니다. 전후처리를 원만히 할 수 있는 중신은 찬성사 유탁밖에 없으니 합당한 직책을 내려주십시오."

홍언박의 주청에 공민왕은 잠시 생각에 잠겼다. 유탁은 좌정승을 한번 역임했던 자로, 중신들에게 원망을 크게 사지 않았다. 더욱이 노국공주의 아버지 위왕과 친분이 두터우니 공민왕은 흡족했다.

"과인이 미처 전후처리를 생각하지 못했소. 찬성사 유탁을 좌정승으로 삼겠으니 문하시중은 좌정승과 협력해 전후처리를 말끔히 하시오."

전후처리는 말처럼 쉽지 않았다. 개경의 저잣거리와 궁궐에 백성들과 홍건적의 시체가 뒤섞여 산처럼 쌓여 있으니 개경은 사람 사는 곳이 아니라 죽은 망자들이 사는 곳이었다. 그렇다고 마냥 손 놓고 기다릴 수만은 없는 일, 좌정승으로 승차(陞差)한 유탁이 아뢰었다.

"전하, 개경의 복구가 어렵고 힘들겠으나 소신이 신명을 다해 복구하겠사오니 심려 마십시오."

노국공주도 힘을 보탰다.

"좌정승, 개경을 복구한다고 백성들을 닦달하지 마십시오. 잘못하면 모든 원성이 전하께 향할 것이니."

노국공주의 말이 채 끝나기도 전에, 직한림 정몽주가 어전에 들어왔다. 그리고 공민왕에게 죄를 청했다.

"전하, 소신이 죽을죄를 지었사옵니다. 벌을 내려주십시오."

공민왕은 난감했다. 정몽주라면 약관의 나이에, 문과에 장원급제한 수제였다.

"그대는 김득배의 제자 정몽주가 아닌가, 죄라니 두려워하지 말고 고하라."

정몽주는 어전의 분위기가 낯선지 주변을 한번 살펴본 후 아뢰었다.

"소신이 죄인 김득배의 시신을 수습하고 제문을 지었사옵니다. 전하."

김용이 입에 거품을 물고 욕설을 퍼부었다.

"저 쳐 죽일 놈이 역적의 시신을 수습하고 제문을 지어, 정몽주 저놈을 능지처참하십시오. 전하."

유탁이 김용에게 호통을 쳤다.

"순군제조, 스승의 시신을 제자가 수습하고 제문을 지었다면 상을 주지 못할지언정, 욕설을 퍼붓다니 그게 사람이 할 도리인가, 정신 차리시게."

공민왕도 김용에게 화를 버럭 냈다.

"김득배가 비록 죄를 지었으나 홍건적을 물리친 큰 공을 세웠소. 그리고 과인이 죄인의 형제와 처자식만은 연좌시키지 않는다고 말했소. 제자도 처자식과 같고 제자의 도리를 다했으니 정몽주에게 벌보다 상을 내리겠소. 순군제조."

김용을 끼고 돌았던 공민왕이 정몽주의 처리만큼은 양보하지 않았다. 더구나 장수들끼리 공을 다투고 죽고 죽이는 판에,

스승에 대한 도리를 다한 정몽주는 중신들의 본보기가 될 것만 같았다.

순군부에 봄바람이 살랑살랑 불어왔으나 김용의 마음에는 봄바람이 아니라 냉기가 서렸다. 더구나 김득배의 제자 정몽주를 두둔하는 공민왕이 생각할수록 고깝고 얄미웠다. 제공 화지원을 불렀다.

"화지원 이놈아, 홧김에 서방질한다고 사냥이나 갈 테니 당장 말을 대령하라."

"상장군, 개경을 수복했다지만 전 강토가 망가졌습니다. 전후처리가 시급한 이때 사냥이라니요."

김용은 화지원의 엉덩이를 냅다 발로 차면서 말했다.

"서당 개 삼 년이면 풍월을 읊는다는 말처럼 네놈이 내 밑에 있더니만 세상 보는 눈이 달라졌구나. 그럼, 네놈이 말이 되어라. 사냥은 나가지 못해도 말이나 한번 타보아야겠다."

"소인이 말이 될 테니 타보십시오."

화지원이 기마자세를 취하자 김용은 마치 사냥을 나가는 것처럼 화지원의 등짝에 올라탔다. 그리고 투박한 손으로 화지원의 엉덩이를 힘껏 내리치니 화지원이 젖 먹은 힘을 다해 달리기 시작했다.

"이제 네놈이 말처럼 제법 달리는구나. 좋다. 멈추지 말고 계속 달려라."

김용이 기분이 좋은지 큰소리를 내질렀다. 하지만 화지원은 말처럼 달린다는 것이 얼마나 힘이 드는지 똥오줌이 목구멍으로 튀어나올 것만 같았다.

"상장군, 힘이 들어 달리지 못하겠습니다. 용서하십시오."

"말이 말 울음소리를 내지 않고 사람처럼 말을 하는구나, 흐흐흐."

김용이 음흉하게 웃고 있는데 청한거사가 얼굴에 가면을 쓴 놈을 앞세우고 순군부에 들어왔다.

"그동안 잘 계셨습니까? 상장군."

김용이 불만이 가득 찬 목소리로 되받았다.

"잘 계시기는. 먹구름 속에 숨어 있는 이무기를 잡느라고 하루도 편한 날이 없었소. 한데 저 가면은?"

"상장군, 가면보다 화지원의 얼굴을 보십시오. 상장군의 몸이 얼마나 무거웠으면 땀을 뻘뻘 흘리겠소. 장난은 그만하고 내려오시오."

하지만 김용은 화지원보다 가면에 눈길이 더 갔다.

"감히 순군부에 가면을 쓰고 오다니 그대는 도대체 누군가?"

"자네의 개구쟁이 버릇은 수십 년이 지났어도 여전하구나. 자네의 불알친구 최유일세."

김용의 눈이 휘둥그레졌다. 기황후의 치맛자락을 붙잡고 있어야 할 최유가 눈앞에 서 있으니 이것이 꿈인가 생시인가, 자신의 살찐 허벅다리를 꼬집어보았다. 그런데 최유가 분명했다.

"자네가 기황후의 끄나풀이라는 것을 온 나라 백성이 다 아는데 겁도 없이 순군부에 들어오다니 죽으려고 환장을 했구나."

"상장군이 상전 모시듯 모시는 청한거사와 같이 왔는데 가면을 쓰고 왔다고 순군부 병사들이 나를 잡아 죽이겠나. 그런 걱정은 마시게."

"네놈이 죽든 살든 내가 알 바 아니나 순군부엔 어쩐 일인가?"

"그건 청한거사에게 물어보시게. 자네 같은 돌머리도 알아듣게끔 잘 설명해 줄 걸세."

김용이 버럭 화를 냈다.

"에끼 이 사람아, 상장군보고 돌머리라니! 죽고 싶은가?"

청한거사는 마치 우는 아이 달래듯 장난기 섞인 말투로 말했다.

"오랜만에 만난 친구를 너무 닦달하지 마십시오. 그리고 상장군이 이무기를 잡았다고 큰소리치니 더는 묻지 않겠소. 하나 용이 되기 위해선 시작에 불과하오."

"청한거사, 시작에 불과하다니 그 무슨 소리요?"

"하늘에 해가 하나 있듯이 상장군은 걸림돌이 되는 용을 잡아야만 용이 될 수 있소."

"걸림돌이 되는 용이라니 대체 누구를 말하는 거요? 청한거사."

"상장군도 알고 있는데 꼭 내 입으로 말해야겠소?"

"내가 알고 있다고? 청한거사."

김용이 혼자 말로 중얼거리다가 순간적으로 입을 막았다. 청한거사가 말하지 않아도 알 것만 같았다.

"청한거사, 그 용은 만만치 않소."

"그래서 기황후의 밀서를 가지고 최유 공이 오신 겁니다. 상장군."

청한거사의 의미심장한 말투에 최유가 회심의 미소를 지었다. 그리고 가슴속에 간직하고 있던 밀서를 꺼내 김용의 손에 쥐여 주었다.

- 황제 폐하의 성심이 덕흥군보다 김용 그대에게 가 있으니 걸림돌이 되는 용을 황제의 명으로 참살하라. 기황후-

김용은 기황후의 밀서를 받아보니 용이 될 마지막 단계로 보였다.

"청한거사, 황제 폐하의 성심을 알았으니 무슨 말이 더 필요하겠소. 한데 그 용을 잡을 방법은 있소?"

"있고말고요. 하나 천기를 누설하면 용이 될 수 없으니 매사 조심해야 합니다."

"천기를 누설하지 않을 테니 숨넘어가지 않게 말씀해 주시오. 청한거사."

김용의 숨넘어가는 목소리가 청한거사의 마음을 자극했는지 고개를 끄덕이었다. 그리고 순군부 안팎을 조심스럽게 살펴보고 난 후, 귓속말로 말했다.

"상장군을 뵈러 오는 길에 개경의 동남쪽에 있는 묘련사(妙蓮寺, 황해도 개성 삼현리)와 흥왕사(興王寺, 황해도 개성 개풍군)를 둘러보았습니다. 묘련사는 규모가 작지만, 흥왕사는 웅장한 전각이 2천 800칸이 되고 웅장한 금탑 2개가 쌍벽을 이루고 있으니 흥왕사야말로 용이 될 바로 그곳입니다."

최유도 김용의 욕망에 불을 붙였다.

"기황후의 한을 자네가 풀어주면 자네는 곧바로 용이 될 걸세. 그리고 흥왕사의 금탑도 자네를 도와줄 것이니 천기를 절대 누설하지 마시게."

"알겠네. 내가 비록 돌머리지만 그 정도도 모르겠나. 기황후에게 말씀이나 잘 전해주시게."

"기황후는 걱정하지 마시게. 상장군."

김용의 눈에 비장한 각오가 서리자 청한거사와 최유는 자리를 털고 일어났다. 그리고 순군부를 소리 소문도 없이 빠져나갔다.

공민왕은 개경 환궁을 생각하자 기쁨보다 걱정이 앞섰다. 궁궐은 홍건적의 만행으로 전각 하나 성한 게 없었다. 더구나 백성들도 모두 떠났으니 무슨 수로 궁궐을 다시 짓고 백성들의 마음을 얻을지 고심을 거듭했다. 하지만 묘책이 떠오르지 않았다. 공민왕은 중신들의 생각을 물었다.

"개경을 수복했다고 하나 궁궐에 인골이 가득하고 밤마다 귀신들이 우는 소리가 하늘에 진동하니 환궁이 마땅치 않소. 과인이 생각건대 이참에 천도(遷都)를 할까 하오."

천도를 하자는 공민왕의 충격적인 제안에 중신들은 한동안 정신을 차릴 수가 없었다. 개경이 수도로서 고려왕조를 지킨 지가 4백 년이나 지났고, 숱한 외적의 침략에도 굳건히 견뎌냈다. 추밀원사 유숙이 반대했다.

"전하, 태조께서 수도로 정하신 개경을 버린다고 하시면 이는 고려왕조의 근간을 뿌리째 흔드는 것과 다를 바 없사옵니다. 통촉하옵소서."

추밀원사 유숙이 태조까지 거론하자 공민왕은 난처했다.

"과인이 언제 개경을 버린다고 했소. 천도를 한다고 했지. 추밀원사의 말씀은 과인이 듣기 매우 거북하오."

문하시중 홍언박이 주청했다.

"전하, 개경은 4백여 년간 지속되어 수도로서의 역할을 다했으니 천도를 하는 것도 한 방편이옵니다."

평장사 이공수(李公遂)도 천도에 찬성했다.

"소신의 짧은 생각에도 개경은 홍건적의 살육으로 수도로서의 기능을 상실했사옵니다. 하지만 천도할 곳도 정하지 않고 서두르지는 마십시오. 전하."

평장사 이공수는 기황후와 내외종 사촌으로 매우 가까우나 기철 일족과는 거리를 둔 심지가 곧은 중신이었다. 공민왕의 그늘졌던 용안이 밝아졌다.

"두 분 재상은 추밀원사 유숙과 달리, 보는 눈이 있소. 해서 과인은 암암리 천도할 만한 곳을 물색해 보았소."

공민왕의 뼈 있는 말에 유숙은 몹시 불쾌했지만 참을 수밖에 없었다. 행궁의 공기가 탁해지자 판도판서 김원명이 공민왕에게 아뢰었다.

"하면 전하, 물색해 보신 곳을 말씀하십시오."

판도판서 김원명도 천도에 동조하자 공민왕의 용안이 밝아졌다.

"태조의 어진을 모신 개태사(開泰寺, 충남 논산)에서 점을 쳐보니 강화도와 수원이 천도할 곳으로 가장 좋다고 점괘가 나왔소. 해서 둘 중의 하나를 택하겠소."

공민왕이 점까지 쳐보았다고 하자 중신들은 찬반으로 나누어 수군거리기 시작했다. 하지만 좌정승 유탁은 아니었다.

"전하, 소신이 생각해 보건대 강화도와 수원은 천도할 곳으로는 적합하지 않사옵니다. 천도를 멈추어 주십시오."

"좌정승은 과인을 도와주지 못할지언정 재를 뿌리시오. 도대체 이유가 무엇이오."

공민왕의 언짢은 표정에 유탁은 긴장되었는지 마른침을 한번 삼키고 아뢰었다.

"전하, 왜구들이 배를 타고 들어오기 좋은 강화도와 뱃길이 가까운 수원에 천도를 하면 왜구들에게 먹잇감을 주는 것과 같사옵니다."

경인년 이래, 왜구들이 남해안과 서해안을 제집 드나들듯이 들락거리면서 백성들을 죽이고 식량을 약탈해 갔다. 공민왕도 모르지 않지만, 천도에 미련을 버리지 못했다.

"좌정승의 생각도 일리가 있으나 개경을 복구하려면 수만 명의 인력과 재원이 필요하니 천도는 불가피하오."

공민왕의 눈빛을 살피고 있던 지밀직사사 목인길이 말문을 열었다.

"전하, 개경을 복구하는 것처럼 천도를 하는 것도 수만 명의 인력과 재원이 필요하옵니다. 태조께서 정하신 개경을 버리지 마십시오."

목인길까지 반대 의견을 내자 공민왕은 돌파구를 찾고 싶었다. 믿고 의지하는 순군제조 김용에게 물었다.

"순군제조도 할 말이 있을 것 같은데 왜 눈만 깜박이고 있소. 정녕 과인의 생각이 틀렸단 말이오."

공민왕의 물음에 김용은 무슨 해결책이 있는 냥 목소리를 높였다.

"전하, 좌정승과 지밀직사사의 생각도 맞지만 한 가지 간과 한 것이 있사옵니다."

"간과라니, 계속 말해보시오. 순군제조."

공민왕이 되물으니 김용의 얼굴색이 밝아졌다.

"개경을 복구하는 동안만 다른 곳으로 이어(移御) 하시면 저승에 계신 태조께서도 흡족해하실 겁니다. 전하."

"그럼, 어느 곳이 좋겠소. 순군제조."

"개경의 동남쪽이 있는 흥왕사가 제격이옵니다. 흥왕사는 2천800칸의 전각에 1천여 명의 승려가 부처님께 예불을 드리고 백성들이 구름처럼 모여들고 있으니 흥왕사만 한 곳이 없사옵니다. 전하."

김용과 사이가 좋지 않은 목인길도 찬성했다.

"전하, 순군제조의 주청이 매우 합당하옵니다. 개경이 복구될 때까지만 행궁으로 쓰십시오."

홍건적이 개경을 풀 한 포기 남아있지 않을 정도로 파괴했어도, 부처님의 도우심인지 흥왕사는 건드리지 않았다. 더욱이 2천800칸의 전각이 궁궐 못지않게 위용을 자랑하고 있으니 공민왕도 수긍하지 않을 수가 없었다.

"순군제조의 생각을 듣고 보니 흥왕사에 잠시 머무는 것도 좋을 것 같소."

공민왕은 천도를 끝내 관철하지 못했다. 하지만 김용은 청한 거사의 술수대로 실타래처럼 뒤엉킨 매듭이 하나씩 술술 풀리자, 옥좌에 앉아 있는 공민왕이 부럽지 않았다.

기황후는 고려만 생각하면 먹던 것도 토할 것처럼 속이 부글부글 끓었다. 한데 최유가 발 벗고 나서니 상황이 조금씩 달라졌다. 홍건적이 고려왕조를 뒤엎었으면 좋으련만 아쉽게도 개경을 점거하는 데 그치고 말았다. 하지만 원수 같은 공민왕이 복주로 도망가고, 김용이 고려의 범 같은 장수 네 놈이나 죽였다. 기황후가 회심의 미소를 짓고 있는데 최유가 덕흥군을 앞세우고 황후궁에 들어왔다.

"황후마마, 소신이 김용을 만나고 왔습니다. 이제 마음을 편히 가지십시오."

"만 리나 되는 고려에 다녀왔단 말이오? 최유 공."

"황후마마, 공민왕을 잡으려면 소신이 고려에 다녀오는 것밖에 다른 방법이 없었사옵니다."

" 대관절 그 방법이 무엇이오. 최유 공."

기황후가 미심쩍은 말투로 물어보자, 최유는 기분이 썩 좋지 않았다. 하지만 내색하지 않고 말했다.

" 황후마마의 거짓 밀서를 김용에게 주고 왔사옵니다."

"거짓 밀서라니 무슨 소리요."

"용이 되려면 용을 잡아야 한다고 했으니 김용이 공민왕을 잡을 계책을 세울 것이옵니다."

"최유 공 그대가 황후를 위해 온갖 노력을 하는 것은 알고 있소. 하나 사냥개에 지나지 않은 놈에게 밀서를 준들, 계책이나 제대로 세우겠소."

"황후마마. 우리 원나라의 후한거리가 될 정세운과 그 휘하의 장수들을 참살한 것 보십시오. 더욱이 청한거사가 김용의 욕망에 풀무질하고 있으니 걱정하지 마십시오."

기황후와 최유의 대화가 거칠어지자 덕흥군이 나섰다.

"황후마마, 최유 공은 덕성부원군 기철의 원수를 갚기 위해 고려까지 다녀온 충직한 신하이옵니다. 믿고 기다리십시오."

덕흥군의 말에 기황후는 덕흥군을 면밀히 살펴보았다. 나이는 육순이 지나 머리에는 흰머리가 듬성듬성 보이고 얼굴에는 주름살이 산의 계곡처럼 깊게 패어있었다. 출생 또한 충선왕(忠宣王)이 궁녀를 건드려 낳은 사생아였으니 기황후는 이렇게 빈천하고 늙은 덕흥군을 고려왕으로 세워야 할지 망설일 수밖에 없었다.

"그대가 기철 오라버니를 입에 담으니 한마디 말하겠소."

"말씀하십시오. 황후마마."

"공민왕을 내치고 그대를 고려왕으로 세우려는 것은 왕씨의 나라를 기씨의 나라로 바꾸려 하는 것이니 어찌 생각하시오."

기황후의 물음에 덕흥군은 조금도 머뭇거리지 않고 대답했다.

"소신이 황후마마의 뜻을 받들겠사오니 심려 마십시오."

덕흥군의 대답이 시원찮은지 기황후가 되물었다.

"공민왕 그놈도 보위에 오르기 전에는 그대처럼 대답했소. 나는 또다시 그런 전철을 밟고 싶지 않으니 기철의 아들 기삼보노를 세자로 삼는다고 맹세하면 그대를 고려왕으로 삼겠소."

덕흥군은 숙부 대접을 해주지 않은 공민왕만 생각하면 속에서 천불이 났다.

"소신이 맹세보다 더한 것이라도 하겠사옵니다. 기삼보노를 세자로 세우겠으니 걱정하지 마십시오. 황후마마."

최유도 기황후의 마음을 헤아렸다.

"덕흥군은 마음이 순박하고 공민왕처럼 속내를 감추지 않아 황후마마를 크게 실망시키지 않을 것입니다."

"최유 공도 덕흥군을 두둔하니 나의 마음이 조금이나마 위안이 되는구려. 하나 세상 인심은 돌고 도니 공민왕의 폐위를 언제쯤 하면 좋겠소."

"황후마마, 김용이 공민왕을 잡으면 폐위가 무슨 의미가 있겠습니까? 김용을 믿고 기다리십시오."

최유의 자신감 넘치는 말투에 기황후는 한발 물러섰다.

"최유 공, 김용은 왠지 믿음이 안 가오. 하나 최유 공이 그리

말하니 한번 믿어보겠소. 그리고 궁금한 것이 있소."

"무슨 말씀인지 말씀하십시오. 황후마마."

"나의 사촌 오라버니 이공수의 근황은 어떠하오? 공민왕 그 놈이 역적으로 몰아 유배나 보냈는지 모르겠소."

"이공수가 황후마마의 오라버니지만 공민왕의 수족이 되었사옵니다. 벼슬이 평장사로 재상반열에 들었으니 무엇이 아쉽고 두렵겠습니까? 혈육이라고 미련을 두지 마십시오. 황후마마."

최유가 이공수를 믿지 말라고 하자 기황후는 마음이 아팠다. 어릴 적에 친 오라버니처럼 따랐던 이공수였다. 하지만 기철과 달리 물욕이 없고 심지가 대쪽보다 강해 말 붙이기가 쉽지 않았다.

공민왕과 노국공주는 서의문을 나왔다. 그리고 봉정사(鳳停寺, 경북 안동)까지 이어진 송야천의 강둑를 바라보니, 복주 백성들이 마치 이별을 아쉬워하는 것처럼 손을 흔들었다. 노국공주는 눈물이 앞을 가렸다.

"전하, 저 많은 백성이 눈에 밟혀 복주를 떠나지 못할 것 같아요."

"과인도 같은 마음이오. 하나 복주에 계속 머물 수 없으니 너무 가슴 아파하지 마시오."

홍건적의 침략을 피해 도망치듯 복주로 몽진을 왔지만, 복주 백성들이 따듯하게 대해주고 온갖 궂은일도 도맡아주었다. 노국공주는 국모로서 차마 얼굴을 들 수가 없었다.

"전하, 갑사는 불에 타 당간지주만 남았으니 능인대사가 창건한 봉정사에서 백성들의 건강과 행복을 기원하는 예불을 드려요."

공민왕도 흡족했다.

"왕후의 말씀대로 백성들이 나라의 근본이니 봉정사로 갑시다."

공민왕과 노국공주는 말을 타고 송야천의 강둑을 따라 봉정사로 질주하자, 송야천의 물 흐르는 소리가 이들의 귓전을 파고들었다. 또한 긴 겨울잠에 깨어난 새싹들이 파릇파릇 돋아나고 매화꽃 잎이 바람결을 타고 송야천에 날아다녔다. 한마디로 부처님이 계신 봉정사가 극락이 아니라 송야천이 극락이었다.

봉정사는 흥왕사처럼 대사찰은 아니지만 극락전에 극락정토를 관장하는 아미타불을, 대웅전에는 부처님을 모시고 승려들이 예불을 드리고 있었다. 공민왕과 노국공주는 예불에 방해가 될까 봐 숨소리도 죽이고 말에서 내렸다.

노국공주는 고즈넉한 봉정사 대웅전과 극락전을 둘러보면서 입에 침이 마르도록 감탄사를 연발했다.

"전하, 부처님의 마음을 담은 대웅전과 극락전을 보셔요. 정말 대단하지 않아요."

공민왕도 대웅전과 극락전의 고즈넉한 모습에 마음이 동했는지 그동안 간직하고 있던 속마음을 털어놓았다.

"왕후, 홍건적의 침략으로 나라가 쑥대밭이 되었고, 믿고 믿었던 장수들이 전공에 눈이 어두워 죽고 죽이기를 반복했소. 하니 과인도 사람인데 마음이 편하겠소."

"하면 왜 그렇게 왕위에 오르려고 하셨나요. 대도에서 자식 낳고 평범하게 살았으면 좋았을 것인데 신첩도 마음이 편치 않아요."

"과인도 왕후의 마음처럼 평범하게 살고 싶지 않았겠소. 하나 충혜왕을 비롯한 선왕들이 기황후 일족의 위세에 눌려 국정을 바로 살피지 않았소. 해서 과인이 기철의 일족을 처단하고 국정을 바로 세우려고 노력했소. 하지만 하늘이 도와주지 않으니 누구를 원망하겠소. 모두 과인의 탓이지."

공민왕이 속내를 털어놓자 노국공주는 가슴이 무너져 내렸다.

"전하가 기철의 일족을 처단한 것만도 큰일을 하신 겁니다. 너무 자책하지 마셔요."

"왕후가 잘못 보셨소. 기철의 일족은 곁가지에 불과하오. 땅속에 깊이 박힌 썩은 뿌리를 뽑지 않고서는 나라의 기틀을 바로 세울 수가 없소."

"썩은 뿌리라 하시면? 전하."

“누구긴 누구겠소. 늙은 여우 기황후지요. 과인을 옥좌에서 내쫓으려고 눈을 까뒤집고 있지 않소.”

“기황후의 수족 모두 잘렸잖아요. 그런데 누가 기황후의 말을 듣겠어요. 하오니 심지를 굳게 하셔요.”

“왕후도 아시는 것처럼 기황후는 궁녀로 황후까지 오른 입지전적인 인물인데 쉽게 포기하겠소? 그리고 우리 고려에서 죄를 짓고 도망친 놈들이 기황후의 주변에 파리 떼처럼 몰려들고 있소.”

노국공주도 생각해 보니 기황후가 쉽게 포기할 인물이 아니었다. 최유와 덕흥군이 풀무질을 계속하고 있어 조만간 큰일을 저지를 것만 같았다. 그런데 노국공주의 머릿속에 한 가닥 희망의 불꽃이 보였다.

“전하, 평장사 이공수를 대도로 보내십시오. 그는 기황후의 사촌 오라버니지만 성격이 대쪽보다 강해 전하를 배신하지 않을 겁니다.”

“왕후의 말씀처럼 이공수가 기황후를 설득할지 모르나 과인의 형편에 무슨 일을 못 하겠소.”

공민왕이 마음을 정하자 노국공주는 눈길을 대웅전으로 돌렸다.

“봉정사에 왔으면 부처님을 뵙고 가야지 전하의 속마음만 털어놓고 가면 되겠어요? 승려들의 예불도 끝난 것 같으니 대웅전에 들어가요."

"과인이 잠시 잊었소, 왕후."

공민왕은 노국공주의 손을 잡고 대웅전에 들어갔다. 그리고 승려들이 부처님께 예불을 드리듯 공민왕과 노국공주도 부처님께 108배를 올리면서 예불을 드렸다.

평장사 이공수는 공민왕으로부터 밀지를 받았다. 원나라에 가서 기황후을 설득하고 황제의 근황을 파악해 보고하라는 밀지였다. 이공수는 압록강을 건너기에 앞서 서경에 모신 태조의 원묘(原廟)에 사배를 올리고 맹세했다.

"소신이 기황후을 설득하지 못하면 고려에 돌아오지 않고, 원나라에 뼈를 묻겠사옵니다."

이공수의 결연한 의기에 태조의 혼령이 화답했는지 을밀대의 지붕 위로 아지랑이가 피어올랐다. 이공수는 태조의 원묘를 다시 한번 둘러보고 말등에 올라타자, 곧장 압록강을 향해 질주했다. 그렇지만 모든 일이 이공수의 뜻대로 되지 않았다. 압록강을 건너자마자 꿈에도 보고 싶지 않은 최유의 목소리가 귓전을 울렸다.

"기황후의 명으로 평장사를 기다리고 있었소."

"내가 오는지 기황후가 어떻게 알았소. 최유 공."

최유가 입가에 미소를 머금고 말했다.

"평장사, 나도 한때는 고려에서 재상반열에 들었는데 고려에 내 눈과 귀가 없겠소."

"기황후가 보냈다고 하니 두말하지 않겠소. 최유 공."

이공수는 최유의 길 안내를 받으면서 원나라의 수도 대도로 말을 달렸다. 최유가 이공수를 데리고 온다는 소식이 황후궁의 문턱을 넘으니 기황후는 환관 박불화(朴不花)를 불렀다.

"자정원사, 내 사촌 오라버니의 대접을 소홀히 할 수 없다. 황후궁의 안팎을 깨끗이 청소하고 차상(茶床)을 준비하라."

"네, 황후마마."

박불화는 비록 환관이지만 기황후의 어릴 적 동무로 벼슬이 자정원사에 이르렀고, 권세는 덕흥군이나 최유에 비할 바가 아니었다. 박불화가 대답하고 황후궁을 나가자, 기황후는 이공수가 알아보지 못할까 봐 동경 앞에 앉아서 양 볼에 연지분을 바르고 눈 화장을 곱게 하기 시작했다.

기황후는 오라버니 기철과 일가친척이 역적으로 몰려 죽고 난 뒤, 홀로 계신 어머니의 소식을 알 길이 없어 답답했다. 이런 기황후의 기대에 맞아떨어졌는지 최유가 이공수를 앞세우고 들어왔다.

"황후마마, 평장사 이공수를 모시고 왔사옵니다."

기황후는 화장을 하다 말고 자리에서 일어났다. 그리고 황후궁에 들어선 이공수의 손을 반갑게 잡았다.

"오라버니 이게 얼마 만입니까?"

"황후마마, 기철 형님을 구하지 못한 소신의 죄를 용서하십시오."

이공수는 기황후에게 무릎을 꿇었다. 그리고 기황후를 올려다보니 어릴 적에 업고 놀아주던 여동생이 아니었다. 세월을 이기는 장사 없듯 기황후도 곱고 아름답던 시절을 지나 지천명을 바라보니, 양 볼에 연지분을 발랐다지만 주름살을 감출 수가 없었다.

"용서라니요. 공민왕 그놈 때문에 오라버니와 이제야 만나니 가슴에 맺힌 한을 어떻게 다 풀겠어요."

"평장사, 황후마마의 말씀을 가슴에 새겨들으시오. 황후마마를 배신한 공민왕은 절대 용서할 수 없소."

최유가 끼어들자 이공수는 매우 불쾌했다.

"최유 공은 말씀을 삼가시오. 오늘은 내 사촌 여동생을 만나는 날이오."

"황후마마를 여동생이라고? 먼 길 왔다고 막말하면 되겠소? 평장사."

기황후가 최유에게 손짓했다.

"오늘은 오누이끼리 오붓이 만나는 날이니 최유 공은 자리를 피해주시오."

"소신은… 황후마마."

최유는 멈칫했지만 기황후의 속내를 알아챘다. 대쪽 같은 성격의 이공수를 이용해 공민왕을 폐위시키고 싶은 고도의 전략이었다. 최유는 기황후에게 가볍게 묵례하고 황후궁을 나갔다. 하지만 이공수는 기황후가 생각 밖으로 배려해 주자 마음 한편으로는 뿌듯했다.

"황후마마를 여동생이라고 말한 소신의 죄를 용서하십시오."

"여동생을 여동생으로 부르지, 남동생이라 부릅니까? 오라버니는 별걱정 다하십니다. 그리고 오라버니, 어머님이 어떻게 지내시는지 말씀 좀 해주셔요."

"부족한 제가 친아들 기철 형님처럼 모실 수는 없지만 최선을 다하고 있으니 고모님 걱정은 하지 마십시오. 황후마마."

"오라버니의 마음은 알고 있으나 어떻게 걱정이 안 되겠어요. 딸이 원나라 황후로 있으면서도 손 놓고 있어요. 이 불효를 어찌 감당할지."

기황후는 설움에 복받쳤는지 흐느끼었다. 궁녀로 황후까지 오른 입지전적인 인물이었지만 골육의 정 앞에서는 평범한 아낙에 지나지 않았다.

"황후마마, 전하께서도 고모님이 불편하지 않게끔 식량과 필요한 물품을 보내드리고 있습니다. 이젠 지난 일을 잊어버리십시오."

기황후가 발끈했다.

"고양이가 쥐 생각하듯 식량과 물품을 보내요? 내 그놈을 폐위시키고 덕흥군을 고려왕으로 세울 것이오. 오라버니도 이 동생의 생각에 따라주십시오."

"황후마마, 경신년에 우리 가문이 화를 당한 것은 우리 가문이 왕권을 위협했기 때문에 벌어진 일입니다. 한데 덕흥군을 고려왕으로 세운다니요. 이는 또 다른 화를 불러오는 일입니다."

기황후는 이공수의 말에 공감하면서도 역적으로 몰려 죽은 기철과 조카들을 생각하면 치가 떨렸다.

"공민왕 그놈이 황후를 생각한다면 그럴 수는 없는 일입니다. 덕흥군이 조만간 고려 왕위에 오를 것이니 이제 다른 말씀 하지 마십시오."

기황후가 이공수를 몰아붙이고 있는데 환관 박불화가 차상을 들고 황후궁에 들어왔다.

"황후마마, 너무 화를 내시면 평장사의 연세가 높아 병을 얻을까 두렵사옵니다. 오늘은 그만 참으시옵소서."

환관 박불화의 말에 기황후가 멈칫했다.

"이 못난 동생이 오라버니의 만리 노독을 미처 생각하지 못했어요. 그리고 오라버니, 자정원사가 가지고 온 차는 우리 원나라에서도 맛보기 어려운 차니 한번 맛보십시오."

박불화가 나타나니 기황후는 말꼬리를 돌렸다. 그리고 박불화가 가지고 온 차를 이공수에게 권했다. 하지만 기황후의 가슴속에 웅크리고는 화가 언제 다시 폭발할지 어느 누구도 가늠하기 어려웠다.

공민왕과 노국공주의 환궁이 복주로 몽진한 지 만 두 달 만에 이루어졌다. 그러나 노국공주는 마음이 내키지 않았다. 좌정승 유탁에게 개경의 복구를 맡겼지만, 주춧돌도 남아있지 않을 정도로 파괴되어 하루 이틀 만에 복구될 일이 아니었다. 하지만 뜻이 있으면 길이 열리는 법, 시간이 갈수록 개경의 옛 모습이 드러난다는 보고에 공민왕의 용안이 밝아졌다.

"왕후, 흥왕사로 이어 할 수밖에 없지만 흥왕사도 왕실의 사찰이니 궁궐이나 매한가지요. 하니 얼굴빛을 고치십시오."

노국공주는 환궁 길에 오르면서도 복주에 아쉬움이 남았는지 자주 되돌아보면서 말했다.

"전하, 어가를 호위하는 순군부 병사들을 보셔요. 어가는 안중에 없고 순군제조의 심기만 살피고 있으니 환궁 길을 다시 복주로 돌리고 싶어요."

노국공주의 불만이 가득 찬 말투에 공민왕은 난감했다.

"왕후, 전쟁 통에 저만한 병사들도 없소. 조금 마음에 들지 않아도 과인을 보아서 참아주시오."

공민왕이 노국공주의 마음을 위로했지만, 노국공주는 달갑지 않았다.

"전하, 진비를 보십시오. 진비는 순군부 병사들과는 달리, 어느 한군데 헛눈 팔지 않고 어가를 밀착 경호하고 있잖아요."

공민왕도 진비를 바라보니 칼날 같은 눈빛이 전방을 주시하고, 양손에 들고 있는 검이 잡인들의 근접을 막고 있었다. 하지만 공민왕은 진비나 순군부 병사들에게 신경 쓸 여유가 없었다.

"왕후, 진비나 순군부 병사들보다 기황후를 설득하러 간 이공수가 문제요."

공민왕이 뜬금없이 이공수를 입에 담으니 노국공주는 이공수에게 무슨 큰일이 났는지 걱정이 앞섰다.

" 전하, 말만 빙빙 돌리지 마시고 신첩이 알아듣게 말씀하셔요."

"왕후가 그리 말씀하시니 말하겠소. 이공수는 부러지면 부러졌지 휘어지지 않는 대쪽 같은 성품이라, 기황후를 설득하다가 오히려 화를 당할까 걱정되오. 과인의 생각이 짧았소."

"기황후가 설마 사촌 오라비 이공수를 죽이겠어요. 그리고 홍건적이 약탈해간 황제의 옥새 2개와 전리품을 보냈지 않아요. 괜한 걱정은 하지 마셔요."

공민왕이 한숨을 푹푹 내쉬면서 말했다.

"괜한 걱정이 아니오. 기황후 수족인 최유와 환관 박불화가 있소. 그놈들이 이공수를 가만히 놓아두겠소? 과인의 판단 착오로 충직한 신하만 잃은 것 같으니 걱정이 안 되겠소."

"최유와 박불화가 아무리 날고뛴들, 이공수의 발밑에 있으니 너무 걱정하지 마셔요."

"왕후의 말씀을 듣고 보니 마음이 좀 놓이오."

노국공주는 공민왕이 강한 것 같지만 한편으로는 마음이 여리다고 생각했다.

"전하, 이공수로 안 되면 또 다른 방책을 세워야 해요. 그것만이 이공수를 구하는 일이에요."

"또 다른 방책이라면 무엇이오? 왕후."

"기황후 일족의 모든 죄를 사면하고 그에 합당한 벼슬을 내려주면 그 소문이 기황후의 귀에까지 들어가지 않겠어요?"

"왕후의 방책이 통할지 모르나 곧바로 시행하겠소."

공민왕은 두말없이 승낙했다. 비록 최선의 방책은 아닐지라도 공민왕의 처지에는 기황후의 비위를 맞추는 것이 급선무였다.

이공수는 기황후의 극진한 대접으로 만리 노독을 풀고, 흥경궁(興慶宮)에서 황제를 알현했다.

"소신, 이공수 존엄하신 폐하를 뵈옵니다."

"짐이 경의 학문과 인품은 익히 알고 있었소. 한데 대도까지 무슨 일로 오셨소."

"소신의 군주 공민왕이 문안사(問安使)를 제대로 보내지 못했다고 아쉬워하면서 홍건적이 약탈해 간 폐하의 옥새를 바치라고 했사옵니다. 옥새를 받으시옵소서. 폐하."

이공수가 무릎을 꿇고 옥새를 올리자 황제가 옥새를 받아 조심스럽게 살펴보면서 말했다.

"홍건적이 약탈해간 옥새를 변방의 신하 공민왕이 보내주다니 정말 수고했소. 평장사."

황제의 칭찬에 이공수는 마음이 한껏 고무되었으나 기황후의 속은 검게 타들어 갔다.

"폐하, 옥새를 찾아준 것은 상을 주어 마땅하나 황제를 기만한 죄만은 용서할 수 없사옵니다. 공민왕 그놈의 얄팍한 술수에 현혹되지 마십시오."

환관 박불화도 나섰다.

"폐하, 공민왕이 태자의 외숙과 그 일가친척을 모두 도륙했사옵니다. 피도 눈물도 없는 공민왕을 폐위시켜야만 폐하의 위엄이 바로 서옵니다."

박불화의 주청에 황제의 얼굴이 심하게 일그러졌다.

"네놈이 황후와 작당해 짐을 폐위시키려 했던 지난 일이 생각나지 않느냐? 그런데 네놈의 그 잘난 입으로 황제의 위엄을 말하다니 죽으려고 환장을 했구나. 여봐라, 저 환관 놈을 끌어내 혓바닥을 뽑고 목을 쳐라."

흥경궁의 병사들이 박불화를 끌어내려고 하자 기황후가 병사들의 앞을 가로막았다.

"자정원사에게 손만 대봐라. 황후가 네놈들을 먼저 참수하겠다."

기황후의 호통에 병사들은 박불화의 근처도 가지 못하고 물러섰다. 흥경궁에 냉기가 흐르자 이공수가 주청했다.

"폐하, 자정원사는 황후마마의 충직한 신하로 수족과 같사옵니다. 한데 참수하시다니요. 이는 황후마마의 수족을 묶는 것과 다름이 없으니 자정원사의 죄를 용서해 주십시오."

황제는 박불화의 죄를 물어 기황후의 기를 꺾고자 했다. 하지만 기황후가 워낙 강하게 나오니 이공수의 주청을 받아들일 수밖에 없었다.

"공민왕이 황태자의 외가를 도륙할 때 그대만 살아남을 것을 보면 그대의 인품을 알 수가 있다. 해서 그대의 주청을 받아들여 자정원사의 죄를 덮어주겠으니 자정원사는 앞으로 말을 삼가라."

황제가 한 발 뒤로 물러서자 기황후는 회심의 미소를 지으면서 말했다.

"자정원사의 죄에 비하면 공민왕의 죄는 장강보다도 길고 태산보다도 높사옵니다. 공민왕을 폐위시키고 덕흥군을 고려왕으로 삼으십시오. 폐하."

황제는 손사래를 쳤다. 덕흥군은 대도에 머무는 고려인의 등이나 처먹은 위인이었다.

"아니 황후, 그 머저리 같은 자를 고려왕으로 삼으라니 제정신이오?"

기황후는 조금도 위축되지 않고 황제의 물음에 답했다.

"폐하, 지난날을 생각해 보십시오. 군왕의 자질이 넘친다는 공민왕을 고려왕으로 삼았잖습니까? 그런데 보위에 오르자마자 황태자의 외가를 멸문시켰으니 이번에는 좀 어수룩한 자를 고려왕으로 삼아야만 하옵니다."

황제도 생각해 보니 기황후의 말이 틀린 말이 아니었다. 공민왕이 원나라의 행정관청인 정동행성을 폐쇄하는 것도 모자라, 원나라 복식을 고려의 복식으로 바꾸고 부원세력을 모조리 추방했다. 상황이 이렇게 돌변하니 대도에는 몽골인보다 고려인들이 더 많아 황제도 골머리를 앓고 있었다.

"황후의 생각이 그렇다면 공민왕의 폐위를 윤허하겠소."

기황후와 박불화의 농간으로 황위에서 쫓겨날 뻔했던 황제는 공민왕의 폐위를 윤허할 수밖에 없었다.

"폐하, 공민왕의 폐위만은 결단코 아니 되옵니다. 통촉하옵소서."

이공수가 엎드려 통곡했다. 하지만 기황후는 공민왕의 폐위가 윤허되니 눈에 보이는 것이 없었다. 마치 황제가 명을 내리듯이 박불화에게 거만스러운 말투로 말했다.

"공민왕 그놈에게 폐위조서를 전해야 하는데 누가 가면 좋겠소."

"황후궁의 환관 이가노(李家奴)가 적임자이옵니다. 이가노는 고려 말도 능통하고 황후마마의 신임도 깊사옵니다."

박불화가 이가노를 추천하자 기황후는 흡족했다. 이가노는 다른 환관과는 달리, 강단이 있고 황후를 하늘처럼 떠받들고 있어 임무를 잘 수행할 것만 같았다.

"자정원사의 말처럼 이가노를 보내면 될 것 같소. 하나 폐위조서를 전하는 것만으로는 내 맺힌 한을 풀 수 없으니 충혜왕을 폐위시킬 때를 참고하라고 하시오."

이공수는 충혜왕을 폐위시킬 때를 참고하라는 기황후의 눈빛을 살피면서 말했다.

"황후마마, 충혜왕처럼 공민왕을 원나라로 끌고 오라는 것 아닙니까?"

"오라버니, 참고하라고만 했지 끌고 오라고는 안 했어요. 그런 걱정이랑 하지 마시오."

박불화도 조금 전에 당했던 수모를 풀 기회가 왔다는 듯이 이공수에게 시선을 돌렸다.

"변방의 신하가 무엄하게도 황후마마의 속을 떠보다니 살고 싶지 않은 것 같소. 죽지 않으려면 입부터 봉하시오."

기황후가 뒤에서 밀어주니 박불화는 눈에 보이는 것이 없었다. 황제는 뒷전이고, 기황후의 심기만 헤아리면 만인지상은 떼 놓은 당상이었다. 하지만 공민왕의 폐위로 끝난 것이 아니었다. 기황후가 황제에게 퇴로를 열어주지 않고 계속 몰아붙였다.

"하온데, 폐하."

"짐에게 협박할 것이 또 남았소. 어디 한번 들어나 봅시다. 황후."

"폐하, 협박이 아니옵고 덕흥군을 고려왕으로 내정했으니 이에 걸맞게 고려 조정을 혁신할 필요 있사옵니다. 해서 기삼보노를 왕세자로 삼고 오라버니 이공수를 우정승으로 임명할까 합니다. 한데 덕흥군을 받들고 고려로 가지 않으려고 발버둥을 치니 난감하옵니다."

황제는 은연중 이공수의 편을 들었다.

"왕세자는 누구든 상관없지만 이공수 본인이 가기 싫다는데 왜 그리 야단법석을 떠시오."

황제의 지원사격에 이공수는 힘을 얻었다.

"황후마마, 못난 부모도 부모듯이 못난 임금도 소신의 임금이옵니다. 더구나 소신은 덕흥군을 받들고 압록강을 건너지 않겠다고 태조의 원묘에 약속했사옵니다. 더는 그런 말씀 하지 마십시오."

"오라버니의 고집도 대단합니다. 하지만 황제 폐하께서 윤허하셨는데 버틴들 무슨 소용에 있겠어요. 조만간 황후궁에서 고려왕의 책봉식이 있을 테니 고려로 떠날 준비나 해두셔요."

황제는 이공수의 대쪽 같은 충정에 감격했다. 원나라에 이공수만한, 신하를 눈 씻고 찾아보아도 찾을 수가 없었다. 게다가 못난 임금을 빗대어 황후를 공박하자 속이 다 후련했다. 한마디로 이공수가 수양산에서 굶어 죽는 백이.숙제처럼 의연했다.

"황후, 이공수는 짐을 내쫓으려 했던 황후의 집안이 아닌 것 같소. 정말 대단하오. 이런 이공수를 고려로 보내면 원나라에 큰 손실이니 제사와 상례를 다루는 태상경으로 삼아 짐을 보필하도록 하겠소."

태상경은 재상급에 해당하는 직책으로 파격적인 조치였다. 그러나 이공수는 기황후를 설득하려고 왔지 벼슬을 하러 온 것이 아니었다.

"소신은 변방의 고려에서 태어나 몽골어를 잘 모르고 예절에도 정통하지 못하옵니다. 또한 원나라장수들처럼 공을 세우지도 못하였으니 태상경은 가당치 안사옵니다. 황명을 거두어 주시옵소서. 폐하."

"황제가 내린 명을 거두어달라고? 그걸 말씀이라고 하시오. 태상경."

"망극하옵니다. 폐하."

결국 이공수는 기황후를 설득하지 못하고 태상경의 직책만

받게 되니, 공민왕과 노국공주를 어떻게 뵐지 눈앞이 캄캄했다.

원나라 수도 대도의 고려인촌은 개경의 저잣거리와 풍습이 별반 다르지 않았다. 음식 냄새며, 옷차림이며, 말소리가 마치 개경에 와 있는 것처럼 이공수의 마음은 평온했다. 이공수는 홍경궁에서 당했던 울분을 삭일 수가 없었는데 고려인촌에 와서야 삭일 수가 있었다. 하지만 마음 한구석에 미련이 남았는지 뒤를 가끔 돌아다보았다. 한데 귀에 익은 목소리가 들려왔다.

"평장사, 소인을 몰라보시겠습니까?"

"자네는 문익점(文益漸) 아닌가? 한데 부원배가 득실거리는 덕흥군의 주변에 있지 않고 어찌 이 한적한 고려인촌에 계신가?"

문익점은 홍건적이 침략하기 전, 이공수가 황태자 탄신 축하 사절로 올 때 서정관으로 따라온 인물이었다. 하지만 기황후에게 아첨하는 성품이 아니라, 성품이 이공수처럼 꼿꼿해 부원배들에게는 눈엣가시였다.

"덕흥군 주변보다 이런 한적한 곳이 좋습니다. 더구나 고향 생각이 물씬 나는 말투와 음식 냄새가 코끝을 자극하는데 소인이 이곳을 떠날 수 있겠습니까?"

"내가 그때 자네와 같이 대도에 왔지만, 자네의 고뿔이 워낙 심해 고려로 돌아갈 수 없었으니 내 마음이 어떠했겠나. 한데 자네가 이렇게 살아 있으니 얼마나 다행인가? 정말 고맙네."

"그때의 고뿔만 생각하면 지금도 저승길이 눈앞에 보입니다. 하나 고뿔이 소인을 다시 태어나게 하였으니 이 모두 부처님의 뜻이 아니겠습니까?"

"부처님의 뜻이라니 그 무슨 소리인가?"

문익점이 가슴속에서 목화씨를 꺼냈다. 그리고 이공수의 손에 쥐여 주면서 말했다.

"우리 고려의 백성들은 겨울이 되면 바람이 솔솔 들어오는 삼베, 모시로 만든 옷만 입고 있으니 동상 아니면 얼어 죽기 십중팔구입니다. 그래서 소인은 목화씨를 고려로 가지고 갈까 합니다."

문익점의 말에 이공수는 공민왕의 폐위를 깡그리 잊어버렸다. 한데 궁금한 것이 있었다.

"목화씨를 어떻게 가지고 간단 말인가? 국경에서 원나라 관리들이 눈을 까뒤집고 지키고 있는데."

"그래서 붓대 속에 숨기고 갈까 합니다. 설마 서생들의 붓대 속까지 검사는 않겠지요."

이공수는 고개를 끄덕이었다. 하지만 안심할 수가 없었다.

"붓대도 검사할지 모르는데 어떻게 대처하겠는가?"

문익점의 눈에 결기가 서렸다.

"덕흥군의 편에 설까 합니다. 덕흥군은 천하가 다 아는 부원배로, 덕흥군과 같이 원나라의 국경을 넘으면 누가 감히 붓대를 조사하겠습니까?"

이공수는 문익점의 기발한 발상에 무릎을 쳤다. 하지만 금세 얼굴색이 변했다.

"자네의 그 마음은 알겠네만 역적으로 몰릴 수도 있는데 그래도 좋겠나?"

"우리 백성들의 고단한 삶을 위해서라면 역적으로 몰린 듯 어떻겠습니까? 기회가 되면 전하께 소인의 충정이나 잘 말씀드려 주십시오."

"그건 걱정하지 마시게. 내가 살아 돌아간다면 자네의 충정을 전하께 전해 올리겠네."

"소인은 이 길로 덕흥군에게 가보겠습니다."

문익점은 이공수에게 가볍게 묵례하고, 부원배들이 진을 치고 있는 덕흥군의 집으로 발걸음을 옮기었다.

5장

흥왕사(興王寺)

[redacted]

공민왕과 노국공주가 묘련사의 지척인 흥왕사로 이어(移御)했다. 흥왕사는 문종의 원찰로 무신정권의 권력자 최우가 황금 200근을 사용, 13층 금탑과 화병을 만들어 헌납하고 팔관회를 열었다. 더구나 사천왕이 동서남북 사대문에서 흥왕사를 지키고 있으니 고려 왕실의 분신이라고 해도 과언이 아니었다. 공민왕은 승려들이 불경을 공부하고 강론하는 강당을 어전으로 삼았다. 그러나 대웅전에서 1천이나 되는 흥왕사 승려들이 시도 때도 없이 독경을 읽고 예불드리는 소리가 들려오니, 공민왕은 마음이 매우 불편했다. 하지만 계속 불편한 마음으로 흥왕사에 있을 수 없는 일, 좌정승 유탁에게 물었다.

"좌정승, 흥왕사에 이어 했으나 흥왕사는 부처님의 집이니 궁궐로 돌아가야지 않겠소. 궁궐 복구가 어찌 되었는지 말씀해보시오."

"전하, 백성들의 피와 땀으로 강안전과 연경궁, 그리고 왕후궁이 점차 제 모습을 찾아가고 있사옵니다. 개경의 저잣거리도 제법 활기를 띠고 있어 조만간 환궁하실 수 있을 것이옵니다."

유탁이 개경의 복구 현황을 조목조목 설명했지만, 공민왕의 용안이 그다지 밝지 않았다.

"좌정승, 궁궐이 제 모습을 찾아간다니 한시름 놓았소. 하나 개경의 치안이 엉망이라고 들었소. 도적들이 밤마다 출몰해 백성들의 재물을 약탈하고 죽이니 도대체 어찌 된 일이오."

유탁이 시선을 김용에게 돌리면서 말했다.

"순군제조가 개경의 치안을 담당하고 있으니 전하께 현 상황을 소상히 아뢰시게."

김용은 뜨거운 감자가 발등에 떨어지자 내심 불쾌했다. 하지만 뜨거운 감자가 용이 될 방법을 알려줄 것 같으니 머뭇거릴 이유가 하나도 없었다.

"전하, 도적 떼가 득실거리는 개경의 치안과 전하가 이어 하신 흥왕사의 경비까지 순군부에서 도맡아야 하니 적은 병력으로 감당할 수 없는 지경에 이르렀사옵니다. 통촉하옵소서."

김용의 말도 일리가 있었다. 개경수복 후 고려군이 모두 임지로 재배치되거나 고향으로 돌아갔으니 남아있는 병사라곤 순군부 병사뿐이었다. 상황이 이러니 공민왕인들 별수가 없었다.

"문하시중은 용문창(龍門倉)에 보관하고 있는 세곡 1만 석을 굶주린 백성들에게 나누어주시오. 그리고 흥왕사는 사천왕이 지키고 있으니 순군제조는 흥왕사의 병력으로 하여금 개경의 치안을 담당하게 하시오."

"명 받들겠사옵니다. 전하."

홍언박과 김용이 대답을 하고 뒤로 물러서자 유탁의 얼굴이 붉게 타올랐다.

"전하, 무뢰배와 도적 떼들이 무법천지로 날뛰는데 홍왕사의 경비를 목상이나 다름없는 사천왕에게 맡기다니요. 기철의 난처럼 왕권을 위협하는 난이 발생하면 속수무책으로 당할 수밖에 없사오니 홍왕사의 병력을 빼지 마십시오."

"좌정승, 홍왕사에는 부처님께 예불을 드리고 독경을 읽는 승려들이 1천이나 되오. 너무 신경 쓰지 마시오."

"전하, 승려 1천이 아니라 1만이 되어도 아무 쓸모가 없사옵니다. 목탁이나 두드리고 염불만 할 줄 알았지 도적놈 하나 제대로 못 잡는데 무슨 소용이 있겠사옵니까?"

"좌정승의 그 말씀을 부처님이 아신다면 무척 섭섭해 하시겠소."

공민왕의 언짢은 말투에도 유탁은 아랑곳하지 않았다.

"전하, 경호는 사천왕이나 승려가 하는 것이 아니라 전투력이 있는 병사들만이 가능하옵니다. 만대까지 후회할 일은 하지 마십시오."

유탁의 거침없는 언사에 김용은 자신의 속내를 들킨 것처럼 가슴이 뜨끔했다. 그러나 마음은 이미 콩밭에 가 있었다.

"전하, 사람을 죽이고 인육을 처먹던 홍건적도 부처님이 계신 흥왕사만은 범하지 않았사옵니다. 한데 어느 놈이 흥왕사를 범하겠사옵니까? 좌정승이 궁궐복구에 매달리다 보니 상황 판단력이 흐려진 것 같사옵니다."

문하시중 홍언박이 유탁을 달랬다.

"좌정승의 말씀도 맞소. 하나 전하의 경호는 순군제조의 책임이니 이쯤 해서 물러서는 게 좋겠소."

공민왕도 더 이상 소모적인 논쟁은 하고 싶지 않았다.

"좌정승, 부처님을 모신 흥왕사에 무슨 큰 탈이 나겠소. 과인을 걱정해 주는 그 마음은 알겠소만 별 탈이 없을 테니 궁궐복구에나 힘쓰시오."

공민왕이 한 치도 물러서지 않자 유탁은 어디다 하소연할 곳도 없고 가슴만 답답했다. 유탁의 마음과는 달리, 김용은 살판이 났다. 순군부에 들어오자마자 제공 화지원을 불렀다.

"이놈아, 내가 부른 이유를 알겠느냐? 지금 당장 용수산(龍岫山)에 가겠다."

"소인이 앞장을 서겠습니다. 상장군."

김용과 화지원이 용수산으로 말을 달리자, 하늘도 도와주는지 구름 한 점 없고 들녘에는 보리 싹이 푸릇푸릇 얼굴을 내밀기 시작했다. 용수산은 물맛이 좋다고 소문이나 개경의 백성들이 물을 마시려고 줄을 설 정도였다. 그러나 김용은 물을 마시려고 온 것이 아니었다. 용수산의 산채로 들어가자 덩치 좋은 무사 1백여 명이 김용의 주위로 우르르 모여들었다. 김용은 거만하게 눈을 아래로 깔면서 목청을 높였다.

"상장군인 내가 미천한 네놈들을 돌봐준 이유를 알겠는가?"

두목 김수(金守)가 무릎을 꿇고 말했다.

"알고말고요. 창 검술도 할 만큼 했으니 명령만 내려주십시오. 하늘에서 별이라도 따드리겠습니다. 상장군."

"그럼 좋다. 그동안 배운 창 검술을 내 앞에서 시범 한번 해보아라."

"네, 상장군."

무사 1백여 명이 두목 김수의 구령에 맞추어 창 검술을 시작하자, 김용은 세상을 다 얻은 것처럼 큰소리쳤다.

"화지원 이놈아, 저놈들의 창 검술을 봐라. 목표물을 정확히 창과 검으로 찌르고 베니 이제 내가 용이 될 일만 남았구나."

"맞습니다. 상장군, 상갓집 개만도 못한 놈들이 밥값을 하는 것 같습니다."

김용은 투박한 손으로 화지원의 엉덩이를 때리면서 말했다.

"그래, 네놈의 공이 제일 크다. 하하하."

"공이라니요. 소인은 상장군의 지시에 따랐을 뿐입니다."

오늘처럼 김용과 화지원의 마음이 척척 맞아떨어지는 날도 별로 없었다. 무사들의 창 검술을 눈으로 직접 확인한 김용은 또 무슨 변수가 일어날지 몰라, 용수산의 산채를 뒤로하고 순군부로 말을 달렸다.

좌정승 유탁은 어전에서 공민왕과 난상토론을 하듯이 흥왕사 경비병력을 빼지 말라고 주장했다. 하나 공민왕은 들은 척도 하지 않았다. 더구나 사천왕이 흥왕사를 지켜준다면서 걱정하지 말라고 당부까지 하니 유탁은 할 말을 잃었다. 하지만 사천왕을 믿고만 있을 수가 없었다. 흥왕사의 경내를 돌아볼 겸 사천왕이 계신 남문으로 발길을 옮기고 있는데 등 뒤에서 노국공주의 목소리가 귓전을 울렸다.

"좌정승의 발길에 힘이 없으니 어디 아프신가요."

유탁이 되돌아보니 노국공주와 진비였다.

"왕후마마, 아프다니요. 소신은 멀쩡하옵니다."

"하면 왜 그렇게 힘이 없어 보여요. 어전에서 무슨 일이 있었습니까? 좌정승."

"있어도 큰일이 있었사옵니다. 왕후마마."

노국공주가 되물었다.

"큰일이라뇨. 말씀해 보십시오."

"전하께서 흥왕사의 경비병력을 모두 철수시켰습니다. 하니 걱정이 안 되겠사옵니까? 왕후마마."

"좌정승, 철수한 이유가 도대체 무언가요?"

"순군제조가 무법천지인 개경의 치안을 병력 탓으로 돌렸습니다. 하니 전하도 다른 방법이 있겠사옵니까? 왕후마마."

"그럼, 흥왕사는 누가 지키나요. 좌정승.

"전하께서 사천왕이 지켜준다고 조금도 물러서지 않으니 소신도 두 손 들고 말았사옵니다. 왕후마마."

노국공주는 유탁의 말을 도저히 믿을 수가 없었다. 게다가 순군제조가 개경의 치안부재를 병력 탓으로 돌렸다고 하니 눈앞이 아득했다.

"김용 그자가 일을 저질러 군요. 좌정승."

노국공주가 김용을 입에 올리니 유탁은 정세운의 참살이 머릿속이 떠올랐다. 지푸라기 잡는 심정으로 진비에게 말했다.

"자네의 책임이 매우 크다. 왕후마마의 주변에 이상한 낌새가 보이면 즉시 나에게 알려라."

진비의 얼굴에 다부진 결기가 서렸다.

"좌정승, 목숨을 걸고 왕후마마를 지킬 테니 걱정하지 마십시오."

노국공주도 목에 힘주어 말했다.

"좌정승도 아시다시피 제 검술도 좌정승 못지않습니다. 너무 걱정하지 마십시오."

"왕후마마, 그래도 마음을 놓으시면 절대 아니 되옵니다. 흥왕사에 계시는 동안은 소신을 포함해 어느 누구도 믿지 마십시오."

유탁은 다시 한번 다짐하고 발길을 돌리니 노국공주는 근심어린 눈빛으로 유탁의 뒷모습을 바라보았다. 진비도 노국공주처럼 흥왕사의 경비를 사천왕에게 맡긴 공민왕의 어이없는 결정이 야속했다.

"왕후마마, 전하의 성심이 어떤지 확인해 보셔요. 좌정승은 실없는 분이 아니라는 것을 아시잖아요."

"나도 그리 생각한다. 하나 김용이 나섰다면 끝이 좋지 않다. 전하가 계신 어전으로 한번 가보자."

노국공주는 진비를 앞세우고 어전으로 발걸음을 재촉했다. 이런 노국공주의 다급한 마음을 모르는지 남녀노소 백성들이 금탑을 에워싸고 공민왕과 노국공주의 만수무강을 기원하고 있었다. 하지만 지체할 수가 없었다. 어전으로 들어가려고 하자 환관 안도치가 노국공주의 앞을 가로막았다.

"왕후마마, 문하시중과 구휼미 방출을 논의하고 있사옵니다. 잠시만 기다리시옵소서."

"구휼미 방출도 좋지만 화급을 다투는 일이 있네. 전하께 아뢰어주시게."

노국공주의 독촉에 안도치가 잠시 망설였다. 하지만 노국공주의 표정이 심상치 않자 더는 막을 수가 없었다.

"전하, 왕후마마께서 오셨사옵니다."

"문하시중과 이야기는 끝났으니 들어오시라고 해라."

공민왕의 목소리가 들리자 안도치가 황급히 어전의 문을 열었다.

"왕후마마, 들어가시옵소서."

"내가 전하를 뵙고 나올 테니 잠시만 기다리고 있어라."

노국공주가 진비에게 말하고 어전으로 들어가자 문하시중 홍언박이 자리를 털고 일어났다.

"전하, 소신은 이만 물러가겠습니다."

공민왕이 어전을 나가는 홍언박의 뒷모습을 바라보면서 말했다.

"어전엘 다 오시고. 무슨 급한 일이라도 있소."

"전하, 급해도 아주 급한 일입니다. 흥왕사의 경비를 사천왕에게 맡겼다는 소문이 흥왕사의 경내는 물론 신첩의 귀에까지 들려왔어요."

공민왕이 어이가 없다는 듯이 너털웃음을 웃었다.

"과인이 한번 해본 소리가 왕후의 귀에까지 들어갔군요. 하하하."

"웃을 일이 아닙니다. 흥왕사에는 태후마마와 왕실 가족이 머물고 있어요. 한데 병력을 빼다니요. 태후마마가 아시면 불호령이 떨어질 것입니다."

"개경의 치안이 엉망이라는 것을 왕후도 아시잖소. 해서 순군제조에게 흥왕사의 병력을 쓰라고 했소. 그렇다고 순군제조가 흥왕사를 무방비로 놓아두겠소? 필요한 병력은 배치할 것이니 너무 걱정하지 마시오."

노국공주가 발끈했다.

"무식하면 용감하다고 순군제조가 난을 일으키면 어떻게 하시겠어요."

"순군제조는 과인이 제일 믿는 중신 중의 중신이오. 그런 말도 안 되는 소리는 하지 마시오."

"전하의 뜻이 정 그렇다면 더는 말씀 안 드리지 않겠지만 태후마마도 계시니 잘 생각하십시오."

"왕후의 그 말씀 명심하겠소."

노국공주가 허탈한 마음으로 어전을 나오니, 진비가 환관 안도치와 이야기를 나누고 있다가 물었다.

"왕후마마, 전하께 말씀은 해보셨어요."

"전하는 순군제조 믿기를 부처님보다 더 믿으니 소귀에다 경 읽기나 다름없다. 한데 안도치와 무슨 이야기를 했는지 그리도 안색이 밝느냐?"

"밝기는요. 안도치의 얼굴이 전하의 용안을 빼닮았으니 누가 군왕이신지 구분하기 어렵네요. 그래서 웃고 있었어요."

안도치가 민망한지 얼굴을 붉히면서 말했다.

"왕후마마, 소인이 전하를 닮다니요. 진비가 잘못 본 것이옵니다."

"전하도 알고 계시는데 왜 그렇게 얼굴을 붉히는가, 영광으로 생각하고 전하를 잘 보필하시게."

"명심하겠사옵니다. 왕후마마."

안도치는 노국공주의 따뜻한 말에 가슴이 뭉클했다. 죽마고우 이강달(李剛達)과 입에 풀칠하기 위해 환관이 되었다. 그리고 충목왕과 충정왕, 공민왕 3대를 모시었으나 노국공주처럼 환관들에게 마음 쓰시는 분은 없었다. 하지만 오늘따라 이강달이 어디 갔는지 보이지 않아 내심 걱정이 되었다.

김용은 순군부 밖을 바라보면서 한숨을 내쉬었다. 용수산의 산채에서 무사들이 칼을 갈고 있는데 하늘의 뜻을 점지해준다는 청한거사가 나타나지 않으니, 용을 잡는 일이 물거품이 될 것만 같았다. 김용의 답답한 마음을 알고 있었는지 청한거사가 때를 맞추어 나타났다. 그리고 마치 종놈 다루듯이 김용의 어깨를 툭툭 치면서 말했다.

"그간 잘 계셨습니까? 상장군."

"그간이 무엇입니까? 용이 되려다가 목이 달아나게 생겼소."

김용이 불만이 가득 찬 목소리로 대꾸했다. 하나 청한거사의 얼굴은 그 어느 때보다도 밝았다.

"이제 상장군이 고대하고 고대하던 때가 왔소."

김용은 바짝 긴장했다.

"뜸 들이지 말고 말씀하십시오. 가슴속에 간직하겠소."

"윤삼월 초하루가 용이 될 가장 좋은 날입니다. 윤삼월 초하루를 절대 놓치지 마십시오."

김용이 결기에 찬 목소리로 대답했다.

"청한거사, 윤삼월 초하루가 그렇게 좋다면 두말할 필요가 있겠소. 그날로 할 테니 걱정하지 마시오."

"소승은 상장군의 그 말을 믿고 묘향산으로 돌아가겠소."

김용은 청한거사가 눈앞에서 사라지자 급히 화지원을 불렀다.

"용이 될 날이 윤삼월 초하루로 열흘밖에 남지 않았으니 용수산 산채에 전하라."

"드디어 그날이 오는군요. 상장군."

화지원이 아첨하듯 연신 허리를 굽실거리면서 말했다. 그런데 김용은 머릿속이 다시 뒤엉키었다.

"이놈아, 문하시중 홍언박의 집이 어디에 있는지 암암리 파악해 놓아라, 학식도 능력도 없는 놈이 전하의 외척이라고 만인지상의 자리를 꿰차고 있으니 이번에 손 좀 봐줘야겠다."

"홍언박의 집 정도야, 이미 파악해 놓았습니다. 상장군."

"네놈이 그럴 때도 있구나. 그리고 이번 일만 잘되면 네놈은 제공을 넘어 장군으로 승차할 것이다."

화지원은 감격했다. 김용의 수하로 들어오는지 10여 년이 흘렀건만 중랑장도 아닌 제공에 머무르고 있었다. 그런데 두 계단이나 뛰어넘어 장군이라니 만인지상 홍언박이 부럽지 않았다.

노국공주에게 긴박한 상황을 전하고, 집무실로 돌아온 유탁은 자신과 뜻을 같이하는 장수들을 불렀다.

"전하와 왕후마마가 계신 흥왕사의 병력이 소수 병력만 남기고 모두 철수했소. 이런 와중에 변란이라도 일어난다면 큰일이니 좋은 방법이 있다면 기탄없이 말씀해 주시오."

최영이 죽더라도 할 말은 해야겠다는 듯이 큰 소리로 말했다.

"전하께서 멧돼지처럼 멍청한 김용만 끼고도니 이런 사달이 난 것 아니겠습니까? 이 복잡한 난제를 해결할 분은 좌정승이 아니라 전하십니다."

목인길도 최영과 죽이 맞았다.

"총병관과 세 명의 장수가 졸지에 죽은 것도 구렁이 담 넘듯 넘어갔소. 내 말이 틀렸는지 안 장군도 한번 말씀해보십시오."

안우경도 행궁에서 몽둥이로 맞아 죽은 도원수 안우가 머릿속에 떠올랐다.

"목 장군의 말씀처럼 홍건적을 물리친 총병관과 장수 세 분이 변명 한마디도 못 하고 죽었소. 한데 그런 조짐이 또다시 보이니 소장도 답답합니다."

밀직부사 우제(禹磾)도 거들었다.

"홍왕사 병력 철수는 반란의 시발점이 될 수 있습니다. 단단히 방책을 세우십시오. 좌정승."

중랑장 김장수가 장수들의 격양된 목소리를 가라앉혔다.

"홍건적도 물린 친 마당에 큰일이 생기겠습니까? 여기 계신 장수 분들 모두 너무 과민하신 것 같습니다."

김장수의 말에 최영이 화를 버럭 냈다.

"과민이라니 전하를 겪어 보고도 그런 말씀을 하시는가? 중랑장."

유탁이 장수들의 면면을 살펴보니 잘못하면 배가 산으로 올라가게 생겼다.

"전하도 그러고 싶어서 홍왕사 경비병력을 철수시켰겠소? 개경의 치안이 무법천지라 제 살 깎아 먹기를 하신 것 아니겠소."

"소장도 답답해서 한번 해본 소리입니다. 좌정승."

최영이 한발 물러서자 유탁이 속마음을 내비쳤다.

"전하의 안위에 별일이야 없겠지만 만일을 위해 부탁하겠소. 그대들의 집에 쓸 만한 가병(家兵)이 있으면 눈여겨 봐 두시오. 변란이 일어나면 큰 힘이 될 것이니."

목인길이 가병정도는 문제가 아니라는 듯이 큰소리로 대답했다.

"소장에게도 10여 명의 가병이 있습니다. 그리고 최 장군과 안 장군의 집에도 가병이 있으니 걱정하지 마십시오. 좌정승."

최영도 두 주먹을 불끈 쥐고 말했다.

"전하를 배신하는 놈 있으면 이 두 주먹이 용서치 않을 것이니 마음을 편히 가지십시오. 좌정승."

"내가 그대들의 마음을 알았소. 정말 고맙소."

장수들의 당찬 목소리에 유탁은 비로소 마음을 놓았다. 중병에 극약처방이 잘 들을지 모르지만 다른 방법이 없었다.

김용은 청한거사가 점지해 준 윤삼월 초하루가 다가오니 입에 침이 마르고 신경이 칼날처럼 곤두섰다. 용이 되기 위해 발목을 잡았던 이무기를 모두 참살했다. 하지만 마지막 걸림돌이 남았으니 이를 해결하지 않고는 한 발짝도 앞으로 나갈 수가 없었다.

김용은 화지원을 앞세우고 용수산 산채로 말을 달렸다. 하지만 김용을 태운 말이 힘이 드는지 가쁜 숨을 내쉬면서 달리자, 화지원이 숨넘어가는 목소리로 말했다.

"상장군이 타신 말이 쓰러질 것 같아요. 좀 천천히 달리십시오."

"이 빌어먹을 놈아, 정상이 코앞에 와 있는데 천천히? 그런 정신머리 가지고 장군으로 승차하겠느냐? 병졸로 강등되지 않으려면 정신을 똑바로 차려라."

김용이 화지원을 때려죽일 듯이 호통을 치면서 용수산 산채로 들어가니 음산한 밤기운이 코끝을 자극했다. 그리고 사냥감을 찾던 밤 부엉이가 용수산 깊은 계곡으로 날아가고, 밤하늘의 초승달도 숨죽이며 바라보니 김용은 불안감이 엄습해 왔다. 하지만 화지원은 장군으로 승차할 생각을 하니 눈에 보이는 것이 없었다.

"상장군이 무사들의 선봉에 서면 들킬 위험이 있습니다. 순군부에서 승전보나 기다리십시오. 소인이 상장군 대신 복면을 쓰고 무사들의 선봉에 서겠습니다."

"네놈의 생각이 그럴듯하니 무사들을 집합시켜라."

김용의 명령이 떨어지자마자 창검을 든 무사 1백여 명이 산채 앞마당에 도열했다. 김용은 무사들의 살기 어린 눈빛을 보니 불안했던 마음이 싹 가셨다.

"네놈들은 이제부터 나의 군사가 아니고 황제 폐하의 군사다. 흥왕사에 숨어있는 공민왕과 그의 외척 문하시중 홍언박을 처단하라."

"네, 상장군."

두목 김수와 무사 백여 명이 창검을 흔들면서 화답했다. 그리고 복면을 뒤집어쓴 화지원의 뒤를 따라 흥왕사로 말을 달리자, 용수산의 산과 계곡은 말발굽 소리에 신음하기 시작했다.

흥왕사는 용수산과는 달리, 예상외로 조용했다. 귀신도 오지 않는다는 길일 윤삼월 초하루의 자정이 되자 흥왕사의 범종이 은은한 소리를 내면서 울었다. 또한 바람결을 타고 승려들의 목탁 두드리는 소리가 노국공주의 귓전을 파고들었다. 하지만 노국공주는 범종 소리고, 목탁 소리고, 모두 귀에 거슬렸다. 노국공주는 기분을 전환하고자 침전문을 활짝 열고 대웅전의 용마루를 바라보았다. 한데 까마귀가 용마루에 앉아 카악거리면서 울기 시작했다. 노국공주는 진비의 손을 잡아끌었다.

"진비야, 저 용마루를 보아라. 밤에 까마귀가 울면 불길하다고 했다."

진비도 대웅전의 용마루를 바라보니, 마치 까마귀가 도망가라고 손짓하는 것처럼 날개를 퍼덕거리고 있었다. 진비의 손이 무의식적으로 검을 잡았다.

"왕후마마, 불길한 예감이 들어요. 전하가 계신 어전으로 가봐야겠어요."

"그래, 가보자."

노국공주와 진비가 뒤돌아볼 틈도 없이 어전으로 달려가니, 환관 안도치와 이강달이 입을 맞춘 듯이 물었다.

"왕후마마, 어전에는 어인 일로 오셨사옵니까?"

"밤기운이 불길해서 왔으니 냉큼 전하께 고하시게."

노국공주의 말이 끝나자마자 흥왕사의 담장 밖에서 천지가 개벽할 소리가 들려왔다.

"황제의 명을 받아 공민왕을 잡으러 왔다. 죄인은 무릎을 꿇고 죄를 청하라."

환관 이강달의 얼굴에 핏기가 가셨다.

"전하, 왕후마마가 오셨사옵니다. 하온데 담 밖에서 이상한 소리가 들려옵니다."

공민왕도 담장 밖의 소리를 들었다.

"어느 놈이 감히 황제를 사칭하고 과인을 욕보이다니 냉큼 잡아 와라."

공민왕은 상황 파악을 하지 못하고 명만 내리자, 노국공주가 어전 문을 박차고 들어가면서 말했다.

"저 역적 놈을 잡을 병사가 어디 있어요? 고집부리지 말고 피하셔요."

"과인이 도망을 가면 어디로 간단 말이오. 죽더라도 어전에서 죽겠소."

공민왕의 힘없는 목소리가 허공에 맴돌았다. 하지만 상황은 더욱 절박하게 전개되었다. 무사들이 흥왕사의 남문과 담장을 넘어오자 공민왕은 더 이상 버틸 수가 없었다. 이강달의 등에 업혀 어전을 나서니 환관 안도치가 눈물로 호소했다.

"전하, 저 역적 놈들이 전하의 침전으로 들이닥칠 것이옵니다. 소신이 전하로 분장하고 침전에 있겠사오니 태후마마의 침소로 피하옵소서."

안도치의 충정에 노국공주는 마음이 울컥했다.

"그대의 목숨을 담보로 전하를 살릴 수는 없다. 나와 진비가 저 역적 놈들을 막을 테니 전하를 모시고 태후마마의 침소로 가라."

공민왕도 안도치의 대쪽 같은 기개에 감격했다.

"안도치, 너의 마음을 알겠지만 그럴 수 없다. 이강달은 과인을 등에서 내려놓아라."

"전하, 소신의 청을 들어주시지 않으면 혀를 깨물고 죽겠사옵니다. 어서 피하시옵소서."

안도치가 목숨을 담보로 배수진을 치자, 이강달은 더 이상 지체할 수가 없었다. 공민왕을 등에 업은 채로 명덕태후(明德太后)의 침소로 달리기 시작했다. 안도치는 공민왕이 눈앞에서 사라지자 곧바로 침전으로 들어갔다. 그리고 공민왕이 정사를 볼 때 입었던 곤룡포를 입고 이승에서 마지막 하직 인사를 올렸다.

"전하, 미천한 소신이 먼저 가오니 역도를 물리치고 만수무강하십시오."

안도치의 충정에 감격했는지 카악거리면서 울던 까마귀도 울음을 그치고 무사들을 지켜보기 시작했다. 게다가 공민왕이 믿고 있던 사천왕은 무사들의 서슬이 퍼런 창검을 지켜볼 뿐 손가락 하나 까딱하지 못하니 화지원은 신바람이 났다.

"어전으로 들어가 공민왕의 숨통을 끊어라."

화지원의 명령에 무사들이 눈을 번뜩이면서 어전으로 달려갔다. 하나 어전에는 공민왕은 보이지 않고 옥좌만 덩그렇게 남아있었다.

"공민왕이 어전에 없다. 침전으로 가서 공민왕을 죽여라."

"알겠습니다. 장군님."

화지원은 두목 김수가 장군님으로 부르자 어깨에 힘이 들어가고 눈에 보이는 것이 없었다. 더구나 공민왕만 죽이면 장군으로 승차하고 출세가 보장되니 멈출 수가 없었다. 성난 황소처럼 씩씩거리면서 공민왕의 침전으로 달려가니, 침전은 숨소리만 간간이 들릴 뿐 생각 외로 조용했다.

"김수 이놈아, 공민왕이 잠에 깨면 산통이 깨지니 조심해서 침전문을 열어라."

"네, 장군님."

화지원도 김용의 그늘에서 살아서 그런지 말투가 이놈 저놈으로 변했다. 두목 김수가 침전문을 열고 들어가 보니 공민왕이 꿈속에서 헤매고 있었다. 화지원은 공민왕의 얼굴을 조심스럽게 살펴보았다.

"공민왕이 분명하다. 잠든 공민왕을 죽여라."

"잠든 용쯤이야, 걱정 마십시오. 장군님."

두목 김수가 공민왕으로 분장한 안도치의 가슴과 목을 난도질하자, 안도치는 비명 한번 지르지 못하고 죽었다. 공민왕의 죽음을 확인한 화지원은 방향을 틀었다.

"이제 남은 것은 홍언박뿐이다. 홍언박을 죽여라."

백 명의 무사들이 두 패로 나누었다. 한패는 홍언박의 집으로, 한패는 흥왕사에서 노국공주를 찾아 나섰다.

공민왕은 이강달의 등에 업혀 명덕태후 침소로 들어갔다. 하지만 명덕태후 침소로 들어갔다고 안심할 수가 없었다. 무사들이 언제 들이닥칠지 모르니 노국공주는 이불로 공민왕을 덮었다. 그리고 이강달에게 명했다.

"지금 묘련사에서 재상급 장수들이 국태민안을 기원하는 예불을 드리고 있다. 이곳의 상황을 좌정승에게 전하라."

"왕후마마, 소인이 가면 전하의 안위는?"

"묘련사로 가는 것이 전하의 목숨을 구하는 길이다. 두말하지 말고 가라."

노국공주가 이강달을 묘련사로 보냈으나 문제가 해결되는 것은 아니었다. 흥왕사의 경비병력이 없으니 노국공주와 진비가 명덕태후의 침소를 지킬 수밖에 없었다. 그런데 상황은 더욱 나빠졌다. 공민왕의 침전에서 함성이 들려왔다.

"공민왕을 처단했으니 왕후를 찾아라."

노국공주는 안도치의 죽음에 가슴이 저리고 아팠다. 비록 환관이었지만 충성심은 밤하늘의 별처럼 빛이 나고 높았다.

"진비야, 안도치가 죽었지만 그의 이름은 만세까지 전해질 것이다."

"저도 그렇게 생각해요. 왕후마마."

진비도 눈물을 흘렸다. 하지만 눈물을 마냥 흘리고 있을 시간이 없었다. 무사들이 무리를 지어 흥왕사의 전각과 경내를 수색하기 시작했다. 노국공주와 진비는 시시각각으로 조여 오는 긴장감에 검을 빼 들었다. 그리고 무사들의 움직임을 지켜보기 시작했다.

이강달은 단숨에 흥왕사 담장을 넘었다. 그리고 젖 먹던 힘까지 다해 묘련사로 달려가니 온몸에 식은땀이 줄줄 흘렀다. 하지만 공민왕의 목숨에 관련된 일이니 멈출 수가 없었다. 대웅전으로 들어가, 피토하는 심정으로 말했다.

"좌정승, 흥왕사가 쑥대밭이 되었습니다. 빨리 전하를 구하십시오."

"쑥대밭이라니 소상히 말해보시게."

"무사 수십 명이 전하를 시해하고자 어전에 들이닥치니, 다른 방법이 있겠습니까? 결국 소신의 등에 업혀 태후마마 침소로 피했습니다."

이강달이 숨이 찬지 말을 멈추자 유탁이 재촉했다.

"그럼, 전하를 지키는 사람은 자네밖에 없었단 말인가?"

"없다니요, 안도치가 전하의 곤룡포를 입고 전하 대신 침전에서 죽었습니다. 이제 흥왕사는 역도들 세상이니 전하의 목숨을 장담할 수가 없습니다. 좌정승."

유탁은 좌정승으로서 환관 이강달에게 얼굴을 들 수가 없었다. 하지만 공민왕이 몸을 피했다고 하니 안도의 한숨을 내쉬었다.

"내가 우려했던 일이 벌어졌소. 지금 당장 흥왕사로 달려가 역도를 모조리 참살하고 전하를 구하시오."

최영은 도저히 참을 수가 없었다.

"총병관의 죽음부터 오늘 이 순간까지 많은 사건이 연속으로 발생했습니다. 이번 기회에 그 근원을 뿌리 뽑아야 합니다. 소장이 앞장서겠습니다."

"최 장군의 말씀이 맞습니다. 이번에야말로 뒤에서 조종하는 놈을 잡아야 합니다. 소장 목인길도 흥왕사로 가겠습니다."

목인길에게 질 수 없다는 듯이 우제도 검을 빼 들었다.

"좌정승, 소장도 역적을 잡는 데 일조하겠습니다."

안우경과 김장수도 자리를 박차고 일어났다.

"소장들이 가병을 데리고 흥왕사로 갈 테니 전하를 구하는 일은 걱정하지 마십시오. 좌정승."

유탁은 장수들의 충정에 감격했다.

"검술로 단련된 역도들인데 집 지키는 가병으로 되겠소? 내가 직접 순군제조에게 병력을 요청하겠소."

최영이 화를 버럭 냈다.

"좌정승, 순군제조 그놈은 믿을 수가 없소. 포기하십시오."

"최 장군, 순군제조의 속내를 알아볼 겸 순군부로 가야만 하오. 말리지 마시오."

유탁은 병력을 요청하러 순군부로, 최영은 묘련사에 모인 장수들과 흥왕사로 말을 달리니 동녘 하늘이 밝아오기 시작했다.

화지원은 노국공주의 행방을 찾고자 흥왕사의 경내를 모두 수색했지만 찾을 수가 없었다. 결국 마지막 남은 명덕태후의 침소로 발길을 돌리고 있는데 내관 한 놈이 아침 조반을 가지고 명덕태후 침소로 가고 있었다. 화지원은 독수리가 먹이를 낚아채듯 내관을 잡아 호령했다.

"흥왕사가 내 손 안에 있는데 아침 조반이라니! 태후의 침소에 누가 있느냐? 바른대로 대지 않으면 목을 비틀겠다."

화지원의 겁박에 내관은 오금이 저렸는지 옷에 오줌을 질질 싸면서 말했다.

"전하가 숨어 있습니다. 소인을 살려주십시오."

화지원은 눈앞이 캄캄했다. 공민왕이 살아 있다니 장군으로 승차는커녕 목이 잘릴 판이었다.

"그럼, 침전에서 죽은 놈은 누구란 말이냐?"

"전하를 빼닮은 안도치란 환관입니다."

"내가 어리석게도 환관 놈에게 속았구나. 결단코 공민왕을 용서하지 않겠다."

화지원은 무사들을 앞세우고 명덕태후 침소로 달려가니, 노국공주와 진비가 침소를 지키고 있었다. 화지원은 큰소리를 내질렀다.

"이놈들아. 계집년뿐이니 가차 없이 죽여라."

"걱정 마십시오. 장군님."

무사들이 창검을 휘두르면서 달려들자 노국공주는 검을 움켜잡았다.

"나를 계집년이라고 조롱해? 살고 싶지 않으면 덤벼라."

노국공주의 검이 좌우로 날면서 무사들의 목을 베니 무사들이 피를 토하면서 쓰러졌다.

진비도 부모의 원수를 갚으려고 검술을 배웠으니 도적 떼에 불과한 무사들은 상대가 되지 않았다. 양손에 든 검이 검무를 추듯 날렵하게 무사들의 목을 찌르고 베었다. 노국공주와 진비의 검술을 지켜본 화지원은 정신이 아찔했다. 잘못하면 공민왕보다도 자기 목이 먼저 달아날 판이었다.

"이놈들아, 계집년에게 힘도 쓰지 못하고 쓰러지다니 불알 달린 사내라고 할 수 있느냐? 계속 밀어붙여라."

"걱정하지 마십시오. 계집년보다 우리가 훨씬 많습니다. 장군님."

무사들이 굶주린 늑대처럼 떼를 지어 노국공주와 진비를 공격하자 노국공주와 진비는 조금씩 뒤로 밀리기 시작했다. 전황이 좋지 않게 변해가니 명덕태후의 침소를 지키고 있던 환관들도 나섰다. 비록 창검을 들지 못하나 충성심만은 노국공주나 진비 못지않았다. 몽둥이로 무사들의 가슴과 머리를 두드려 패자 화지원의 얼굴에 그늘이 졌다.

"오경을 지나 동녘 하늘이 밝아오는데 공민왕을 죽이기는커녕 코빼기도 보지 못했다. 하나 하늘은 우리 편이다. 계속 밀어붙여 공민왕의 숨통을 끊어라."

화지원의 명령에 두목 김수가 대답했다.

"계집년과 환관이 버티면 얼마나 버티겠습니까? 조금만 기다리시면 공민왕의 숨통을 끊을 수 있을 겁니다."

"말만 앞세우지 마라. 이놈아."

화지원이 화를 버럭 내면서 검을 빼 들었다. 그리고 노국공주를 향해 휘두르자 진비가 화지원의 앞을 가로막았다.

"왕후마마 앞에서 감히 칼춤을 추다니 내 검에 죽어라."

진비의 검과 화지원의 검이 허공에서 부딪치자 섬광이 번쩍이었다. 이렇게 일진일퇴를 거듭하고 있는데 최영과 그 휘하의 장수들이 가병을 데리고 나타났다.

노국공주는 생사의 길목에서 최영이 눈앞에 보이자 안도의 한숨을 내쉬었다. 더구나 그 휘하의 장수들도 개경수복에 공을 세운 장수들이라, 무사들을 물리치기는 손바닥 뒤집기보다 쉬울 것만 같았다.

"환관 이강달이 제 몫을 했군요. 최 장군."

"그렇습니다. 좌정승은 병력을 요청하러 순군부에 갔으니 저 역도들은 산송장이나 다름없습니다. 왕후마마."

최영은 말을 마치자마자 장검을 빼 들었다. 그리고 관우가 청룡언월도를 휘두르듯이 장검을 휘두르면서 무사들의 중앙을 파고들었다. 목인길과 안우경 또한, 무사들의 좌우측을 공격해 들어가니 무사들의 전력에 빈틈이 보이기 시작했다. 장수들이 데리고 온 가병들도 주인들을 닮아서 그런지 창검 쓰는 솜씨가 예사롭지 않았다.

화지원은 전황이 밀리기 시작하자 정신을 차릴 수가 없었다. 더구나 좌정승이 무슨 낌새를 알아챘는지 순군부로 갔다고 하니 공민왕을 잡기 전에 자신이 먼저 저승길로 갈 것만 같았다. 하지만 포기할 수가 없었다.

"이놈아, 집 지키는 가병과 장수 몇 놈뿐이니 겁먹을 필요가 없다. 계속 밀어붙여라."

"네, 장군님."

두목 김수가 큰소리로 대답했지만 기울어진 전황을 돌리기에는 쉽지 않았다. 홍건적의 철기병을 참살한 김장수까지 가세했으니 흥왕사에서 죽든지 도망치는 방법밖에 없었다. 한데 생각

밖의 상황이 벌어졌다. 문하시중 홍언박을 참살하러 갔던 무사들이 돌아왔다.

"문하시중 홍언박을 참살했습니다. 장군님."

화지원의 얼굴에 화색이 만면했다. 문하시중 홍언박을 죽였고 무사들의 병력이 두 배로 늘어났으니 이제 싸워볼 만했다.

"홍언박을 죽였으니 한 고비 넘겼다. 이제 공민왕만 잡으면 된다. 하하하."

화지원의 웃음소리에 목인길은 정신이 번쩍 들었다. 어디선가 듣던 웃음소리였다. 무사들이 장군님이라고 존댓말을 쓰니 웃음소리의 주인공이 매우 궁금했다.

"이놈아, 장군이라고 하면 내가 알만하고, 웃음소리 또한 수상하다. 복면을 벗고 사생결단하자."

목인길이 복면을 벗으라고 일갈 호통을 치자, 화지원도 맞대응했다.

"황제의 명으로 공민왕을 처단하는 것이니 역적으로 몰리지 않으려면 앞길을 막지 마라."

"황제가 네놈 따위를 어찌 알겠느냐? 시건방진 역적놈아."

목인길이 검을 휘두르니 화지원도 질 수 없다는 듯이 창으로 목인길을 가슴을 찔렀다.

"목인길 이놈아, 역적은 내가 아니라 황제의 명을 거역하는 네놈이니 내 창을 받아라."

"그 정도 창술로 나를 당해내겠느냐? 하하하."

화지원과 목인길이 밀고 밀리는 싸움을 거듭하고 있는데 무사 한 놈이 김장수의 등짝을 검으로 내리쳤다. 김장수가 피를 토하면서 쓰러지자 화지원은 죽었던 기가 되살아났다.

"철기병을 참살한 김장수가 죽었다. 이제 남아있는 장수는 몇 놈 안 된다. 모두 죽이고 공민왕의 숨통을 끊어라."

화지원의 생각대로 전황이 바뀌지 않았다. 안우경이 김장수를 죽인 무사를 일거에 베었다. 우제도 도망치는 무사들의 뒤를 쫓으니 전황이 기울어질 대로 기울어졌다. 그리고 노국공주와 진비가 명덕태후의 침소를 철통같이 방어하자 화지원은 다른 방법이 없었다.

"공민왕을 죽이지 못했지만 할 만큼 했다. 모두 퇴각하라."

화지원이 외쳤지만, 퇴각도 말처럼 쉽지 않았다. 최영이 도망치는 두목 김수를 장검으로 내리치자 비명을 지르면서 쓰러졌다.

"으흑…."

두목 김수가 죽자 화지원은 더 이상 버틸 수가 없었다. 공민왕을 죽이는 것보다 살길이 우선이었다. 화지원은 한솥밥을 먹은 무사들을 내팽개치고, 흥왕사의 담장을 날렵하게 넘었다.

유탁은 순군부에 들어와 보니 김용이 소태 씹은 낯빛으로 서성거리고 있었다.

"순군제조, 흥왕사에서 변란이 일어났소. 한데 전하의 안위를 책임지고 있는 순군제조가 팔짱만 끼고 있으니 이러고도 순군부 수장이라고 할 수 있소?"

김용은 알고도 모른 척 시치미를 뗐다.

"변란이라니요. 홍건적이 다시 준동했습니까?"

"이런 답답한 사람을 보았나. 순군제조가 가지 않으려면 병력을 내주시오. 그러면 내가 그놈들을 모조리 잡아 오겠소."

김용은 공민왕을 죽였다는 낭보가 오길 눈 빠지게 기다리고 있었다. 그런데 오라는 낭보는 오지 않고 유탁이 별안간 나타났다.

"좌정승도 보다시피 순군부 병사들이 개경의 치안을 담당하고 있어 병력이 한 명도 없습니다. 그렇다고 순군부 수장인 제가 갈 수도 없고 답답합니다."

유탁이 순군부를 살펴보니 병사라곤 다 어디 갔는지 개미 새끼 한 마리보이지 않았다.

"다른 방법이 어디 있겠소. 하나 최영과 그 휘하 장수들이 가병을 몰고 갔으니 그들에게 기대해 볼 수밖에 없지 않겠소."

유탁의 자탄에 김용은 정신이 아득했다. 최영은 일당백 하는 장수이고, 그 휘하의 장수들도 범처럼 용맹했다. 화지원의 능력으로 이들을 물리칠지 걱정이 앞섰다. 하지만 내색하지 않고 말했다.

"최영과 그 휘하의 장수라면 걱정할 필요가 없습니다. 마음 놓으십시오. 좌정승."

"최영이 범처럼 용맹한 장수지만 쉽게 장담할 수 없소. 순군제조는 순군부 걱정은 하지 말고 나와 흥왕사로 갑시다."

유탁이 물러서지 않고 독촉하자 김용은 발끈했다.

"나보고 같이 가자고요? 전하의 어명 없이는 갈 수가 없으니 가고 싶으면 좌정승이나 가십시오."

"허허, 정말 알 수 없는 사람일세."

김용은 유탁이 돌아갈 생각은 하지 않고 혀만 끌끌 차고 있으니 속에서 열불이 났다.

"아니 좌정승, 나를 감시하듯 순군부에 눌러있을 셈이시오? 하면 순군부에 자리를 깔고 사시든지."

유탁은 좌불안석하는 김용이 더욱 의심스러웠다.

"순군제조, 무슨 켕기는 것이라도 있소? 왜 나를 돌려보내지 못해서 안달이오."

"순군제조인 내가 켕기다니요. 좌정승이 나를 잘못 본 것 같습니다."

김용은 유탁이 계속 물고 늘어지자 내칠 수도 없고 속만 끓었다. 이렇게 김용이 유탁과 신경전을 벌이고 있는데 화지원이 핏기 가신 얼굴로 순군부에 들어왔다.

"상장군, 흥왕사에 변고가 일어났습니다."

"때려죽여도 시원찮을 놈아, 이미 알고 있는 것을 보고라고 하느냐?"

김용은 유탁에게 속내를 들킬까 봐 화지원의 말을 가로챘다. 그리고 화지원의 뺨을 후려치자 화지원이 땅바닥에 나가떨어졌다.

"죽을죄를 지었습니다. 상장군."

화지원이 무릎을 꿇자 김용이 유탁에게 화풀이하듯 화지원을 발로 걷어찼다. 유탁은 김용의 망나니 같은 행동에 제동을 걸었다.

"순군제조, 화지원을 왜 못살게 구시오? 큰 잘못도 아닌 것 같은데."

"아닙니다. 좌정승, 전하가 시해될 마당에 기생 엉덩이나 두드리고 온 이런 놈은 죽어도 쌉니다."

"그 정도 했으면 되었소. 노여움을 푸시오."

유탁이 말리니 김용이 못 이기는 척 목소리를 낮추었다.

"이놈아, 좌정승이 말리지 않았으면 오늘이 네놈 제삿날이었다."

"감사합니다. 상장군."

"이놈아, 상장군이라니 남들이 들으면 내가 상장군에 미련이 남아있다고 생각하겠다. 앞으로는 순군제조라고 불러라."

유탁은 망나니처럼 날뛰는 김용의 행태에 할 말을 잊었다. 저런 망나니가 전하의 경호를 책임지고 있으니 오늘의 환란은 전하 스스로가 자초한 것 같았다. 그런데 또다시 기막힌 일이 벌어졌다.

흥왕사의 난을 진압한 목인길이 무사들을 굴비 엮듯이 엮어 순군부로 끌고 오자 김용이 화지원에게 명령했다.

"화지원 이놈아, 역적 놈은 잠시도 살려둘 수 없다. 이유 불문하고 모두 참살하라."

"네, 순군제조."

화지원은 김용의 속내를 알아챘다. 목인길이 끌고 온 무사들을 철퇴로 내리치자 순군부가 금세 피바다가 되었다. 김용이 저승사자처럼 날뛰니, 목인길은 안우의 죽음이 머릿속에 떠올랐다.

"순군제조, 난을 일으킨 배후를 밝혀야 하는데 이게 무슨 짓이오."

"나는 전하의 경호를 책임지는 순군제조요. 그리고 순군부는 내 관할이니 쓸데없는 소리 마시오. 목 장군."

유탁은 무사들을 죽이는 김용의 눈빛이 수상했다.

"내가 문하시중 다음인데 내 허락 없이 죽이다니 당장 멈추시오."

김용은 유탁의 명령이 귀에 들어오지 않았다. 무사들의 입을 봉하는 것이 급선무였다.

"나는 전하의 어명 외에는 받지 않은 순군제조요. 죽이든 살리든 내 마음대로 할 테니 참견하지 마시오."

김용이 우격다짐으로 밀어붙이자 화지원은 한순간도 쉬지 않고 무사들의 머리통을 철퇴로 내리쳤다. 하지만 화지원도 사람이었다. 한솥밥을 먹었던 무사들을 철퇴로 내리치면서도 자신의 앞날이 걱정되었다. 화지원은 김용의 눈을 피해 순군부 밖을 바라보았다.

홍왕사의 난이 가까스로 평정되었지만, 홍왕사는 어제의 홍왕사가 아니었다. 명덕태후의 침소 앞에 무사들의 시체가 두세 겹으로 쌓였고 피비린내가 대웅전까지 들어갔으니 대웅전 부처님이 코를 막을 지경까지 이르렀다. 노국공주는 지난밤의 악몽을 어떻게 견뎌냈는지 생각만 해도 끔찍했다. 환관 안도치가 공민왕과 닮았다는 이유로 난도질당하고 죽었으니, 저승에서 만나면 그 은혜를 어찌 갚아야 할지 생각이 나지 않았다.

또한 진비의 눈부신 활약과 홍왕사의 난을 진압한 장수들에게 더욱더 큰 빚을 졌으니 입이 열 개가 있어도 할 말이 없었다. 노국공주는 역도를 물리친 장수들에게 고개를 숙였다.

"그대들의 충성심으로 전하의 목숨도 구하고 제 목숨도 구했습니다. 정말 고맙습니다."

노국공주의 찬사에 최영은 쑥스러운 듯 얼굴을 붉히면서 말했다.

“군왕이 위급한 일을 당하면 신하가 생사를 걸고 구하는 것은 당연한 일이옵니다.”

공민왕은 명덕태후 침소 앞에서 전쟁터가 방불할 정도로 치열한 전투가 벌어졌는데 이불을 뒤집어쓰고 숨어 있었다. 한마디로 군왕으로서 면목이 서지 않았다. 하지만 군왕은 누가 대신할 수 없는 법, 공민왕은 장수들에게 목소리를 높였다.

“과인이 노국공주와 그대들의 덕분에 살았소. 그러나 잔챙이만 잡아들이고 배후는 잡지 못했으니 난을 평정했다고 볼 수 없소. 과인을 시해하려고 한 배후를 꼭 잡아들이시오.”

안우경이 안우의 죽음을 생각하면서 아뢰었다.

“전하, 역도들의 배후만 잡으면 총병관의 죽음과 칡넝쿨처럼 얽혀 있는 사건들이 줄줄이 드러날 것이옵니다.”

안우경의 주청에 노국공주도 동조했다.

“전하, 역도들이 황제의 명을 들먹거린 것을 보면 하루 이틀에 꾸민 일이 아니옵니다. 문하시중까지 죽였으니 역도들의 배후를 캐지 않으면 계속 이런 일이 반복될 것입니다.”

문하시중 홍언박은 공민왕과 내외종 사촌이었지만 다른 외척과는 달리, 심지가 곧고 재물을 멀리했다. 역도들에게 참살당하면서도 관복을 입고 의연하게 죽었으니 공민왕은 가슴이 아팠다.

“과인의 생각도 왕후와 같소. 한데 좌정승은 어디를 갔소. 문하시중이 죽었으니 당분간 좌정승이 이 난국을 수습해야 할 텐데 보이지 않소.”

최영이 그간 사정을 아뢰었다.

“좌정승은 흥왕사 난에 대처하고자 순군제조에게 병력을 요청하러 갔사옵니다. 하나 순군부에 병력은 고사하고 개미 새끼 한 마리보이지 않으니 좌정승인들 무슨 방법이 있겠사옵니까? 전하.”

공민왕은 최영의 말속에 뼈가 들어있어 매우 불쾌했다. 하지만 흥왕사의 난을 진압한 일등공신이라 내색하지 않고 말했다.

“과인이 순군제조를 믿은 것이 불찰이었소. 하나 지나간 것을 탓하면 무엇하겠소. 최 장군은 좌정승에게 이 난국을 하루빨리 수습하라고 전하시오.”

“명 받들겠사옵니다. 전하.”

최영과 안우경이 눈앞에서 사라졌지만, 군왕의 체통이 흥왕사 난으로 인해 천 길 벼랑 끝으로 떨어졌다. 이런 공민왕의 마음을 알아챘는지 노국공주가 역도들의 시체를 바라보면서 말했다.

“전하는 천명을 받고 태어난 군왕입니다. 보셔요. 저들이 누구를 위해 죽이고 죽었는지, 그리고 환관 안도치가 왜 하늘의 별이 되었는지 모두가 부처님의 뜻이니 마음에 두지 마셔요.”

노국공주의 위로에 공민왕은 마음이 울컥했다. 변방의 나라 고려로 시집와, 고국인 원나라보다 고려 백성들을 더 애틋하게 생각했다. 그리고 지아비를 위해 역도들과 사선을 넘나들면서 싸웠다. 노국공주의 지고지순한 사랑은 부처님도 감동할 지경이었다.

"과인이 천명을 받고 보위에 올랐소만 왕후를 만난 것에 비할 수가 있겠소."

공민왕의 애틋한 눈빛에 노국공주는 지난밤 역도들과 싸웠던 피로가 일순간에 날아가 버렸다.

"전하, 지난 일들은 모두 잊으시고 앞날만 생각하셔요. 그래야만 오늘의 아픔을 치유할 수 있어요."

"맞는 말이오. 하나 잊을 만하면 또 다른 일이 봇물 터지듯이 터지니 군왕 노릇 한다는 게 말처럼 쉽지 않소."

노국공주도 공민왕의 심적 고통을 모르지 않았다.

"그런 말씀 하지 마시고 환궁해요. 흥왕사 이름만 들어도 온몸에 소름이 돋아요."

"과인도 이 지긋지긋한 흥왕사에 더는 머물고 싶지 않소. 왕후의 말씀대로 환궁합시다."

흥왕사의 경비를 목상이나 다름없는 사천왕에게 맡겨 오늘의 환란을 자초했으니 공민왕도 노국공주의 충언을 받아들일 수밖에 없었다.

유탁은 홍왕사의 난을 진압한 장수들과 머리를 맞댔다. 공민왕이 역도들의 배후를 밝히라는 명을 내렸지만 어디서부터 손을 대야 할지 눈앞이 막막했다. 하지만 목인길이 좌중을 둘러보면서 말문을 열었다.

"좌정승, 심증이 가는 놈을 옆에다 두고 무슨 고민을 그렇게 많이 하십니까?"

"심증이 가다니 누구를 말하는 것이오. 목 장군."

"옆에 계신 최 장군과 안 장군도 다 아는 사실을 모르는 척 시치미를 떼시다니 참 딱하십니다."

최영이 유탁의 속내를 떠보듯이 말했다.

"소장이 말하지요. 순군제조 그놈이 배후라는 것은 삼척동자도 다 아는데 말만 빙빙 돌리고 계시지 마십시오. 좌정승."

유탁은 머리를 끄덕였다. 하지만 김용은 전하의 측근 중의 측근이라 접근하기가 말처럼 쉽지 않았다.

"심증만 가지고 속단하지 마시오. 잘못하면 배후를 잡지 못하고 실기만 할 수 있소."

안우경이 화를 버럭 냈다.

"칼을 뺐으면 썩은 호박이라도 잘라야지 않겠습니까? 제발 미적거리지 마십시오. 좌정승."

목인길의 머릿속에 한 가닥 희망의 불꽃이 피어올랐다.

"김용의 심복 화지원을 생포해 심문하십시오. 그놈이 모든 열쇠를 쥐고 있어요. 좌정승."

유탁도 생각해보니 그날 순군부에서 화지원의 행동이 수상했다.

"김용의 명령으로 화지원이 역도들을 참살했소. 이는 입을 봉하는 것과 같소. 목 장군은 그놈을 당장 잡아 오십시오."

"알겠습니다. 좌정승."

목인길의 대답이 끝나기 무섭게 안우경이 자리를 박차고 일어났다.

" 소장도 목 장군과 같이 순군부로 가겠습니다. 좌정승,"

"안 장군도 가신다면야 마음이 놓이지만, 화지원도 김용 못지않은 놈이니 조심하시오."

유탁이 안우경에게 말했지만 걱정이 되었다. 잔머리가 잘 돌아가는 김용이 화지원을 순순히 내줄지 하늘만 아는 일이었다.

"소장들이 화지원 한놈을 상대 못 하겠습니까? 심려 마십시오. 좌정승."

목인길과 안우경은 화지원 정도는 큰 문제가 아니라는 듯이 장담하면서 순군부로 달려갔다. 하지만 김용은 좌정승 유탁의 걱정처럼 만만히 볼 수가 없었다.

김용은 흥왕사 난이 실패로 돌아갔지만, 공민왕이 자신을 형님처럼 의지하고 철석같이 믿고 있으니 좌정승 유탁이 의심한들 겁날 것이 없었다. 이렇게 마음의 다잡고 있던 김용은 목인길과 안우경이 순군부에 들이닥치자 욕설을 퍼부었다.

"좌정승이 나를 감시하라고 시켰소? 아니면 나를 죽이라고 시켰소. 죄 없는 나를 왜 달달 볶는 거요."

죄지은 놈이 제 발 저리다고 김용이 포문을 열자 목인길은 어이가 없었다.

"누가 순군제조를 달달 볶는단 말이오. 쓸데없는 소리 그만하고 화지원 그놈 어디 갔소?"

"목 장군, 그놈을 왜 찾는 거요. 무슨 큰 죄를 지었소?"

"죄를 지었으니 잡으려고 온 것 아니오. 발뺌하지 말고 내놓으시오."

목인길의 질타에 김용은 가소롭다는 듯이 눈 한번 깜박하지 않고 말했다.

"화지원 그놈을 무슨 이유로 찾는지 모르나 그놈은 순군부에 없소."

안우경이 삿대질을 하면서 말했다.

"화지원이 없다니 우리를 바보 취급하는 것 아니오."

"안 장군, 그렇게 못 믿으면 직접 순군부를 수색해 보시구려."

김용이 비아냥거리자 안우경은 도저히 참을 수가 없었다.

"이런 간신배가 전하의 경호를 맡고 있으니 흥왕사에서 변란이 일어날 만하오. 화지원 대신 이 간신배라도 끌고 갑시다. 목

장군."

"그게 좋겠습니다. 안 장군."

"나보고 간신배라고, 이놈들이 죽으려고 환장을 했나?"

김용이 목인길과 안우경을 죽일 듯이 노려보았지만, 예전의 김용이 아니었다. 목소리로 변죽만 울렸지, 순군제조로서 당당함은 조금도 찾아볼 수 없었다. 그렇지만 목인길과 안우경은 화지원을 결국 잡지 못하고 빈손으로 순군부를 나올 수밖에 없었다.

화지원은 철퇴로 무사들을 참살했다. 하지만 한솥밥을 먹은 무사들이라 참살하면서도 가슴이 아팠다. 부득불 김용의 명령을 따랐으나 사람의 탈을 쓰고 할 짓이 아니었다. 그러나 멈추기에는 너무 늦었다.

김용이 마지막 남은 입을 봉하려고 기회를 엿보니 화지원은 김용의 제삿밥이 되기 싫었다. 야밤에 밤이슬을 맞으며 김용의 손아귀에서 벗어나니, 얼마나 긴장했는지 온몸에 식은땀이 줄줄 흘렀다. 그런데 문제가 생겼다. 저잣거리에 들어서자 백성들이 주막 담벼락에 붙어있는 화상을 보고 수군거렸다.

"저놈이 이번 흥왕사 난을 주도한 주범이라네. 상금도 은 1백근이 된다니 먹고살기 힘 드는데 저놈이나 잡으러 다니세."

"은 1백근이면 평생 먹고 살 상금이네만 쉽게 잡히겠나?"

백성들의 수군거리는 소리에 화지원은 밀짚을 꾹 눌러쓰고 담벼락에 붙은 화상을 살펴보았다. 한데 얼마나 잘 그렸는지 자신의 얼굴과 어느 한구석도 다르지 않았다.

또한 김용이 보낸 자객들이 뒤를 쫓고 있어 언제 어디서 객사할지 모르니 김용의 손아귀에서 벗어났어도 벗어난 것이 아니었다.

막다른 골목에선 화지원은 회한의 눈물을 흘렸다. 김용의 심복이 되기 위해, 장군으로 승차하기 위해 과욕을 부린 자신이 미워졌다. 참살당한 무사들에게도 속죄하고 싶었다. 화지원은 이승의 미련을 뒤로하고, 좌정승이 국사를 보고 있는 첨의부로 발길을 돌렸다. 하지만 첨의부로 들어가는 것도 쉽지 않았다. 첨의부 병사가 화지원의 남루한 모습을 위아래로 훑어보면서 말했다.

"네놈의 행색을 보니 저잣거리에서 노는 무뢰배 같다. 한데 좌정승이 정사를 보는 첨의부에 오다니 겁도 없구나."

화지원이 쓴웃음을 지으면서 말했다.

"무뢰배가 아니고 수배 중인 화지원이요. 좌정승의 집무실로 데려다주시오."

첨의부 병사의 뒤를 따라 화지원이 좌정승 집무실로 들어가니 목인길이 유탁에게 귓속말로 말하고 있었다.

"좌정승, 김용 그놈이 화지원을 빼돌린 것 같습니다. 화지원은 잠시 미루고 김용을 먼저 잡아들이십시오."

안우경도 맞장구를 쳤다.

"화지원이 도망갔다고 김용이 설레발 떠니 믿을 수도 없고 소장도 답답합니다. 좌정승."

"두 분 말씀은 알겠지만, 김용은 재상급 중신이니 화지원을 먼저 잡아야 하오."

유탁도 김용을 잡아들이고 싶지만 공민왕이 신임하는 중신이니 잡아들이기에는 부담이 되었다. 결국 화지원에게 초점을 맞추고 있는데 그 화지원이 제 발로 찾아와 무릎을 꿇었다.

"소인이 좌정승께서 찾고 있는 화지원입니다."

유탁은 화지원의 모습을 살펴보니 순군부에서 보았던 화지원이 분명했다.

"네놈을 잡기 위해 목 장군과 안 장군이 순군부에 다녀왔다. 한데 네놈이 도망치지 않고 찾아왔으니 도대체 어찌 된 일인가? 바른대로 고하게."

유탁의 호통에 화지원은 그동안 김용에게 당했던 치욕을 털어놓기 시작했다.

"김용은 사람의 형상을 했으나 사람이 아닙니다. 저잣거리 무뢰배를 순군부의 병사로 충원하고 사병화했습니다. 소인 또한 김용의 세 치 혀에 놀아나 흥왕사 난을 주도했으니 참하십시오."

안우경은 안우의 죽음이 궁금했다.

"홍건적을 물리친 총병관과 세 분 장군의 죽음을 어떻게 설명하겠는가? 아는 대로 말하게."

화지원은 마른침 한번 삼킨 후 말을 이었다.

"김용이 전하의 밀지를 위조해 조카 김림으로 하여금 도원수 안우에게 전하게 했습니다. 결국 도원수와 이방실, 김득배 장군이 위조한 밀지를 믿고 총병관을 참살했으나 그것이 끝이 아니었습니다. 도원수와 이방실, 김득배 장군도 모함해 죽였으니 김용은 사람의 탈을 쓴 저승사자입니다."

화지원의 말에 안우경이 땅을 쳤다.

"그런 놈이 순군제조라니 지나가는 소가 웃을 일 아니오. 목장군."

"그렇소. 내가 행궁에서 그놈을 죽이지 못하고 쫓겨나온 것이 한이 되오."

목인길은 행궁에서 안우를 만나던 그때를 생각하니 울화가 치밀었다. 하지만 유탁은 이들의 분노보다 화지원의 심문이 더 중요했다.

"김림이 떡을 먹다가 죽었다고 했는데 사실인가?"

"떡이라니요. 새빨간 거짓말입니다. 좌정승."

"새빨간 거짓말이라니 나를 놀리는가?"

"소인이 감히 좌정승을 놀리다니요. 절대 아닙니다."

"하면 바른대로 말하라."

"총병관을 참살한 죄가 탄로 날까 봐 죽였습니다. 사실 소인도 김림처럼 죽을 것 같아 도망쳤습니다."

목인길은 김용의 만행을 도저히 용서할 수가 없었다.

"김용, 그놈이 친조카 김림까지 죽이다니요. 더는 못 참겠으니 당장 요절을 냅시다. 좌정승."

"목 장군, 좀 더 신빙성이 있는 증좌가 있어야만 전하를 설득할 수 있소. 화지원의 말을 더 들어봅시다."

유탁이 목인길을 다독거리는데 화지원이 공민왕도 펄쩍 뛸 흥왕사 난의 전모를 소상히 밝혔다.

"전하께서 흥왕사로 이어 하시기 전, 역적 최유가 기황후의 밀서를 가지고 왔습니다."

"최유 그놈이 밀서를 가지고 왔다니 정말인가?"

"죽을 마당에 소인이 거짓말하겠습니까? 좌정승."

김용이 최유와 내통했다 함은 흥왕사 난의 배후가 기황후라는 사실이니 유탁은 마음이 급했다.

"목 장군과 안 장군은 이놈을 감찰사로 이송하시오. 다만 제 발로 찾아왔으니 심한 고문이나 매질은 하지 못하게 하시오."

"털끝 하나 건드리지 못하게 하겠소. 좌정승."

유탁은 안우경의 대답을 뒤로하고 집무실을 나왔다. 그리고 공민왕이 환궁한 궁궐로 발길을 돌렸다.

공민왕과 노국공주가 강안전과 각 전각을 둘러보니, 복구는 덜 되었으나 예전의 궁궐 모습을 조금씩 찾아가고 있었다.

"왕후, 흉측했던 궁궐이 제 모습으로 단장되고 있으니 과인의 마음이 이리 편할 수 없소."

공민왕의 따뜻한 말에 노국공주도 마음이 들떴다.

"전하의 말씀이 맞아요. 홍건적의 침략도, 흥왕사의 변란도 다 잊어버리시고 강안전에서 나랏일이나 전념하셔요."

"과인도 잊고 싶으나 환관 안도치가 과인을 대신해 죽었으니 쉽게 잊히겠소."

"안도치가 환관에 불과하나 충성심만은 어느 누구도 따를 수 없어요. 너무 자책하지 마셔요."

노국공주가 공민왕을 위로하고 있는데 유탁의 목소리가 귓전을 울렸다.

"전하, 급히 아뢸 말씀이 있사옵니다."

"좌정승, 얼마나 급하면 땀을 뻘뻘 흐리면서 오셨소. 그래, 무슨 일이오."

"김용의 심복 화지원이 제 발로 소신을 찾아왔사옵니다. 하온데 놀라운 사실을 자백했사옵니다. 전하."

"놀라운 사실이라니 좌정승, 뜸 들이지 말고 말해보시오."

유탁이 공민왕의 눈빛을 살피면서 말했다.

“흥왕사 난은 김용이 일으킨 천인공노할 사건이옵니다. 화지원의 자술서를 보십시오. 전하.”

공민왕은 화지원의 자술서를 받아보니 내용이 매우 불순했다.

“과인이 믿고 순군부를 맡겼는데 과인의 뒤통수를 쳐? 김용을 당장 하옥하시오. 좌정승.”

공민왕은 김용을 자신의 분신처럼 믿고 또 믿었다. 그런데 배신의 칼날을 들이댔으니 화가 머리끝까지 치밀어 올라왔다. 노국공주가 공민왕의 눈빛을 살피면서 물었다.

“자술서 내용이 어쩌기에 그리도 화를 내십니까?”

“김용 그놈이 기황후의 사주들 받아 흥왕사 난뿐만 아니라 가짜 밀지까지 만들어 총병관을 참살했소.”

노국공주는 기황후가 김용의 배후라면 앞으로 닥쳐올 거센 폭풍을 막을 수 있을지 걱정이 앞섰다.

“김용도 김용이지만 우선 기황후를 달랠 방책을 마련해야만 뒤탈이 없어요.”

공민왕은 노국공주의 속내가 궁금했다.

“무슨 말씀인지 알아듣게 하십시오. 왕후.”

“이번 기회에 기황후를 설득하러 간 이공수를 좌정승으로 삼고, 흥왕사 난을 진압한 최영을 도원수로 삼아 압록강을 방어하십시오. 하면 기황후도 마음이 변할 수 있지 않겠어요?”

"왕후의 말씀은 당근과 채찍을 적절히 쓰라는 말씀이 아니오. 하나 죽었는지도 모르는 이공수를 좌정승으로 삼을 수는 없소."

"멀쩡히 살아 있는 이공수가 왜 죽어요. 그럴 일 없으니 기황후가 화를 풀 때까지 당분간 등용하세요."

노국공주의 압박에 공민왕이 한발 물러섰다.

"왕후께서 이공수가 살아있다고 장담하니 이공수를 좌정승에, 문하시중의 호칭을 우정승으로 바꾸고 유탁을 우정승으로 삼겠소. 그리고 상주 목사 경천흥(慶千興)을 도원수로 삼아 압록강의 방어를 철저히 하겠소."

"전하, 최영이 아니고 책상물림 문관을 도원수라니요?"

"왕후는 모르는 게 있소. 총병관의 죽음이나 흥왕사의 난은 한사람에 힘을 실어준 결과였소. 이제 과인은 장수들이 서로 견제하고 감시하게끔 임명할 것이오."

노국공주가 최영을 마음에 두었으나 공민왕은 아니었다. 문관 경천흥을 도원수로 삼는 것은 무장들을 믿지 못한다는 뜻이었다. 정중부와 이의방이 난을 일으켜 문관들을 죽이는 것도 모자라 황제를 죽이고 폐위를 밥 먹듯이 했으니 장수들에 대한 공민왕의 시선이 고울 리가 없었다. 하지만 유탁은 우정승이나 경천흥이 문제가 아니었다.

"전하, 압록강의 방어도 중요하나 역적 김용과 화지원을 어떻게 처분하실지 말씀해 주십시오."

"화지원 그놈은 자기만 살겠다고 주인을 배신했으니 참수하고 역적 김용은 계림으로 보내 위리안치(圍籬安置)하시오. 우정승."

공민왕이 김용이라면 목소리를 높이다가도 작아지니 유탁은 속이 부글부글 끓었다. 하지만 어명이 떨어졌으니 다른 방법이 없었다.

"어명을 받들겠사옵니다. 전하."

유탁이 어명을 받고 물러가니 노국공주의 고운 얼굴에 그늘이 졌다.

"전하를 배신한 김용은 위리안치하고 하수인에 불과한 화지원만 참수하시다니요. 그새 마음이 변하셨습니까?"

"왕후도 생각해 보시오. 하급 관리 자술서 한 장으로 재상급인 중신을 어떻게 죽이겠소. 죄가 명백히 밝혀질 때까지 계림에 위리안치하는 것뿐이오."

"전하께서 김용에게 집착하는 것을 모르지 않으나 썩은 환부를 도려내면 새살이 돋는 법입니다. 하오니 차제에 버릴 것은 과감히 버리십시오."

"왕후의 말씀처럼 과인도 썩은 환부를 도려내고 싶소. 하나 김용은 과인이 믿고 의지했던 자라 말처럼 쉽지 않소."

고려나 원나라나 군왕을 시해하고 왕위를 찬탈한 자는 측근 중의 측근이 대부분이었다. 그런데 공민왕은 무슨 미련이 남았는지 자신의 목에 칼을 들이댄 김용의 처분을 아쉬워하면서 뒤로 미루자 노국공주는 할 말을 잃어 버렸다.

덕흥군은 바라고 바라던 고려왕으로 등극했다. 비록 황후궁에서 책봉식을 했지만, 원나라 황제가 인정한 고려왕이었다. 하지만 기황후의 뚝심으로 밀어붙인 책봉식이었으니 책봉식에 참석한 고려인보다도 기황후에게 먼저 하례했다.

"소신, 황후마마의 은혜를 뼛속까지 새기겠사옵니다."

"그대가 고려왕으로 등극했으니 공민왕처럼 뒤통수치지 말고 황제의 신하로서 충성을 다하시오."

"소신, 고려로 환국하는 즉시 기삼보노를 왕세자로 삼겠사옵니다. 황후마마."

덕흥군이 기삼보노를 왕세자로 삼는다고 말하자 기황후의 얼굴색이 밝아졌다.

"이제 덕흥군은 고려왕이 되었으니 정사를 논하여야 하지 않겠소? 조각을 서두르시오. 그래야만 국왕으로서 위엄을 갖출 수 있을 것이오."

최유가 얼굴에 만면의 미소를 지으면서 말했다.

"황후마마, 소신이 책봉식에 맞추어 조각을 했사옵니다."

덕흥군의 얼굴이 돌처럼 굳어졌다. 명색이 고려왕인데 조각에 대한 의논은 일언반구도 없었다. 하지만 최유가 실세라 말을 아낄 수밖에 없었다.

"최유 공, 황후마마의 앞에서 어떻게 조각했는지 말씀해 보시오. 과인도 경청하겠소."

기황후도 조각 내용이 궁금했다.

"그럼 말씀해 보시오. 최유 공."

최유가 책봉식에 참석한 고려인의 얼굴을 한번 훑어본 후, 거만한 말투로 말했다.

"우정승에는 태상경 이공수, 좌정승에는 소신이, 대장군에서는 유인우가 맡고 밀직부사에는 문익점으로 정했사옵니다. 나머지 직책은 고려 조정을 접수한 후에 시행할까 하옵니다."

기황후의 표정이 그리 좋지 않았다.

"태상경 이공수는 내가 황제께 말씀 올렸소. 우정승으로 삼겠다고, 하나 고려왕의 책봉식에 코빼기도 비치지 않았으니 우정승은 최유 공이 맡고 이공수는 한 급 낮은 좌정승으로 삼은 것이 합당할 것 같소."

"황후마마, 이공수는 고려 백성들이 존경하는 원로 중신이옵니다. 오늘 이 자리에 참석한 그 누구도 이공수를 대신할 수 없사옵니다. 소신보다 이공수를 우정승으로 삼아야만 고려 백성들의 환대를 받을 수가 있사옵니다."

최유가 입에 거품을 물고 밀어붙이자 기황후는 못 이기는 척 승낙했다.

“이공수의 인품을 혈육인 황후보다 더 잘 아는 것 같소. 최유 공의 생각대로 하시오.”

기황후가 말하면서 책봉식에 참석한 고려인의 면면을 살펴보니, 모두 공민왕에게 밉보여 원나라로 도망쳐온 자들뿐이었다. 다만 쌍성총관부(雙城摠管府, 함경남도 영흥)를 수복한 유인우만이 군계일학처럼 눈에 잡혔지만, 이공수의 학식과 덕망에 비할 바가 아니었다.

“최유 공도 알다시피 이공수는 황소고집이오. 그러니 이공수를 재량껏 설득해 보시오.”

“이공수가 황소고집이라고 하나 목에다 올가미를 걸고 가는데 발버둥 친들 별수 있겠습니까? 황후마마.”

최유의 강단 있는 대답에 기황후는 고개를 끄덕이었다. 하지만 부족한 것이 있는지 목소리를 높였다.

“최유 공, 이가노가 폐위조서를 잘 가지고 갔는지 모르겠소.”

“황후마마, 이가노는 지금쯤 요동에 들어섰을 것이오니 걱정하지 마옵소서.”

기황후는 안심이 되었는지 얼굴색이 밝아졌다.

“이가노는 강단 있는 환관이라 믿음이 가오. 한데 김용이 문제요. 그놈이 용만 잡으면 이렇게 고생하지 않아도 될 것 아니오.”

“청한거사의 말로는 무르익을 대로 무르익었다고 하옵니다.

조금만 더 기다리시옵소서. 황후마마."

"알겠소만 용을 잡지 못할 것을 대비해야 할 것이오. 그래야 덕흥군이 진짜로 고려왕이 될 것 아니오."

유인우도 공민왕에 원한이 많았다.

"황후마마, 소장에게 맡겨주십시오. 쌍성총관부를 수복했듯 단숨에 공민왕을 내쫓겠사옵니다."

유인우가 원나라에 빼앗겼던 쌍성총관부를 동북면의 토호 이자춘과 그의 아들 이성계의 내응(內應)으로 되찾았다. 그런데 공민왕이 이자춘과 이성계의 공적만 높이 사니, 공민왕에 대한 유인우의 시선이 고울 리가 없었다. 기황후는 유인우의 말에 솔깃했다.

"유 장군의 마음을 알고 있지만 병력동원은 마지막 방법이오. 최유 공의 말대로 조금만 더 기다려봅시다."

기황후는 고려왕의 책봉식과 조각이 자신의 뜻대로 이루어지자 그 어느 때보다 얼굴색이 밝아졌다. 더구나 고려의 맹장이었던 유인우를 대장군으로 등용했으니 공민왕 토벌은 손바닥 뒤집는 것처럼 쉬를 것만 같았다. 하지만 문익점은 온 신경이 목화씨에 가 있어 기황후가 책봉식을 하던, 조각을 하던, 아무런 관심이 없었다.

김용은 계림현(鷄林縣, 경북 구미)의 깊은 산속, 금오산(金烏山) 기슭에 위리안치 되었다. 김용을 위리안치 한 움막을 가시 달린 탱자나무 울타리가 빙 둘러쌌다. 천하의 김용이라도 도망칠 수가 없었다. 또한 계림현 병사들이 거지에게 동냥 주듯 찬밥 덩어리를 던져주니 굶어 죽지 않으려면 먹을 수밖에 없었다. 그러나 희망이 아주없는 것은 아니었다. 자신의 말이라면 팥으로 메주를 쑨다고 해도 믿는 공민왕의 처분이 남았다. 김용은 썩은 동아줄을 잡는 심정으로 자주 울타리 밖을 바라보았다.

이렇게 김용이 죽을 날만 기다리고 있는데, 청한거사가 먹구름을 몰고 오듯 움막을 지키는 병사들의 눈을 피해 나타났다. 김용은 지옥 불에서 부처님을 만난 것처럼 얼굴색이 밝아졌다.

"청한거사, 그대는 천기를 보는 분인데 이무기와 용을 잡으라고 부채질했으니 나를 죽음으로 내몬 것 아니오? 조금이라도 양심의 가책을 느낀다면 살길을 알려주시오."

청한거사가 애원하는 김용의 몰골을 살펴보니 사람의 형상이 아니었다. 봉두난발에 얼굴은 얼마나 얼어터졌는지 피멍이 들었다. 한마디로 그 좋았던 영화는 다 어디로 갔는지 청한거사도 마음이 씁쓸했다.

"순군제조, 소승은 천기를 보지만 천기는 소승의 출세를 위한 사다리였지 순군제조를 위한 것이 아니었소."

"출세를 위한 사다리라니, 알아듣게 말해보시오. 청한거사."

"순군제조가 물으니 말하겠소. 소승은 이무기를 죽이라고만 했지 정세운과 세 분 장수를 죽이라고 하지 않았소. 한데 순군제조는 이무기를 죽인다는 구실로 자신에게 미운털이 박힌 정세운과 세 분 장수를 죽였소. 그리고 환관놈과 용도 구분하지 못하는 순군제조가 용이 될 수 있겠소?"

청한거사가 속내를 털어놓으니 김용은 억장이 무너져 내렸다.

"하면 나를 죽음으로 내몰고 그대가 얻은 것은 도대체 무엇이오? 청한거사."

"순군제조, 그것도 모르시오. 순군제조의 역심을 이용해 사냥개를 잘못 쓰면 사냥감이 될 수 있다는 고금의 이치를, 전하께 알려드렸으니 소승을 크게 중용할 것 아니오."

김용은 청한거사의 세 치 혀에 놀아났다고 생각하자 지금까지 살아온 세월이 허망했다. 하지만 저승길로 혼자 가기엔 너무 섭섭했다.

"청한거사, 전하가 그대를 중용한다고 한들 내 꼴 나지 말라는 법이 없지 않은가. 너무 큰소리치지 마시게."

"저승길을 눈앞에 둔 순군제조가 소승의 앞날까지 걱정하다니 정말 고맙소. 순군제조."

청한거사가 뼈 있는 말을 내뱉고 눈앞에서 사라지니 김용은 땅바닥에 털썩 주저앉았다. 하지만 좋은 소식은커녕 모기와 날파리들이 달려들었다. 그리고 살찐 엉덩이를 송곳처럼 뾰족한 주둥이로 찔러가면서 피를 빨아먹고 있어, 살아 있어도 살아 있는 것이 아니었다. 더욱이 찜통 날씨라 몸이 끈적끈적하고 나른하니 옷을 입고 있기도 버거웠다.

김용이 참다못해 웃통을 벗어 던지고 더위와 씨름을 하고 있는데 별안간 울타리 밖이 소란스러워졌다. 김용이 옷을 주섬주섬 입고 바라보니 대호군 임견미와 경상도 안렴사 이보림(李寶林)이었다. 김용의 얼굴색이 밝아졌다. 한때는 중랑장으로 데리고 있었던 임견미였으니 살아날 구멍이 있을 것만 같았다.

"계림현까지 왔으면 나를 보러 온 것 같은데 머뭇거리지 말고 들어오시게."

김용이 싸리문을 열어주자 임견미가 들어오면서 말했다.

"순군제조, 소장과 안렴사가 온 것은 전하의 어지를 받들고 온 것이라, 옛 친분을 내세워 곤란케 하지 마시오."

"걱정 말고 어지를 전하시게. 부복하고 받겠네."

김용은 무릎을 꿇고 어지를 받았다. 하지만 살아야겠다는 욕망이 가슴속에서 꿈틀거리니 임견미가 공민왕으로 보였다.

- 그대를 믿고 순군부의 순군제조를 삼았는데 과인을 시해하려고 했으니 죽어 마땅하다. 하지만 지난 일을 참작하여 죄를 감면해 줄 테니 어명을 전하는 대호군에게 그대의 죄를 낱낱이 실토하라. -

김용은 일말의 희망을 보았다. 공민왕을 철석같이 믿은 결과가 서서히 나타나고 있으니 실토하지 못할 것도 없었다.

"말씀하시게. 무엇부터 말하면 되겠는가?"

"순군제조는 전하의 측근 중의 측근인데 전하를 시해하려 했소. 한 치도 거짓 없이 실토하시오."

"내가 재상급에 있은 지가 8년이나 되었네. 한데 왜 전하를 시해하려고 했겠나. 다만 외척으로 문하시중에 오른 홍언박을 처단하고 싶었을 뿐이었네."

"홍언박을 처단하고 싶었다면 홍언박을 죽인 것으로 끝내야지, 왜 전하를 닮은 안도치를 죽였으며 역도 최유와 작당해 황제의 명을 사칭했소?"

"최유가 죽마고우지만 작당한 일은 결코 없었네. 안도치는 화지원 그놈이 명예욕에 사로잡혀 죽인 것이지 내가 죽인 것이 아니네."

김용이 미꾸라지처럼 빠져나가려고만 하자 임견미는 도저히 참을 수가 없었다.

"순군제조는 시종일관 진실을 토하지 않으니 죽음을 면치 못할 것이오."

"대호군, 웬 당치도 않는 소린가? 전하께 순군제조의 충정을 아뢰어주시게."

김용이 죽기 살기로 매달렸지만 임견미는 조금도 개의치 않았다. 그리고 마지막 결단을 내리듯 안렴사 이보림에게 목소리를 높였다.

"안렴사는 역도 김용의 사지를 절단해 전국 방방곡곡에 돌려 역도의 말로를 백성들에게 알리시오."

"알겠습니다. 대호군."

김용은 눈앞이 캄캄했다. 임견미가 좋은 소식을 가지고 오기는커녕 저승사자로 왔다.

"전하의 명 없이 나를 참하면 네놈도 무사할 줄 아느냐? 죽이든 살리든 전하께 아뢰고 죽여라."

임견미가 분노에 찬 목소리로 김용을 꾸짖었다.

"역도 김용, 그대가 어명 없이 참살한 장수가 안우를 비롯해 수없이 많소. 하지만 나는 전하의 명을 받고 왔으니 천수를 누릴 것이오."

임견미의 마지막 말소리가 상두꾼의 상엿소리처럼 구슬프게 김용의 귓전을 울리자 안렴사 이보림이 검을 빼 들었다. 그리고 일거에 내리치니 김용의 목이 땅바닥에 나뒹굴었다.

6장

폐위조서(廢位詔書)

[redacted]

흥왕사의 난이 평정되고 난 뒤 개경의 하늘은 높고 맑았다. 실록의 계절이라 그런지 산천초목이 푸른 잎으로 갈아입으니, 천지가 향긋한 풀내음으로 가득했다. 백성들도 홍건적의 만행을 잊어버렸는지 얼굴색이 밝아지자 공민왕과 노국공주의 얼굴색도 백성들처럼 밝아졌다. 그런데 상황은 다시 돌변했다. 원나라에 통역관으로 갔던 이득춘(李得春)이 어전에 들어와 부복했다.

"전하, 원 사신 이가노가 전하의 폐위조서를 가지고 압록강에 당도했사옵니다. 대책을 강구하옵소서."

"폐위조서라고? 과인을 폐위시킨단 말인가?"

"그렇사옵니다. 폐위조서도 폐위조서지만 이가노를 따라온 장정들도 무공을 연마해서 그런지 범상치 않사옵니다."

이득춘의 복명에, 공민왕은 충혜왕의 비명횡사가 머릿속에 떠올랐다.

"우정승, 한동안 뜸했던 원나라 소식이 과인의 폐위 소식인 것 같소. 하나 과인은 충혜왕의 전철을 밟고 싶지 않으니 어찌하면 좋겠소."

유탁도 말문이 막혔다. 폐위조서는 한낱 구실이고 공민왕을 원나라로 압송하려는 꿍꿍이 속셈이었다.

"선왕이신 충혜왕을 원나라 놈들이 잡아갔으나 이번만은 그런 전철을 밟으면 아니 되옵니다. 장정들은 원나라로 돌려보내고 원사신 이가노만 압록강을 건너도록 허락하십시오."

공민왕은 유탁보다 한 수 더 높았다.

"우정승의 말씀도 일리가 있소. 하나, 원 사신에게 약한 모습을 보이면 안 되니 우리 병사들의 군사 훈련하는 모습을 보여주시오. 그러면 원 사신도 폐위를 입에 올리지 못할 것이오."

"알겠사옵니다. 전하."

유탁이 대답하고 물러서자 공민왕은 원 사신 접반사로 우제를 택했다.

"우 장군은 원 사신을 접반하되 겁만 주시오. 그리고 원 사신이 데리고 온 장정들을 모조리 잡아 감찰사로 보내시오."

우제는 흥왕사의 난 이후, 할 일이 없어 빈둥거리던 차에 몸을 풀 기회가 생기자 얼굴색이 밝아졌다.

"원 사신정도야 식은 죽 먹기이옵니다. 소장이 지금 당장 압록강으로 가겠사옵니다. 전하."

공민왕은 접반사를 정하고 나니 기황후를 설득하러 간 이공수가 궁금했다.

"기황후가 과인을 폐위시키려고 별짓을 다 하는데 좌정승 이공수는 어찌 지내는가? 이 역관."

"덕흥군이 이공수를 우정승으로 삼았다고 하옵니다. 하오나 고려인들의 입소문으로 알았으니 마음에 두지 마옵소서. 전하."

공민왕의 용안이 급변했다.

"우정승, 이공수가 덕흥군의 우정승이라고, 그게 말이나 되는 소리요?"

"전하, 이공수가 변심했는지는 시간이 지나면 알 수가 있사오니 너무 심려 마십시오."

공민왕은 믿고 의지했던 김용에게 배신당한 터라 유탁의 충언이 마음에 닿지 않았다.

"우정승, 이공수가 기황후와 최유 그놈의 감언이설에 넘어가 칼끝을 과인에게 돌린 것 같소. 좌정승 직첩을 지금 당장 거두겠소."

통역관 이득춘의 말 한마디에 좌정승 이공수는 파직되었다. 하지만 이공수의 파직이 문제가 아니었다. 폐위는 왕권에 관한 문제라 신중히 다루어야만 했다.

공민왕은 원 사신을 접반할 방법을 중신들에게 일일이 설명했다. 그러나 접반할 방법을 정했다고 폐위 문제가 해결되는 것은 아니었다.

공민왕이 답답한 마음을 풀고자 왕후궁에 들어가니, 노국공주와 진비가 검을 부딪치면서 검술 대련을 하고 있었다.

"왕후, 검술을 과인에게도 좀 가르쳐주면 안 되겠소? 이제는 과인도 과인의 몸을 지켜야 하지 않겠소."

"군왕이 검술을 배우고 싶다고요? 무슨 걱정거리가 생겼나요?"

"원 사신이 폐위조서를 가지고 압록강까지 왔다는군요. 해서 원 사신을 물리칠 방법을 논의하고 오는 길이오."

공민왕의 웃음기 없는 얼굴에 노국공주는 올 것이 왔다고 생각했다.

"지는 해가 무슨 힘이 있겠어요. 기황후가 마지막 발악을 하는 것 같아요. 이번 위기만 잘 넘기셔요."

"과인도 그리 생각합니다만 상황이 예측할 수 없이 변하고 있어 조금은 두렵고 겁이 납니다."

공민왕은 자신의 심정을 토로했다. 노국공주는 원나라 공주지만 고려의 왕후였다. 공민왕을 구하기 위해 검을 잡았고 국정의 동반자로서 조언을 아끼지 않았다.

"겁이 나시다니요. 감히 폐위조서를 가지고 오다니 원 사신 그놈을 거열형에 처해버리셔요."

"원 사신을 죽이는 것보다 홍건적을 물리친 우리 고려군의 군사력을 보여주는 게 좋을 것 같소."

"맞아요. 원 사신을 겁주는 것도 아주 좋은 방법 같아요."

"왕후가 과인과 뜻을 같이할 때도 있군요. 하나 이걸로 통할지 또 다른 방법을 세워야 할지 걱정이 됩니다."

"무슨 말씀이셔요. 해보지도 않고 걱정만 하시면 될 일도 안 됩니다."

노국공주도 생각해 보니 공민왕의 우려가 현실로 다가올 것만 같았다. 게다가 기황후의 비열한 작태가 날이 갈수록 농도가 깊어지고 있어, 묘책이 전쟁 말고는 생각나지 않았다. 하지만 전쟁을 한다는 것이 백성의 고통을 수반하는 일이라 말처럼 쉽지 않았다.

원 사신 이가노는 요동을 지나 압록강까지 왔지만, 그것이 끝이었다. 의주부윤이 병사를 인솔하고 나타나 겁박했다.

"원 사신은 전하의 명이 있으실 때까지 기다리든지 원나라로 돌아가시오."

원 사신 이가노는 반란군의 눈을 피해 압록강까지 왔는데 돌아가라니 속이 뒤집혔다.

"황제의 사신을 영접하지 못할지언정 협박을 하다니? 네놈이 죽지 못해 안달이 났구나."

"황제가 사신으로 환관을 보내다니 원나라 조정에 사람이 그렇게 없느냐? 하하하."

의주부윤이 원 사신 이가노에게 욕설을 퍼붓고 있는데 접반사 우제가 나타났다. 원 사신 이가노는 우제에게 구원을 청하듯 말했다.

"그대는 접반사 우제 장군 아니신지."

"어떻게 소장을 아십니까? 이가노 대인."

"접반사의 인품과 명성은 황제 폐하도 알고 있소."

"황제 폐하도 소장을 아신다니 그게 정말입니까? 이가노 대인."

"내가 비록 환관이나 거짓말하는 사람이 아니오. 그리고 접반사, 의주부윤이 막고 있는 길을 터주시오."

원 사신 이가노의 말에 우제는 기분이 우쭐했다. 하지만 기분에 좌우될 문제가 아니었다. 이가노의 일행을 보니 힘깨나 쓰는 장정 수십 명이 몽골어로 쑥덕거리고 있었다.

"의주부윤이 황제의 사신을 박대하는 것이 아니라 이가노 대인이 데리고 온 장정들 때문이오."

"아니 접반사, 내가 데리고 온 장정들 때문에 길을 막다니요. 그걸 말씀이라고 하시오."

"말이 되고 안 되고는 소장이 결정할 것이오. 이가노 대인께서는 소장을 따라오시면 됩니다."

접반사 우제가 원 사신 이가노에게 반협박조로 말했다. 그리고 시선을 의주부윤에게 돌리자, 의주부윤이 눈웃음을 지으면서 병사들에게 명령했다.

"원 사신을 따라온 장정 놈들이 전하를 시해할지 모르니 모조리 잡아 감찰사로 압송하라."

의주부윤 병사들이 장정들을 잡아 오랏줄에 묶자 원 사신 이가노는 펄쩍 뛰었다.

"접반사로 왔으면 황제의 사신을 공손히 모셔야지 이게 무슨 짓이오."

"이가노 대인, 우리가 한번 당했으면 되었지 두 번 당할 것 같았소? 하나 이가노 대인은 황제의 사신으로 예우해 줄 테니 쥐 죽은 듯이 따라오시오."

접반사 우제가 앞장서서 압록강을 건너자, 원 사신 이가노는 따를 수밖에 없었다. 하지만 개경으로 가는 길은 말처럼 쉽지 않았다. 고려의 관문인 의주를 거쳐 홍건적과 치열한 전투를 벌였던 절령고개를 넘었다. 그리고 개경의 북문인 북성문에 들어서니, 고려군의 병사들이 구령에 맞추어 군사훈련을 하고 있었다. 더구나 노국공주까지 군사훈련에 참여하고 있어 원 사신 이가노는 온몸에 소름이 돋았다. 하지만 우정승 유탁이 밝은 낯빛으로 영접하자 두려움이 조금씩 가시기 시작했다.

"우정승을 뵈오니 장사성 토벌 때의 늠름한 그 모습이 생각납니다. 정말 반갑습니다."

"소인도 그때, 이가노 대인의 신세를 많이 졌지요. 한데 좋지 않은 일로 만나니 썩 마음이 내키지 않는군요."

유탁은 조심스럽게 말문을 열었다. 이가노도 유탁과 별반 마음이 다르지 않았다. 하지만 황제의 사신이니 위엄을 갖출 수밖에 없었다.

"전하는 지금 어디 계신지요? 우정승."

"태조의 어진을 모신 개태사에 가셨습니다. 이가노 대인."

이가노는 유탁의 대답에 실망했는지 얼굴빛이 달라졌다. 또한 의주부윤이 장정들을 잡아갔으니 공민왕을 추포해 원나라로 돌아가기는커녕 되레 잡힐 판이었다. 상황이 이러니 강단 있는 이가노도 유탁에게 목소리를 낮출 수밖에 없었다.

"의주부윤이 내 수하들을 모조리 잡아갔습니다. 우정승께서 이 문제를 해결해 주십시오."

유탁이 빙긋이 웃으면서 말했다.

"지금쯤 감찰사에서 술과 음식을 상다리가 휘어지게 차려놓고, 이가노 대인의 수하를 대접하고 있으니 걱정하지 마십시오."

유탁의 말에 이가노는 마음을 놓았다. 그런데 폐위조서가 문제였다. 이가노는 군사훈련에 비지땀을 흘리고 있는 노국공주에게 시선을 돌렸다.

"우정승, 전하께서 안 계시니 폐위조서를 왕후마마에게 드리면 어떻겠습니까?"

"글쎄요. 왕후마마가 받으실지…. 그냥 저한테 주십시오. 전하가 오시면 드리겠소."

"왕후마마가 군사훈련을 하고 있으니 어쩔 수 없군요. 우정승."

원 사신 이가노가 우정승 유탁에게 폐위조서를 주고 있는데 상황이 돌변했다. 군사훈련에 참여하고 있던 노국공주가 나타나 원 사신 이가노에게 가시 돋친 말투로 말했다.

"이가노 대인, 내가 누군지 잘 아시겠지요?"

"알다마다요. 위왕 전하의 따님이시며 공민왕의 왕후 아니십니까?"

"잘 알고 있군요. 한데 그 폐위조서란 게 가당키나 하나요? 기황후가 나의 육촌 오라비 황제를 겁박에서 만든 요사스러운 종이 쪼가리 아닌가요. 우정승에게 줄 게 아니라 나에게 주셔요. 확 찢어버리게."

이가노는 할 말이 없었다. 기황후가 황제를 겁박해 만든 것이니 공민왕이 받을 리 없었다. 그리고 노국공주가 황제의 육촌 여동생이니 노국공주에게 잘못 보이면 개경에서 비명횡사할 판이었다.

"폐위조서를 우정승에게 주었으니 찢어버리든지 전하께 올리든지 왕후마마 마음대로 하십시오. 소신은 이 길로 돌아갈까 합니다."

우정승 유탁이 이가노를 잡았다.

"그 무슨 섭섭한 말씀입니까? 우리 조정의 중신들이 이가노

대인의 고언을 듣고자 시어궁에서 기다리고 있습니다."

이가노는 이 또한 참을 수가 없었다.

"말씀은 고마우나 황제의 사신이 본궁도 아닌 시어궁에 갈 수 없소."

노국공주가 화를 버럭 냈다.

"시어궁도 본궁처럼 전하께서 정사를 보는 곳인데 갈 수 없다면 황제의 사신으로서 역할이 끝났소. 폐위 부당성을 알리는 표문(表文)이나 황제 폐하께 올리시오. 이가노대인."

노국공주가 표문을 이가노의 손에 쥐여주니, 이가노는 혹을 떼러 왔다가 혹은 하나 더 붙이고 원나라로 돌아가게 생겼다. 속이 뒤틀렸으나 황제의 여동생이니 목소리를 낮추었다.

"왕후마마께서 주신 표문, 황제 폐하께 올리겠사옵니다. 그리고 우정승, 오늘의 환대는 잊지 않겠습니다."

이가노는 물 한 모금 마시지 않고 원나라로 돌아갔다. 하지만 이가노의 일거수일투족을 병사들 속에서 지켜보는 사람이 있었으니 병사로 위장한 공민왕이었다.

기황후는 여름이 되자 온몸이 나른했다. 고려에서 좋은 소식이 오기를 기다리고 있지만, 파리떼만 윙윙거리지 개미 새끼 한 마리 나타나지 않았다. 그러나 허구한 날 손 놓고 기다릴 수 없는 일, 환관 박불화에게 물었다.

"김용의 거사는 어찌 되었소? 황후궁의 문턱이 닳도록 오던 최유도 감감무소식이고 폐위조서를 받들고 고려로 떠났던 이가 노도 오지 않고 있소."

"황후마마, 조만간 연락이 있을 것이오니 너무 걱정하지 마십시오."

박불화의 대답이 기황후의 귀에 들어오지 않았다. 고려왕으로 책봉한 덕흥군도 기생집에서 술을 퍼먹고 있는지 발걸음도 하지 않으니 사는 게 재미가 없었다.

"덕흥군이 군왕 노릇이나 잘하고 있는지 요즘 통 나타나지 않으니 물어볼 수도 없고 답답하다."

기황후가 한숨을 내쉬고 있는데 덕흥군과 최유가 황후궁에 부리나케 들어왔다.

"황후마마, 고려로부터 소식은 없사옵니까? 궁금해서 왔사옵니다."

"덕흥군, 고려왕이면 고려왕답게 고려의 소식을 황후에게 전해야지 않겠소. 한데 황후에게 묻다니 그러고도 고려왕이라고 할 수 있소."

기황후는 덕흥군이 나타나 속을 박박 긁자 지금까지 참고 있던 울화통이 터졌다. 덕흥군도 마른하늘에 날벼락 맞듯이 기황후에게 모욕당하니 말뿐인 고려왕 노릇을 때려치우고 싶었다.

"황후마마, 고려왕이면 고려왕 대우를 해주어야지 덕흥군이 무엇입니까? 소신이 마음에 안 드시면 그냥 덕흥군으로 부르십시오."

기황후는 정신이 번쩍 났다. 늙고 어수룩해 군왕 노릇 제대로 못 할 줄 알았는데 말하는 소리를 들어보니 만만히 보면 안 될 것만 같았다.

"내가 더위를 먹었는지 실언을 한 것 같소. 정말 미안하오."

"황후마마, 소신은 그저 덕흥군 소리가 듣기 싫었을 뿐이옵니다."

덕흥군과 기황후가 기 싸움을 하고 있는데 고려에 사신으로 갔던 이가노가 황후궁에 들어왔다.

"황후마마, 소신 이가노, 고려에 다녀왔사옵니다."

"고려의 소식이 궁금하던 차에 마침 잘 왔다. 고려에서 보고 느낀 것을 말해보라?"

기황후가 반갑게 맞으니 이가노는 잠시 망설이었다. 하지만 황후의 앞이라 지체할 수가 없었다.

"소신이 압록강에 다다르니 김용의 사지가 절단되어 고려 전역에 뿌려졌다는 소문이 들렸사옵니다."

최유의 얼굴이 급변했다. 죽마고우 김용의 사지가 절단되었다면 용을 잡기는커녕 되레 잡힌 꼴이 되어버렸다.

"김용의 사지가 절단되었다면 실패한 것 아닌가? 아는 대로 말하게."

최유가 하대하자 이가노는 기분이 나쁜지 퉁명스러운 말투로 대답했다.

"환관 안도치를 공민왕인 줄 착각하고 죽였다고 하오. 더 이상 알고 싶으면 최유 공이 직접 확인해 보시구려."

기황후는 어이가 없고 기가 막혔다.

"환관과 공민왕도 구분하지 못한 놈이 용이 되겠다고? 정말 한심한 놈 아니오."

최유는 김용을 믿고 믿었는데 결과 좋지 않으니 기황후에게 얼굴을 들 수가 없었다.

"소신이 죽을죄를 지었사옵니다. 황후마마."

최유가 무릎 꿇었지만 기황후의 화는 쉽게 풀리지 않았다.

"김용의 술수가 실패로 끝났으니 최유 공은 이제부터 자숙하는 게 좋겠소. 그리고 이가노, 폐위조서는 전해주고 왔는가?"

이가노는 고려에서 당한 치욕이 눈에 선한지 눈물을 글썽이면서 말했다.

"황후마마, 공민왕은 구미호보다 영악하면 했지 못하지 않았사옵니다. 공민왕의 코빼기도 보지 못하고 돌아왔습니다."

"그게 무슨 소린가? 개경에 갔으면 공민왕 그놈을 잡아 오든지 그렇지 않으면 폐위조서를 던져주고 와야지 않겠느냐?"

"의주부윤이란 놈이 제 수하들을 모조리 잡아갔습니다. 소신이 빈 몸으로 개경에 갔으니 공민왕을 무슨 수로 잡아 오겠습니까? 더욱 가관인 것은 소신에게 겁을 주듯 병사들이 군사훈련을 하면서 무력시위를 했사옵니다. 한번 할 테면 해보자는 것이었습니다."

"그럼, 폐위조서는 전해주었는가? 말해보게."

"공민왕이 개태사에 갔다고 공갈치니 누굴 주겠습니까? 황후마마."

"그래서, 이가노."

기황후는 마치 옛날이야기를 듣듯 이가노의 입에 집중했다.

"소신이 우정승 유탁에게 폐위조서를 전하고 나자 이번에는 노국공주가 황제의 사신으로서 역할은 끝났다고 겁박했습니다. 그리고 황제 폐하를 조롱하듯 폐위의 부당성을 알리는 표문을 소신에게 주었습니다. 결국 소신은 물 한 모금 마시지 않고 압록강을 건너왔습니다. 황후마마."

한여름인데도 황후궁에 냉기가 서렸다. 김용의 술수에 기대했지만 허사였다. 이가노에게 폐위조서를 주면서 공민왕을 추포해오라고 밀명을 내렸건만 생각대로 되지 않았다. 기황후는 이가노가 가지고 온 표문을 공민왕의 사지를 찢듯 갈기갈기 찢어버렸다.

"이가노, 그대를 개경으로 보낸 건 내 실수였다. 하나 개경의 분위기를 파악하고 왔으니 그대의 소임은 다했다고 본다. 먼 길에 수고가 많았구나."

이가노는 감격했다. 실패하고 돌아왔으니 목이 잘릴 것이 분명한데 기황후가 칭찬까지 해주었다.

"망극하옵니다. 황후마마."

덕흥군은 속이 끓었다. 김용의 술수와 이가노의 폐위조서가 물거품이 되었으니 이제는 병력동원밖에 다른 방책이 없었다.

"황후마마. 상황이 이렇게 나빠졌으니 더는 미룰 수는 없사옵니다. 공민왕을 토벌하게끔 결단을 내려주십시오."

최유도 자숙하라는 기황후의 명을 까먹었는지 얼굴에 핏대를 세우면서 말했다.

"우리에게는 병법과 지략이 능한 유인우 장군이 있사옵니다. 병력만 내주시면 단숨에 압록강을 건너 공민왕의 숨통을 끊겠사옵니다."

기황후는 결정하기가 쉽지 않았다. 원나라 병력 대다수가 우후죽순처럼 일어나는 반란군을 막기 위해 동원되었다. 그러니 남아 있는 병사라곤 한족과 부랑배로 구성된 오합지졸밖에 없었다. 하지만 공민왕을 토벌하지 않고서는 하루라도 편히 잠을 잘 수가 없었다.

"출병은 황제 폐하가 결정하는 것이지 황후가 결정하는 것이 아니요. 하나 상황이 꼬일 대로 꼬였으니 황후가 직접 황제를 설득하겠소."

기황후의 명이 황제의 명이나 다름없으니 출병은 이제 돌이킬 수가 없었다. 최유는 그동안 공민왕에게 당했던 서러움을 기황후에게 풀듯 말했다.

"소신, 이날을 얼마나 기다렸는지 눈물이 앞을 가려 더는 말씀을 올리지 못하겠사옵니다."

"내가 최유 공의 마음을 모르겠소. 김용의 실패에 마음 두지 말고 출병 준비나 빈틈없이 하시오."

"망극하옵니다. 황후마마."

최유는 감읍하고 물러났다. 하지만 덕흥군은 고려왕의 왕관을 쓰고 금의환향 할 생각에 마음이 들뜨기 시작했다. 공민왕이 죽일까 봐 원나라로 도망쳐온 지 10여 년간 주인 없는 들개처럼 떠돌아다녔다. 그러나 고려왕이 되었으니 고려의 산천이 어떻게 변했는지 직접 눈으로 확인하고 싶었다. 하지만 기황후의 눈빛이 예사롭지 않자 낯빛을 고치고 말했다.

"황후마마, 소신이 황후마마의 맺힌 한을 풀어드리겠사옵니다. 출병은 걱정하지 마십시오."

"고려왕이 장담하니 마음을 놓겠소. 하나 공민왕 그놈도 만만치 않으니 전략을 세우는데 신중을 기하시오."

기황후는 덕흥군이 믿음이 가지 않았지만, 고려왕으로 책봉한 이상 덕흥군에게 힘을 실어줄 수밖에 없었다. 그리고 공민왕에게 참살당한 오라버니와 친족들의 영혼이 구천에서 맴돌고 있어, 하루빨리 공민왕의 수급을 잘라 제물로 바치고 싶었다.

공민왕은 이공수로부터 한 통의 밀서를 받았다. 고려왕으로 책봉된 덕흥군이 황제로부터 원나라군 1만을 인계받고 출병할 날만 저울질하고 있다는 것이었다. 공민왕은 중신들의 생각을 물었다.

"원나라에 있는 이공수가 밀서를 보냈소. 기황후가 폐위조서로 과인을 내쫓지 못하자 군사를 동원해 과인을 축출하고자 한다고 하오. 그런데 이공수가 덕흥군의 우정승이라 밀서를 액면 그대로 믿을 수 없고 난감하오."

추밀원사 유숙이 아뢰었다.

"덕흥군이 백성들의 민심을 얻고자 학식이 높은 이공수를 우정승으로 삼은 것이지, 이공수가 원한 것이 아니옵니다. 출병 소식을 전한 이공수를 다시 기용하십시오. 전하."

공민왕은 유숙의 주청에 믿음이 가는지 윤허했다.

"통역관 이득춘의 말만 믿고 좌정승의 직첩을 거두었는데 출병 소식을 전한 것을 보니 과인이 좀 성급했소. 해서 이공수를 영도첨의로 삼겠소."

공민왕은 이공수를 영도첨의로 기용했다. 하지만 이공수를 영도첨의로 기용한다고 끝난 것이 아니었다. 전쟁이 눈앞에 와 있으니 대책을 세워야만 했다. 판도판서 김원명이 탑전에 부복했다.

"덕흥군이 인계받은 원나라군 1만은 홍건적과 달리, 군사훈련을 받은 정규군일 것이옵니다. 하나 우리 고려군은 어린 병사와 늙은 병사가 대부분이니 이런 병사로 어떻게 원나라군을 대적하겠사옵니까? 홍건적 때처럼 몽진해 후일을 도모하십시오. 전하."

전리판서 오인택이 발끈했다.

"아니 판도판서, 원나라군 1만이 무서워 도망치듯 몽진한단 말입니까? 홍건적이 국토를 유린할 때 개경을 수복할 수 있었던 것은 홍건적의 만행에 분노한 백성들이 구름처럼 모여 결사 항전을 했기 때문입니다. 그렇지만 덕흥군은 다릅니다. 덕흥군이 개경에 들어오면 백성들이 덕흥군의 백성이 될 수도 있으니 몽진은 절대 불가합니다."

공민왕이 고개를 끄덕였다. 덕흥군이 왕실의 자손이기 때문에, 백성들이 덕흥군을 고려왕으로 받들 여지가 다분히 있었다.

"전리판서의 생각이 과인의 생각과 같소. 하니 원나라군을 물리칠 좋은 대책이 있다면 기탄없이 말씀하시오."

도원수로 발탁된 경천흥이 주청했다.

"전하, 덕흥군이 언제 올지 모르나 소신이 압록강에 진을 치고 막겠사오니 걱정하지 마십시오."

공민왕은 경천흥의 주청에 시큰둥했다. 말만 도원수지 전장에서 잔뼈가 굵은 장수가 아니니, 경천흥의 주청에 마음이 가지 않았다. 판밀직사사 최영이 공민왕의 눈빛을 읽었다.

"전하, 전략에 밝은 도지휘사 안우경이 도원수를 도와 압록강의 경비를 철저히 할 것이옵니다. 안우경을 믿어보십시오."

공민왕이 고개를 갸우뚱거리면서 말했다.

"그대의 생각은 알겠소만 덕흥군이 유인우를 대장군으로 삼았다는 소문도 있소. 안우경이 감당할지 모르겠소."

서경윤 이인임(李仁任)이 유인우의 속내를 잘 알고 있다는 듯이 자신만만한 목소리로 말했다.

"전하, 유인우는 쌍성총관부를 수복할 때 적장 조소생과 탁도경이 두려워 망설일 때가 한두 번이 아니었사옵니다. 이런 겁많은 유인우가 역도들의 선봉이 되었다면 크게 걱정할 일이 아니옵니다."

공민왕의 용안이 밝아졌다.

"과인이 서경윤의 말을 듣고 보니 유인우가 덕흥군의 대장군이 된 것이 오히려 잘된 것 같소."

우정승 유탁이 탑전에 나왔다.

"전하, 역도 유인우에게 신경 쓸 때가 아닙니다. 병사가 먹을 군량을 해결하지 않으면 원나라군과 싸울 수가 없사옵니다. 서경윤으로 하여금 군량을 책임지게 하십시오."

공민왕도 생각해 보니 서경은 압록강 지척에 있어 군량 운반에 용이하고, 이인임 또한 쌍성총관부를 수복할 때 군량 조달에

공을 세웠으니 이번에도 공을 세울 것만 같았다.

“서경윤, 과인이 그대의 능력을 알고 있으니 우정승의 주청대로 군량을 책임져주시오.”

“소신이 쌍성총관부를 수복할 때처럼 군량 조달을 하겠사오니 심려 마십시오. 전하.”

서경윤 이인임이 읍을 하고 강안전을 나가자, 공민왕은 도원수 경천흥에게 시선을 돌렸다.

“원나라군을 막을 전술은 과인이 세울 것이니 도원수는 목숨을 걸고 압록강만 사수하시오. 그리고 과인의 명령 없이 병력을 움직이면 참수하겠소.”

공민왕은 도원수 경천흥에게 경고장을 날렸다. 장수들에게 군권을 주면 반역을 일으킬 여지가 있으니, 미리 차단하겠다는 뜻이었다. 하지만 최영은 공민왕의 경고에 개의치 않았다.

“전하, 압록강과 개경은 천 리가 되는 길인데 전하께서 전술을 세운다면 어느 천년에 역도들을 물리치겠습니까? 명을 거두어주십시오.”

최영의 주청에 공민왕은 심기가 불편했다.

“과인이 그걸 몰라서 그리하는 것이 아니요. 조일신과 기철의 난, 흥왕사의 난, 모두 같은 맥락에서 일어났소. 과인은 두 번 다시 장수 한 사람에게 힘을 실어주는 어리석은 짓을 하지 않겠소.”

고려군의 도원수는 경천흥이 아니라 공민왕이었으니 과연 공민왕의 전술로 원나라군을 물리칠 수 있을지 최영은 걱정이 앞섰다.

덕흥군의 얼굴에 웃음꽃이 피었다. 비록 우정승 이공수를 앞세우지 못했으나 전쟁에 이골 난 무장 김첨수(金添壽), 안복종(安福從), 강지연(康之衍.) 그리고 문익점이 출병에 합류했다. 덕흥군은 원나라군 1만이 북소리에 맞추어 요동으로 진군하자, 그동안 공민왕에게 당했던 수모가 눈에 선했다. 숙부인데도 궁녀의 자식이라고 천시해, 숙부로 인정하지 않고 죽이려고만 했다. 그런데 하늘의 뜻인지는 알 수 없어도 황제가 출병을 윤허했다.

"좌정승, 진군하는 1만 군사를 보시오. 이제 공민왕 토벌은 시간문제인 것 같소."

최유도 진군하는 병사들을 보니 감회가 새로웠다. 말만 무성하고 실속 없이 추진되었던 공민왕 토벌이 현실로 변하자 꿈인지 생시인지 실감이 나지 않았다. 그러나 모든 공을 기황후에게 돌렸다.

"전하, 공민왕 토벌을 위해 혼신의 노력을 기울이신 기황후의 은혜를 잊지 마십시오."

최유의 뼈 있는 말투에 덕흥군은 속이 매우 불편했다. 알량한 고려왕이 되려고 핏줄이 다른 기삼보노를 세자로 삼았으니 죽어서 태조의 용안을 어떻게 뵐지 걱정이 앞섰다.

"과인이 기황후의 은혜를 어찌 잊을 수 있겠소. 하나 기삼보노를 세자로 삼은 것은 백성들이 받아들이지 않을 것 같소. 좌정승."

최유가 어이가 없다는 듯이 짜증스러운 목소리로 대답했다.

"전하, 백성들의 습성은 들쥐와 같아, 기삼보노가 왕세자가 된다 해도 크게 신경 쓰지 않을 것입니다. 공민왕 토벌만 생각하십시오."

대장군 유인우도 화가 치밀었다.

"전하, 난세에는 천하의 주인이 자주 바뀝니다. 지금 원나라도 강남에서 일어난 주원장에 홍역을 치르고 있지 않사옵니까? 더구나 기삼보노는 아직 어린아이에 지나지 않으니 세자 문제로 마음 상하지 마십시오."

유인우의 말이 틀린 말이 아니었다. 세계를 제패했던 원나라가 강남 일대에서 일어난 좀도둑들에게 나라를 빼앗길 지경에 이르렀으니, 덕흥군도 더 이상 말 같지도 않은 세자 문제에 신경 쓰고 싶지 않았다.

"그대들도 알고 있듯이 원나라도 얼마 존속하지 못할 것 같소. 다른 생각 말고 공민왕 토벌에나 온 힘을 기울입시다."

덕흥군이 말을 마치자마자 요동으로 척후를 나갔던 중랑장 호천기(扈千奇)가 돌아왔다.

"전하, 고려군의 도원수가 상주 목사로 있던 경천흥이라 하옵니다."

덕흥군은 반색했다.

"경천흥 그자는 결단성이 없고 전술과 병법에는 까막눈인데 도원수라니 중랑장이 잘 못 들은 것 아니오."

"전하. 소신도 고려군의 도원수가 최영이 아니고 경천흥이란 소문을 믿을 수가 없었사옵니다. 그런데 고려군 병사들이 도원수의 임명에 불만을 품고 탈영의 조짐까지 보이니 믿지 않을 수가 없었사옵니다."

호천기의 첩보에 유인우가 천금의 기회가 온 것처럼 목소리를 높였다.

"전하, 전술과 병법도 모르는 경천흥이 도원수로 있을 때 압록강을 건너면 병력 손실 없이 공민왕 토벌을 할 수 있습니다. 진격 명령을 내려주십시오."

최유가 손을 설레설레 흔들면서 말했다.

"대장군, 공민왕이 우리 원나라군을 유인하려고 무식한 경천흥을 떡밥으로 던진 지도 모르오. 하니 대책 없이 압록강을 건너는 것은 바람직하지 않소."

"그럼 어찌하면 좋겠습니까? 좌정승."

"경천흥이 떡밥인지 아닌지 알아보려면 요동에 군영을 세우고 고려군의 동태를 조금 더 살펴보는 게 좋겠소."

요동은 압록강의 지척이니 덕흥군도 만족했다.

"대장군, 급히 먹으면 체한다는 말이 있소. 좌정승의 전략대로 요동에 군영을 세우시오."

덕흥군이 유인우에게 명령을 내리고 있는데, 김첨수가 덕흥군에게 불만이 가득 찬 목소리로 말했다.

"전하, 유인우만 장수입니까? 소장은 조일신의 난을 진압한 김첨수입니다. 그리고 강지연과 안복종도 무장인데 병졸보다 못한 대우를 받고 있으니 이러고도 공민왕을 토벌할 수 있겠습니까? 이렇게 계속 홀대하면 고려군에 투항하겠습니다."

덕흥군의 얼굴색이 급변했다. 김첨수가 고려군에 투항한다면 공민왕의 토벌이 힘들 것만 같았다.

"과인이 김 장군의 마음을 헤아리지 못했소. 김 장군을 상장군에 보하고 강지연과 안복종도 중랑장으로 삼겠으니 노여움을 푸시오."

상장군이 대장군보다 한 급 높았다. 하지만 유인우는 공민왕의 토벌을 눈앞에 두고 덕흥군과 다투고 싶지 않았다.

"김 장군은 지략이 밝아 상장군의 직책을 잘 수행할 것이옵니다. 전하."

최유도 마음이 흡족했다.

"전하, 벽상공신에 오른 상장군을 얻었으니 이제 더 무엇을 걱정하오리까? 감축드리옵니다."

벽상공신은 정1품으로, 말 그대로 화상을 그려 공신각의 벽에다 걸어 놓은 고려의 최고의 공신이었다. 김첨수는 벽상공신이 된 그때 일을 최유가 말하자, 그간 서운했던 감정이 눈 녹듯이 사라졌다.

"전하, 관직을 탐한 소신의 불충을 용서하십시오."

"불충이라니요. 당치 않은 말씀, 조일신을 잡을 때처럼 공민왕을 토벌해 주십시오."

덕흥군의 말에 김첨수는 물고기가 물을 만난 냥, 열변을 토했다.

"공민왕은 군왕의 재목이 아닙니다. 소장이 반역을 저지른 조일신을 잡아 바쳤는데도 관직은 주지 않고 공신각에 소장의 화상만 걸어 놓았습니다. 이런 모욕을 당하고도 공민왕을 주군으로 받들어야 하겠사옵니까? 반드시 공민왕을 토벌해 그때의 한을 풀겠사옵니다. 전하."

최유도 공민왕에게 맺힌 한이 봇물 터지듯이 터졌다.

"전하, 기황후을 설득해 상갓집 개처럼 눈칫밥이나 얻어먹고 다니던 공민왕을 고려왕으로 세웠습니다. 한데 은혜를 원수로 갚다니요. 이런 배은망덕한 경우가 어디 있겠사옵니까? 반드시 공민왕을 사로잡아 전하께 바치겠습니다."

대장군 유인우도 울분을 토하려고 하자 덕흥군이 손사래를 쳤다.

"과인도 공민왕 그놈에게 당한 한을 풀려면 밤을 지새워도 못다 하오. 대장군도 공민왕에게 당한 울분은 잠시 접어두고 고려군과 싸울 전략이나 세우시오."

"잘 알겠습니다. 전하."

유인우의 울분을 가까스로 진정시킨 덕흥군은 시선을 문익점에게 돌렸다.

"밀직부사는 무관도 아닌 문관인데 창검을 잡을 수 있겠소? 대도로 돌아가 승전보나 기다리시오."

문익점은 난감했다. 압록강을 눈앞에 두고 대도로 돌아가라니 목화씨를 가지고 온 것이 허사가 될 판이었다.

"전쟁은 장수만 하는 것이 아닙니다. 소신이 공민왕의 토벌을 기록으로 남겨 전하의 위업을 만세에 전하고자 합니다."

문익점이 창검 대신 붓을 잡겠다고 하자 덕흥군은 흡족했다.

"공민왕 토벌의 모든 기록을 밀직부사에게 맡길 것이니 후세에 욕먹지 않게 잘 기록하시오."

"걱정하지 마십시오. 전하."

문익점은 목화씨를 고려로 가지고 가기 위해 덕흥군에게 귀의했으나 마음만은 개경에 가 있었다. 하지만 덕흥군의 중신들은 고려로 들어가 관직을 나눌 생각에 마음이 들뜨기 시작했다.

우정승 유탁은 전쟁이 눈앞에 닥쳤는데 중신들의 수장으로서 딱히 할 일이 없었다. 공민왕이 장수들을 믿지 못하니 유탁은 집무실에 눌러앉자 불난 집에 불구경만 할 수밖에 없었다. 그런데 생각지도 않던 진비가 집무실에 나타났다.

"왕후마마의 친서를 가지고 왔습니다. 우정승."

"나를 부르시면 될 텐데 친서를 보내시다니, 이리 주시게."

유탁이 친서를 읽어보니, 벼랑 끝에 몰려 있는 나라와 백성을 구하고 싶은 노국공주의 고심이 묻어나 있었다.

"내가 능력이 부족하나 최선을 다하겠다고 왕후마마에게 전하라."

"알겠습니다. 우정승."

유탁은 집무실을 나가는, 진비의 뒷모습을 한동안 지켜보았다. 하지만 노국공주의 친서를 받은 이상 불구경만 할 수 없었다. 집무실을 나와 마구간으로 달려갔다. 그리고 말 등에 올라 서경으로 질주했다.

유탁의 급한 마음과는 달리, 하늘은 높고 산과 계곡에 고풍스러운 오색 단풍잎이 만발했다. 길가의 논밭에 가을걷이하는 백성들의 손길이 바쁘니 집무실에만 갇혀있던 유탁은 비로소 한 해가 저물어가는 것을 피부로 느끼었다. 유탁은 서경(西京, 평안도 평양)에 도착하자마자 대동문을 두드렸다.

"수문장, 서경윤에게 전하시게. 유탁이 왔다고."

"잠시만 기다리십시오. 우정승."

수문장이 대동문을 열어젖히자 성안에서 서경윤 이인임이 반갑게 맞았다.

"우정승께서 필마단기로 오시다니 어서 들어오십시오."

"내가 오는지 어찌 알고 나오셨소? 서경윤."

"소인의 눈과 귀도 개경에 있으니 우정승의 일거수일투족을 모르겠습니까? 하하하."

"서경윤이 나를 감시하고 있었군요. 하나 그게 무슨 대수겠소. 전쟁이 눈앞에 있는데."

유탁의 자탄에 이인임은 주변을 돌아보았다. 그리고 유탁의 손을 살며시 잡으면서 말했다.

"이곳 대동문은 눈이 많으니 한적한 부벽루(浮碧樓)로 가시죠. 우정승."

"부벽루라, 좋지요. 오랜만에 풍광도 구경할 겸 갑시다."

이인임이 유탁을 부벽루로 안내하자 저녁노을이 대동강과 부벽루를 오색빛깔로 물들이기 시작했다. 하지만 유탁은 할 일 없는 묵객처럼 풍류를 위해서 온 것이 아니었다.

"부벽루는 적의 동태를 살피기 위해 지은 망루로 알고 있소. 그런데 묵객들이 부벽루를 보면서 시만 지었으니 이런 한심한 일이 어디 있소."

"소인도 그 점을 매우 아쉽게 생각하고 있습니다. 하나 부벽루는 이제 망루가 아니라 풍광 좋은 서경의 명소가 되었습니다. 하니 망루 말씀은 마시고 소인에게 하실 말씀이 있으면 하십시오. 우정승."

유탁은 한숨을 내쉬면서 말했다.

"전하는 전장에 나가는 장수들을 믿지 못하고 계시오. 의주 군영에 진을 치고 있는 도원수는 말만 도원수지 병졸보다도 할 일이 없소."

이인임도 유탁의 고심을 모르지 않지만 다른 방법이 없었다.

"전하가 개경에서 전군을 통솔한다니 세상에 이런 전략은 처음 보았습니다. 우정승."

"내 생각도 그렇소. 전하가 병법과 전술에 밝지 않으니 덕흥군 막기는 쉽지 않을 것이오. 더구나 덕흥군에게는 쌍성총관부를 수복한 유인우와 우리 고려에서 죄를 짓고 도망친 무장들이 많소."

이인임이 유탁을 다그쳤다.

"그럼, 도원수는 허깨비란 말입니까? 막말로 우정승이라도 나서야지 않겠습니까?"

"나도 무장출신이니 전하께서 나의 주청을 받아들이겠소? 이 상황을 수습할 사람은 서경윤밖에 없소."

"군량이나 조달하는 주제에 무슨 힘이 있다고 그런 말씀 하십니까? 홍왕사 난을 진압한 최영에게 부탁해 보십시오."

"최영도 무장 아니오. 그리고 성격이 강골이라 밀어붙일 줄만 알았지, 유연성은 조금도 없소. 하나 서경윤은 학식이 풍부하고 상황판단이 빠르니 전술에 약한 도원수를 도와주시오."

유탁이 거듭 부탁했지만, 이인임은 망설였다. 만인지상 우정승도 못 하는데 일개 서경윤이 감당할 수 있을지 결단을 내리기가 쉽지 않았다. 하지만 고려의 국운이 부벽루를 감싸고 있던 저녁노을처럼 지고 있어 더는 미룰 수가 없었다.

"능력이 부족하오나 도원수를 보필하겠습니다. 우정승."

"왕후마마께서 서경윤의 그 말씀을 들으면 크게 기뻐하실 거요."

유탁이 노국공주를 입에 담으니 이인임은 정신이 번쩍 났다. 노국공주는 홍왕사의 난을 진압한 일등 공신이고, 병법과 전략에도 능해 공민왕에게 조언도 많이 했다.

"우정승이 서경에 오신 것을 왕후마마도 아시는지요."

"알다마다요. 왕후마마의 간곡한 부탁도 있었소. 왕후마마의 기대를 저버리지 마시오. 서경윤."

"왕후마마께서 간곡한 부탁을 하셨다니, 잘 알겠습니다. 우정승."

이인임은 노국공주에게 인정받았다는 생각이 들자 마음 한구석에 덕흥군을 물리치고 개선할 욕망이 꿈틀거리기 시작했다.

7장

허허실실(虛虛實實)

[redacted]

원나라군 1만이 요동에 진을 치고 압록강을 건널 준비를 하고 있다는 소문이 공민왕의 귓전을 때렸다. 한술 더 떠 덕흥군에게 귀의하면 자손만대 부귀영화를 누리게 하겠다고 백성들을 현혹하고 있으니, 잘못하면 화살 한번 쏘지 못하고 옥좌에서 쫓겨날 판이었다.

"덕흥군의 간계가 도를 넘었소. 그런데 도원수 경천흥이 아무 대책도 내놓지 않고 세월만 보내고 있으니 어찌하면 좋겠소."

목인길이 부복했다.

"전하, 애당초 경천흥은 도원수감이 아니었사옵니다. 지금 당장 전략과 병법이 능한 장수로 하여금 원나라군을 막게 하십시오."

목인길이 잘못된 인사라고 넌지시 주청하자 공민왕이 화를 버럭 냈다.

"목 장군도 과인이 경천흥을 도원수로 삼은 이유를 잘 알고 있지 않소. 과인의 뜻에 반하는 말은 삼가하시오."

"망극하옵니다. 전하."

목인길이 한발 물러서자 중신들은 뜨거운 불똥이 자신들의 발등에 떨어질까 봐 전전긍긍했다. 어전에 한동안 냉기가 흐르자 유탁이 나섰다.

"원나라군이 1만이라고 하나 재물과 부녀자를 약탈하기 위해서 온 놈들이 옵니다. 이런 오합지졸은 전면전보다 압록강만 굳건히 지키면 스스로 무너지거나 도망갈 것이 분명하옵니다. 전하."

유숙도 공민왕의 눈빛을 살피면서 주청했다.

"우정승의 주청이 맞사옵니다. 역도들과 원나라군이 제풀에 지쳐 물러설 때까지 압록강만 굳건히 지키십시오. 전하."

유숙의 주청에 오인택이 힘을 얻었다.

"전하, 도원수가 전략이 밝지 않다고 하나 도원수의 휘하에 지략과 병법에 능한 장수들이 포진하고 있사옵니다. 도원수를 믿어보십시오."

공민왕은 압록강을 굳건히 지키라는 중신들의 주청이 귀에 거슬리는지 목소리를 높였다.

"과인의 백성들이 덕흥군의 백성이 될 판인데 압록강만 지키고 있으면 개경도 무사할 것 같소? 과인은 강태공처럼 세월만 낚을 수 없으니 선제공격해 역도들의 간담을 서늘하게 하겠소."

공민왕은 선제공격을 택했다. 어전의 공기는 곧바로 얼어붙었다. 공민왕이 전술을 세우고 직접 적과 전쟁한다는데 말릴 중신들은 눈 씻고 보아도 없었다. 중신들 모두 입을 봉하고 눈만 깜박일 뿐이었다. 하지만 유숙은 아니었다.

"전하, 엄동설한에 선제공격이라니요. 원나라군의 군량이 떨어질 때까지만 기다리면 될 터인데 왜 굳이 전황을 어렵게 만드시려 하옵니까?"

공민왕은 유숙에게 일침을 가했다.

"그대의 대쪽 같은 성품을 익히 알고 있소. 하나 과인의 뜻에 반대만 하고 있으니 과인보다 덕흥군이 더 좋은가 보오."

"천부당만부당하신 말씀이옵니다. 소신은 탑전에서 죽어도 원이 없사옵니다. 전하."

유숙이 죽으려는 듯이 탑전에 머리를 찍으려고 하자 공민왕은 낯빛을 고치면서 말했다.

"과인이 그대를 시험해 보았으니 죽는다는 소리는 하지 마시오."

"망극하옵니다. 전하."

공민왕은 유숙이 물러서자 시선을 목인길에게 돌렸다.

"그대의 아우 목충에게 전하시오. 몸이 회복되었으면 과인의 밀지를 가지고 의주 군영에 가라고 하시오."

목충은 정세운의 참살에 충격을 받아 조정에 나올 수가 없었다. 그런데 공민왕이 목충을 잊지 않고 있었다. 목인길은 어전의 대들보가 울릴 정도로 큰소리로 대답했다.

"소신, 어명을 목충에게 전하겠사옵니다."

덕흥군의 침략을 물리칠 대책회의는 공민왕의 주도로 끝이 났다. 하지만 바람 앞에선 등불처럼 위태위태한 공민왕의 마음을 그 어느 누구도 위로해 줄 수가 없었다.

덕흥군은 옥좌를 넘보는 역적 중의 역적이고, 그를 따르는 장수들도 호락호락하지 않은 인물들이었다. 공민왕은 목인길에게 명을 내리면서도 마음이 편치 않았다.

고려군의 장수들이 도원수의 군막에 모였다. 하지만 모든 작전은 도원수가 아니라 공민왕이 세우니, 뚜렷한 계책을 내놓을 수는 없었다. 게다가 덕흥군이 보낸 척후병이 압록강을 건너와 고려군의 동태를 파악하고 돌아가니 쫓아가 잡을 수도 없고 난감했다. 오직 할 수 있는 것은 요동에 주둔하고 있는 원나라군 1만을 감시하는 것이 전부였다. 이렇게 어려운 상황에 직면하고 있는데 목충이 도원수 군막에 들어왔다.

"도원수, 목충 인사드립니다."

"몸이 안 좋다고 들었는데 이젠 다 나았소? 목 장군."

"도원수의 염려 덕분에 다 나았습니다."

"내가 무슨 도움을 주었다고? 한데 어쩐 일이시오. 적이 요동에 진을 치고 있는데."

"전하의 밀지를 가지고 왔습니다. 도원수."

경천흥은 목충으로부터 밀지를 받아 읽기 시작했다. 그런데 밀지를 읽어보는 경천흥의 눈빛이 예사롭지 않으니 안우경은 불길한 예감이 들었다.

"도원수, 밀지에 무어라고 쓰였기에 얼굴에 근심이 가득합니까? 말씀해 보십시오."

"나에게 물을 것이 아니라 안 장군이 직접 한번 보시오."

안우경도 밀지를 읽어보니 정신이 아득했다. 요동에 주둔하고 있는 원나라군을 선제공격하라는 공민왕의 명이었다.

"도원수, 여름부터 징집한 병사들이 부모 형제를 보지 못해 사기가 떨어졌습니다. 한데 선제공격이라니요. 이게 말이나 되는 소립니까?"

도병마사 홍선(洪瑄)도 어이없다는 듯이 화를 버럭 냈다.

"사기 떨어진 병사들이 선제공격을 하다가 도망치면 어찌합니까? 생각해 보십시오. 도원수."

장수들이 불만을 토로하자 경천흥이 목충에게 물었다.

"목 장군, 선제공격하라는 전하의 명에 이의를 제시하는 중신들은 없었소? 특히 우정승은 무장으로 크신 분인데 말 한마디도 없었소."

"우정승이 반대했으나 전하의 고집이 워낙 완고하시니 무슨 방법이 있겠습니까? 도원수."

목충의 맥 빠진 대답에 경천흥은 할 말을 잊었다. 하지만 서경윤 이인임은 도원수가 고려군의 수장답게 결정은 내리지 못하고 탁상공론만 하고 있으니 속이 끓었다.

"도원수, 전하의 명을 따르면 될 것을 왜 그렇게 망설이십니까?"

안우경은 이인임의 말투가 매우 불쾌했다.

"전장에서 적과 한 번도 싸워보지 않는 분이 무얼 안다고 참견이오. 서경윤은 작전에 신경 쓰지 마시고 군량이나 신경 쓰시오."

"그럼, 안 장군은 전하의 명을 거역하겠단 말이오? 나는 모르는체할 테니 장수들끼리 선제공격을 하던지 역적으로 몰려 죽든지 알아서 하시오."

이인임의 독설에 장수들은 입이 딱 벌어졌다. 잘못하면 역적으로 몰려 죽을 판이니, 선제공격을 택할 수밖에 없었다. 안우경이 마음을 정한 듯이 목소리를 낮추었다.

"도원수, 이리 죽으나 저리 죽으나 죽는 것은 같습니다. 소장이 원나라군을 공격하겠으니 병력을 내주십시오."

도병마사 홍선도 출병에 동조했다.

"소장도 군영에서 밥만 축내고 있을 수 없지요. 안 장군의 우군이 되어 압록강을 건너겠습니다."

목충도 전장에 나왔으니 전공을 세우고 싶었다.

"도원수, 홍 장군이 우군이 되었으니 소장은 좌군을 맡겠습니다. 허락해 주십시오."

경천홍은 도원수로서 마음이 놓이지 않았다. 하지만 목충까지 출병을 원하자 더는 미룰 수가 없었다.

"병사 1천을 내주겠소. 하나 원나라군보다 동장군이 더 무섭소. 매사 조심하시오."

독설을 퍼부었던 이인임도 무운을 빌었다.

"세 분 장군의 무운을 빌겠습니다. 하나 공을 세우겠다고 너무 승패에 매달리지 마십시오."

"그 말씀 명심하겠소. 서경윤."

이인임도 군막을 나가는 안우경의 뒷모습을 보니 마음이 편치 않았다.

"도원수, 군량이나 조달하는 주제에 안 장군을 공박했습니다. 정말 죄송합니다."

"서경윤이 거들었기에 망정이지 안 장군이 출병했겠소? 고마워야 할 사람은 도원수니 그런 말씀 하지 마십시오."

"도원수께서 제 마음을 알아주시니 더는 드릴 말씀이 없군요. 한데 적과 싸울 장수들은 다 어디 갔나요? 도통 보이지 않으니."

경천흥이 도원수답지 않게 흥분했다.

"서경윤도 알다시피 김용 그놈이 전술이 능한 장수들을 네 명이나 죽였잖소. 하니 적과 싸울 장수가 어디 있겠소."

이인임도 경천흥과 마음이 다르지 않았다. 장수들의 씨가 말랐으니 원나라군을 물리칠 방법이 머릿속에 떠오르지 않았다.

"소인도 생각하면 생각할수록 아쉽지만 다 지나간 일입니다. 도원수."

이인임은 경천흥이 마음이 들지 않았으나 고려군의 도원수였다. 경천흥의 마음을 위로하고 군막을 나오자 중랑장 하을지(河乙沚)가 이인임의 앞을 가로막았다.

"엄동설한에 출병하다니요? 도원수가 제정신이 아닌 것 같습니다."

"자네 생각과 내 생각이 같네. 하나 출병을 권한 것은 날세."

"그럼, 출병이 도원수의 작품이 아니라 서경윤의 작품이군요."

"내 작품이 아니라 전하의 작품일세. 출병하지 않으면 도원수까지 군령을 어겨 죽을 판인데 어찌하겠나. 내가 비상약을 처방했네."

이인임은 출병의 의의를 하을지에게 설명했다. 하지만 하을지는 수긍하면서도 못내 아쉬웠다.

"서경윤의 마음은 알겠지만 죄 없는 병사들은 어쩌고요. 얼어 죽거나 역도들의 칼날에 죽을 터인데 서경윤이 책임질 수 있습니까?"

"나라를 위해서는 작은 희생은 감수할 수밖에 없지 않겠나. 중랑장."

"작은 희생이라뇨? 병사들에게도 부모 형제와 처자식이 있어요."

이인임은 하을지의 말꼬리를 잡고 늘어졌다.

"자네 말 한번 잘했네. 내가 친서를 써줄 테니 지금 당장 개경으로 떠나시게."

"친서를 가지고 개경으로 가라니요? 서경윤."

하을지의 의심스러운 눈빛에도 이인임은 개의치 않았다.

"얼마 전에 도순찰사 이귀수가 봉주(鳳州, 황해도 봉산)로 갔을 때 병사들이 반란을 일으킨 것을 자네도 알고 있지 않은가? 이번 전쟁에 출병한 병사들도 추위와 처자식 걱정 때문에 반란을 일으킬 것 같다고 은연중 말씀을 올리면, 전하께서 하실 말씀이 있을 걸세."

하을지는 그제야 이인임의 속내를 알아챘다. 한데 도원수에게 보고도 하지 않고 떠나라니 마음 한편으로는 불안했다.

"도원수가 알면 감당할 수 없으니 말씀드리는 것이 좋을 것 같습니다."

"도원수는 겁이 많아 결정이 쉽지 않네. 내가 책임질 테니 떠나시게."

"하면 알겠습니다. 서경윤."

하을지가 친서를 가지고 개경으로 떠나니 이인임은 안도의 한숨을 내쉬었다.

안우경의 중군이 선두에 서고, 목충의 좌군과 홍선이 우군을 이끌고 얼어붙은 압록강을 건넜다. 그런데 상황이 돌변했다. 압록강을 건너 오룡산(五龍山) 기슭에 도달했는데 고려군의 머리 위로 수천 발의 불화살이 눈꽃처럼 쏟아졌다. 안우경은 정신이 번쩍 들었다.

"적의 매복에 걸렸다. 퇴각하라."

퇴각도 쉽지 않았다. 김첨수의 목소리가 안우경의 귓전을 울렸다.

"안우경 이놈아, 내가 누군지 아느냐? 벽상공신 김첨수다. 내 검에 죽지 않으려면 항복하라."

안우경은 김첨수와 친분이 있던 터였지만, 괘씸했다.

"벽상공신이란 놈이 덕흥군의 하수인이 되었구나. 하나 옛정을 생각해 목숨만은 살려 줄 테니 투항하라."

"추위에 벌벌 떨고 있는 병사 1천을 가지고 우리 1만을 대적할 수 있을 것 같으냐? 하하하."

김첨수의 비아냥에 안우경은 창을 들었다. 그리고 천둥을 치듯 큰소리를 지르면서 던졌다.

"네놈이 모시던 군왕을 내쫓으려고 오다니 내 창에 죽어라."

김첨수는 노련했다. 안우경의 창을 피하면서 오룡산 기슭에 매복해 있는 원나라군 병사들에게 명령했다.

"얼마 되지 않은 고려군을 모두 죽이고 상금을 받아라. 황제의 병사들아."

"네, 상장군."

원나라군 병사들은 신바람이 났다. 창검을 움켜잡고 고려군과 접전을 시작하니 오룡산의 기슭에 양군 병사들의 비명이 진동했다. 하지만 고려군도 만만치 않았다. 홍선과 목충이 선봉에서서 원나라군 병사와 일진일퇴를 거듭하자, 어느덧 해가 중천에 걸렸다. 이렇게 고려군이 생사를 걸고 싸우고 있는데 원나라군 병사들의 함성이 오룡산의 계곡을 울렸다.

"대장군이 지원군을 몰고 오고 있다."

"와와!"

안우경이 함성이 울리는 곳을 바라보니 유인우가 고려군의 퇴로를 막고 있었다.

"유인우 저놈이 병사를 몰고 나타났다. 더 이상 피를 볼 수 없다. 군영으로 돌아가자."

안우경의 명령에 고려군 병사들은 퇴각을 시작했다. 하지만 퇴각하면서 넘어지고 나뒹구니 김첨수는 살판이 났다.

"황제의 병사들아, 도망치는 고려군을 한 놈도 남겨 두지 말고 모두 죽여라."

"고려군의 씨를 말릴 테니 걱정 마십시오, 상장군."

원나라군의 병사들이 함성을 지르면서 고려군의 목을 베니 오룡산의 기슭에 피가 강을 이루었다. 고려군이 선제공격이라는 미명아래 원나라군을 공격했다. 하지만 2백여 명만 살아 돌아오니 선제공격은 이름뿐이었다.

공민왕은 이인임의 친서를 받아 들고 부들부들 떨었다. 압록강을 건너 요동으로 출병한 병사들이 장수들을 죽이고 반란을 일으킬 것 같다고 하니, 덕흥군을 물리치기는커녕 되레 잡힐 것만 같았다. 하지만 하을지는 친서를 준 것만으로 끝나지 않았다.

"전하, 도순찰사 이귀수가 병사들을 혹독하게 다루다가 목이 잘릴 뻔한 일을 잊지 마십시오. 개경과는 달리 요동에는 매서운 한파가 끝나지 않아 병사들이 모두 동사할 지경이옵니다. 한데 도원수가 선제공격을 강행하고 있으니 이게 도원수로서 할 일입니까?"

하을지가 도순찰사 이귀수을 거론하면서 도원수를 탓하자 공민왕은 난감했다. 상황이 어렵게 꼬이자 유탁이 하을지에게 물었다.

"병사들의 사기가 그토록 심각한가? 중랑장."

"만인지상 우정승이 전장의 상황을 그렇게 모르니 그러고도 중신들의 수장이라 할 수 있습니까?"

하을지는 우정승이라고 그냥 넘기지 않았다. 유탁을 매섭게 몰아붙였다. 하지만 유탁은 얼굴색 하나 변하지 않았다.

"전하, 도원수가 병사들의 사기를 살펴보지 않고 무리하게 선제공격을 강행하니 병사들의 분노가 하늘을 찌르고 있사옵니다. 압록강만 굳건히 지키라고 명을 내리십시오."

선제공격을 반대했던 유숙도 주청했다.

"병사들이 선제공격하다가 반란을 일으키면 누가 제일 좋아하겠사옵니까? 어설픈 선제공격은 지금 당장 중단하십시오."

공민왕도 전황이 녹록지 않으니 별다른 묘책이 떠오르지 않았다. 더구나 중신들의 반대에도 선제공격을 밀어붙였으니 얼굴을 들 수 없었다. 공민왕이 고심을 거듭하고 있는데 노국공주가 강안전에 들어왔다.

"전하, 병사들이 반란을 일으킬 지경에 이르렀는데 선제공격하다니 도원수도 참 한심한 사람입니다. 두말 말고 압록강만 지키라고 명하십시오."

노국공주의 말에 힘을 얻은 하을지가 주청했다.

"전하, 촌각을 다투는 이 순간에도 압록강에서 무슨 일이 벌어졌는지 모르옵니다. 속히 결단을 내려주십시오."

노국공주와 중신들이 한마음으로 밀어붙이자 공민왕은 손을 들었다.

"중랑장, 선제공격을 중단하고 압록강만 굳건히 지키라고 도원수에게 전하라."

“명 받들겠사옵니다. 전하.”

하을지는 공민왕에게 읍을 하고 강안전을 나왔다. 그리고 군영이 있는 의주로 말을 달리자 매서운 추위도 비껴갈 정도로 이마에서 땀방울이 뚝뚝 떨어졌다. 말도 힘이 드는지 숨을 가쁘게 쉬면서 콧김을 내뿜었다.

하을지가 군영에 당도하자 이인임이 반겨 맞았다.

“중랑장, 전하의 윤허는 받아왔는가?”

“전하의 윤허는 받았으나 너무 급히 오는 바람에 어지를 받지 못했습니다. 서경윤.”

“어명을 받아온 것만으로도 큰일을 한 것이니 너무 걱정하지 마시게. 한데 다른 일은 없었나?”

“전하께서는 선제공격에 미련이 남았는지 한동안 망설이었습니다. 한데 왕후마마가 화를 버럭 내시니 그만.”

하을지가 공민왕으로부터 윤허를 받은 과정을 상세히 설명하자 이인임은 고객을 끄떡이었다.

“중랑장도 알고 있는 것처럼 전하께서 왕후마마의 반만큼이라도 생각이 깊으시면 얼마나 좋겠나.”

이인임이 아쉬움을 토로했다. 하지만 아쉬워한다고 공민왕의 생각이 하루아침에 바뀔 것이 아니었다. 하을지는 공민왕도 공민왕이지만 요동으로 출병한 병사들의 생사가 더 궁금했다.

"요동으로 출병한 병사들은 어찌 되었습니까?"

"병사 8백을 요동에 묻고 왔으니 참패일세."

"아…."

"이미 예견한 일이 아닌가? 그리고 도원수에게 보고는 잠시 미루시게."

"무슨 말씀이신지…. 도원수가 선제공격에 코 빠뜨리고 있는 상황입니다."

"그걸 몰라서 묻나. 어지를 가지고 오지 않았으니 도원수가 믿지 못할 것 아닌가? 내가 도원수를 설득하고 난 후 자네를 부르겠네."

하을지는 권모술수 대가답게 상황을 예리하게 판단하는 이인임의 말에 혀를 내둘렀다.

"알겠습니다. 서경윤."

이인임이 도원수의 군막에 들어가자 경천흥이 근심어린 표정으로 말했다.

"요동으로 출병한 병사들이 참패했으니 전하께 보고를 드려야지 않겠소. 서경윤."

"도원수, 전하께 패전을 보고하면 좋아하시겠습니까? 보고는 잠시 미루고 제가 한 말씀 드리겠습니다."

"무슨 말씀이오. 경청하리다."

"도원수께서 상주목사로 부임하실 때의 민심을 그만두실 때와 비교하면 어떻습니까?"

"부임할 때보다 그만둘 때가 민심이 더욱 나빴소. 한데 그걸 왜 묻소?"

이인임은 입가에 미소를 머금고 말했다.

"오늘 상황은 도원수께서 상주목사로 계실 때보다 더 나쁩니다. 전하는 폐위되었고 덕흥군은 새 임금입니다. 어리석은 백성들은 등 따뜻하고 배부르면 되었지, 임금이 누가 된 들 관심이나 있겠습니까? 병사들도 고향에 돌아가 부모 형제를 만날 생각만 하는데 선제공격이라뇨. 반란이 일어나지 않은 것만으로도 천만다행이니 압록강만 굳건히 지키십시오."

경천흥은 어이가 없었다.

"아니 서경윤이 선제공격하라고 닦달하지 않았소? 인제 와서 무슨 막말이오."

"도원수, 그걸 몰라서 묻습니까? 전하의 명인데 선제공격을 하는 척이라도 해야 하지 않습니까? 그렇게 상황판단을 못 하시니 참 딱하십니다."

경천흥은 이인임의 말투가 듣기 불편했으나 선제공격은 한 번쯤은 겪어야만 했다.

"서경윤의 말씀을 듣고 보니 내가 생각이 좀 모자랐소. 하나 선제공격을 중단할 수 없어 도원수로서 난감하오."

"제가 하을지를 개경에 보내 전하의 윤허를 받아왔습니다."

"하을지를 개경에 보냈다고요? 도원수도 몰래 말이오? 서경윤."

경천흥의 얼굴색 급변했다. 한마디로 도원수의 체면이 말이 아니었다. 하지만 이인임은 개의치 않았다.

"중랑장, 들어오시게. 도원수께서 기다리시네."

중랑장 하을지가 군막에 들어와 경천흥에게 그간 사정을 고했다.

"전하께서 선제공격을 중단하고 압록강만 굳건히 지키라고 명하셨습니다."

"하면 어지는 가지고 왔소? 중랑장."

"전하께서 구두로 전하라고만 하셨습니다."

경천흥이 이인임의 손을 잡았다.

"서경윤이 비록 월권했으나 도원수의 고민을 해결해 주었소. 정말 고맙소."

"상황이 워낙 급해 월권했습니다. 도원수."

이인임은 경천흥에게 고개를 숙였지만, 경천흥도 풀지 못한 매듭을 풀었다는 생각에 안도의 한숨을 내쉬었다.

덕흥군은 고려군을 물리치고 개선한 김첨수에게 찬사를 늘어놓았다.

"상장군의 전술은 알고 있었소만 고려군을 단숨에 때려잡을 줄을 미처 몰랐소. 정말 대단하오."

"안우경 정도는 소장의 상대가 되지 않습니다. 더구나 사기 떨어진 고려군이니 오죽하겠습니까? 이 모두 전하의 홍복이옵니다."

덕흥군은 김첨수의 전술이 더욱 궁금했다.

"한데 말이오, 상장군. 고려군이 오룡산으로 올지 어찌 알았소? 귀신이 곡할 노릇이 아니오."

"그 정도도 모르고 상장군이라 하겠사옵니까? 우리 진영에 오려면 오룡산을 통과해야만 하니 소장이 미리 매복해 두었사옵니다."

김첨수의 설명에 덕흥군은 고개를 끄떡이었다. 그리고 최유에게 시선을 돌리면서 말했다.

"좌정승, 이제 고려군의 전략을 대충 알았으니 요동보다 압록강에 진을 치고 고려군과 일전을 벌이는 것이 어떻겠소."

최유도 김첨수의 승전이 길조로 생각했다. 또한 유인우가 고려군의 퇴로를 차단했으니 길조 중의 길조였다.

"전하의 말씀대로 요동에서 미적거릴 것이 아니라 압록강에 진을 치고 사생결단합시다."

대장군 유인우도 힘을 보탰다.

"맞습니다. 전하의 그림자만 보아도 고려군이 창검을 내던지고 구름처럼 모여들 것입니다."

문익점은 압록강에 진을 친다고 장수들이 호들갑을 떨자 고향에 계신 부모 형제가 눈에 선했다. 하지만 덕흥군이 곱지 않은 시선으로 바라보니 다른 방법이 없었다.

"승전을 기록으로 남겨야만 전하의 업적을 만백성이 알 것이옵니다. 승전을 감축드리옵니다."

문익점의 찬사에 덕흥군은 기분이 좋은지 얼굴색이 밝아졌다.

"그대가 왔으니 망정이지 싸움만 잘하는 장수들만 왔으면 과인의 업적을 기록으로 남기겠소. 정말 고맙소."

"소신은 소신의 책무를 하고 있을 따름이오니 고맙다는 말씀은 거두어주십시오. 전하."

하지만 문익점은 승전에는 관심이 없었다. 엄동설한에 고려군은 바람이 솔솔 들어오는 모시 삼베로 만든 속옷만 입었으니, 원나라 병사보다도 동장군과 싸워야 할 판이었다. 문익점은 이런 아쉬운 점을 기록으로 남길 참이었으니 목화씨를 숨긴 붓대를 신주 모시듯 모실 수밖에 없었다. 그러나 덕흥군은 자신의 업적이 후세에 전해질 생각을 하자 군왕으로서 큰소리 한번 치고 싶었다.

"밀직부사가 그대들의 전공을 기록으로 남길 것이니 공민왕을 토벌해 후세에 이름을 남기시오."

최유도 후세에 자신의 이름을 알릴 생각을 하니 문익점의 풍모가 한층 더 크게 보였다.

"밀직부사, 학식과 능력이 부족하지만 잘 부탁하겠소."

문익점은 사사건건 공민왕의 발목을 잡던 최유가 잘 부탁한다고 고개를 숙이자 헛웃음이 절로 나왔다. 그러나 고려로 들어가는 것이 먼저였다.

"부족하다니요. 아닙니다. 좌정승."

"그리 생각해 주니 고맙소. 밀직부사."

김첨수는 덕흥군과는 달리, 승전 기록 따위는 관심이 없고 고려군과 싸울 전략에만 온 신경이 가 있었다.

"전하, 승전 기록도 중요하나 더 중요한 일이 있사옵니다."

덕흥군이 근심스러운 눈빛으로 물었다.

"걱정이 될 만한 일이 또 있나요. 상장군."

"있사옵니다. 고려군을 공격하려면 압록강을 건너야 하옵니다. 하지만 고려군도 오룡산의 패배를 설욕하려고 벼르고 있으니 압록강을 건널 날을 쉽게 잡을 수 없습니다. 전하."

최유가 걱정하지 말라는 듯이 큰 소리로 말했다.

"전하, 소신의 생각은 정월 초하루가 가장 좋은 길일이옵니다."

"왜 하필 정월 초하루요. 좌정승."

"정월 초하루는 새해 첫날이라 고려군이 부모 형제나 처자식을 생각하면서 방심할 것이옵니다. 이때를 기하여 압록강을 건너면 고려군쯤은 힘 안 들이고 제압할 수 있습니다. 전하."

덕흥군은 무릎을 두 손으로 쳤다. 압록강을 건널 날도 잡혔으니 압록강에 진을 구축할 일만 남았다.

"상장군, 좌정승의 전략대로 압록강에 진을 세우시오."

"명을 받들겠사옵니다. 전하."

상장군 김첨수도 최유의 전략에 만족했다. 하지만 압록강을 건널 날이 정해졌다고 다 끝난 것이 아니었다. 더욱이 1만 대군이 고려군의 코앞 압록강에 진을 구축한다는 것이 말처럼 쉽지 않았다. 매서운 추위가 온몸을 얼어붙게 하고 눈보라가 몰아치자 병사들은 툴툴거렸다.

"엄동설한에 압록강으로 진군하라니 미치고 환장하겠네."

"그렇다고 지금 당장 도망칠 수도 없지 않은가? 좀 더 지켜보세나."

"좌정승이란 놈이 압록강을 건너면 고려의 백성들과 병사들이 구름처럼 모여들 것이라고 장담했으니 어디 한번 믿어보세."

"요동까지 와서 계집 맛도 못 보고 돌아간다면 얼마나 서운한 일인가? 조금 힘들어도 계집과 재물을 전리품으로 가지고 가세."

병사들이 불만을 토로했으나 계집과 전리품이 눈에 아른거리니 진군을 멈출 수가 없었다. 결국 덕흥군의 인솔 아래 원나라군 1만이 압록강에 진을 구축하자 이제 고려군과 전쟁을 피할 수가 없었다.

압록강을 가운데 두고 원나라군과 고려군이 사생결단할 날이 성큼 다가왔다. 하지만 고려군의 사기는 땅바닥에 납작 엎드렸다. 오룡산의 패전도 이유 중의 하나지만 도원수 경천흥이 전술에 밝지 않으니 병사들은 김첨수와 유인우의 이름만 들어도 오금이 저렸다. 고려군의 사기가 이렇게 형편이 없으니 이인임이 나설 수밖에 없었다.

"도원수, 원나라군이 압록강을 건널 준비를 끝냈으니 우리도 대책을 세워야 할 텐데 생각해 두신 전략이 있으십니까?"

"별다른 방법이 있겠소. 전하의 명대로 압록강을 틀어막다 보면 원나라군이 제풀에 지쳐 도망칠 것 아니오."

경천흥은 압록강을 굳건히 지키라는 어명을 받았으니 선제공격하는 무모한 전술을 쓰고 싶지 않았다. 그러나 이인임은 도원수답지 않은 경천흥의 성격이 마음에 들지 않았다.

"도원수, 생각해 보십시오. 전하께서 압록강을 굳건히 지키라고 한 것은 병사들의 사기가 떨어졌기 때문이었소. 한데 전하의 어명을 믿고만 계시니 정말 답답하군요."

"서경윤, 그럼 다른 방책이 있소."

"원나라군의 사기를 떨어뜨리기 위해선 우리 군영의 한복판으로 유인해야 합니다. 한마디로 치고 빠지는 전술을 쓰면서 원나라군의 기선을 제압하면 승전할 수 있습니다."

"치고 빠지는 전술 말씀이오? 서경윤."

경천홍의 의아한 눈빛에도 이인임은 눈 한번 깜박이지 않고 말했다.

"제갈량의 허허실실 전술을 생각해 보면 답이 나옵니다. 도원수."

경천홍의 얼굴색이 밝아졌다.

허허실실 전술은 위나라 사마의가 15만 대군을 앞세우고 양평관으로 몰려가자 제갈량이 성문을 활짝 열어 놓고 성루에서 한가로이 거문고를 뜯으니, 사마의가 지레 겁을 먹고 도망친 전설적인 전술이었다.

"제갈량이 사마의를 거문고 한 줄로 물리친 고사를 모르는 사람이 어디 있소. 내가 비록 전술에 밝지 않으나 서경윤의 전략을 받아들여 오만불손한 원나라 놈들을 때려잡겠소."

경천홍의 눈에 결기가 서렸다. 이번 기회에 공민왕과 노국공주에게 도원수의 존재감을 보여주고 싶었다. 안우경과 홍선도 도원수와 생각이 다르지 않았다. 선제공격이 실패했으니 이인임이 비웃는 것 같아 한시도 마음이 편한 날이 없었다. 안우경이 도원수에게 매달렸다.

"도원수, 역도 김첨수를 죽이지 않고서는 하루도 편히 잠을 잘 수가 없습니다. 소장이 분을 풀 수 있도록 선봉을 맡겨주십시오."

도병마사 홍선도 분을 참지 못했다.

"병사들에게 얼굴을 들고 다닐 수가 없습니다. 소장에게도 패전을 만회할 기회를 주십시오."

이인임도 이들의 소원을 들어주고 싶었다.

"도원수, 김첨수와 싸워본 장수는 안 장군과 홍 장군, 그리고 목 장군밖에 없습니다. 두 분 장군에게 명예를 회복할 기회를 주십시오."

도원수 경천흥은 이인임까지 거들자 결단을 내릴 수밖에 없었다.

"알겠소. 패전을 설욕할 기회를 줄 테니 두 분 장군은 생사를 걸고 역도들을 물리치시오."

도원수 경천흥은 안우경과 홍선에게 오룡산의 패배를 설욕할 기회를 주었다. 하지만 압록강의 강추위는 사람의 능력으로 해결할 방법이 없었다. 강추위가 압록강을 꽁꽁 얼어붙게 만드니 병사들이나 물고기나 살아 있어도 살아 있는 것이 아니었다.

덕흥군의 진영은 정월 초하루 자정이 되자 분주히 움직였다. 최유가 정월 초하루가 제일 좋은 길일이라 말했으니 더는 미룰 수가 없었다.

"좌정승, 정월 초하루에 전쟁하려고 하니 어쩐지 마음이 내키지 않소."

덕흥군이 한 발을 빼니 최유가 펄쩍 뛰었다.

"전하, 정월 초하루 길일을 잡아놓고 왜 망설이십니까? 이런 천금의 기회는 다시 찾아오지 않으니 명을 내려주십시오."

상장군 김첨수도 화를 버럭 냈다.

"전하, 고려군은 소장이 기침만 해도 모두 도망칠 놈들인데 승전을 눈앞에 두고 미적거리다니요. 절대 아니 되옵니다."

대장군 유인우도 물러서지 않았다.

"기황후가 전하의 그 말씀을 들으셨다면 전하를 살려두시겠사옵니까? 어서 명을 내려주십시오."

덕흥군은 말만 군왕이지 허수아비와 같은 존재였다. 게다가 유인우까지 기황후를 입에 담으니 두 손을 들 수밖에 없었다.

"상장군, 병력 2천을 내줄 테니 승전하고 오시오."

"승전은 걱정마십시오. 전하."

김첨수가 대답하고 지휘부 군막을 나왔다. 그리고 중랑장 호천기와 강지연에게 명령했다.

"고려군의 군영을 공격할 것이니 그대들이 선봉에 서라."

중랑장 호천기와 강지연은 얼굴에 희색이 만면했다. 덕흥군의 집에 들락거리면서 벼슬을 얻을 기회를 엿보았는데 드디어 공을 세울 절호의 기회가 찾아왔다.

"사기 떨어진 고려군이 버티면 얼마나 버티겠습니까? 승전하고 돌아올 테니 걱정하지 마십시오. 상장군."

"고려군이 오룡산에서 패했으나 홍건적을 물리친 적이 있으니 만만히 보지 마라."

"명심하겠습니다. 상장군."

중랑장 호천기와 강지연이 원나라군의 선봉에 서서 얼어붙은 압록강을 건너자 그토록 몰아치던 눈보라도 그쳤다. 밤하늘의 별들이 고려군의 군영까지 불을 밝혀주니 원나라군 병사들은 마치 승리가 눈앞에 온 것처럼 마음이 들뜨기 시작했다.

고려군 군영은 예상외로 조용했다. 정월 초하루라 부모 형제 생각하다가 잠이 들었는지 고려군 병사들의 코 고는 소리만 간간이 들릴 뿐 적막하기 그지없었다. 호천기는 눈을 번뜩이면서 병사들에게 손짓했다.

"고려군 병사들이 꿈속에 헤매고 있다. 한 놈도 살려두지 말고 모두 죽여라."

"알겠습니다. 중랑장."

사람 죽이기에 이골 난 원나라군 병사들은 재물과 계집을 약탈할 생각에, 눈에 보이는 것이 없었다. 창검을 움켜쥐고 고려군의 군영으로 들어갔다. 한데 고려군은 어디로 갔는지 개미 새끼 한 마리보이지 않았다. 중랑장 호천기의 얼굴이 돌처럼 굳어졌다.

"강지연 중랑장, 우리가 적진에 너무 깊숙이 온 것 같소."

"맞습니다. 우리가 고려군을 너무 가볍게 본 것 같습니다."

호천기는 고려군의 술수에 걸렸다고, 생각이 들자 온몸에 소름이 돋았다.

"매복에 걸렸다. 전군은 퇴각하라. 황제의 병사들아."

호천기의 명령이 허공에 맴돌았다. 하늘에서 고려군의 화살이 우박처럼 쏟아져 내리니 원나라군 병사들이 피를 토하면서 쓰러졌다. 또한 고려군이 나타나 원나라군을 포위하자 중랑장 강지연은 안 되겠다는 듯이 큰 소리를 내질렀다.

"고려군의 군영에서 개죽음당할 수는 없다. 포위망을 뚫어라. 황제의 병사들아."

하지만 도망치는 것도 만만치 않았다. 안우경이 오룡산에서 당한 분풀이를 강지연에게 해대었다.

"강지연 이놈아, 중랑장인 주제에 나를 잡겠다고 왔느냐? 내 창이나 받아라."

안우경이 던진 창이 날아가 강지연의 심장에 꽂히자 강지연이 외마디를 지르면서 쓰러졌다.

"으악."

안우경은 땅바닥에 뒹굴고 있는 강지연의 수급을 잘랐다. 그리고 오룡산 패전의 한을 풀듯이 큰 소리로 외쳤다.

"쥐새끼처럼 도망치는 호천기야, 정월 초하루라고 우리 고려군이 부모 형제만 생각하고 있는 줄 아느냐? 강지연의 목을 잘

랐으니 이제 네놈 차례다. 하하하."

원나라군 병사들은 강지연의 수급에 전의를 상실했다. 도망치는 것이 살길이라는 듯 앞을 다투어 도망치기 시작했다. 도병마사 홍선이 도망치는 원나라군의 뒤를 쫓으면서 호통을 쳤다.

"역적의 졸개들아, 우리 군영에 올 때는 네놈들 마음대로 왔지만 도망칠 때는 어림도 없다. 하하하."

호천기는 홍선의 비아냥을 도저히 참을 수가 없었다.

"이놈 홍선아, 오룡산에서 네놈을 살려준 것이 한이 된다. 하나 오늘만 날이 아니니 죽을 준비나 하고 있어라."

홍선의 얼굴색이 급변했다.

"도망치는 놈이 나를 겁박해? 용맹한 고려의 형제들아, 입만 나불거리는 호천기와 원나라군을 모두 참살하라."

"와와."

"호천기와 원나라군의 수급을 잘라라."

홍선의 명령에 고려군의 병사들이 함성을 내질렀다. 그리고 도망치는 호천기와 원나라군의 뒤를 쫓으니 안우경의 얼굴색이 급변했다.

"홍 장군, 엄동설한에 저놈들을 쫓다가는 우리가 당할 수 있소. 더는 쫓지 마시오."

"알겠소. 안 장군."

홍선은 도망치는 호천기를 잡지 못해 아쉬웠다. 하지만 고려군은 오룡산의 패배를 설욕하고 전리품으로 강지연의 수급을 취했으니 이보다 큰 전과는 없었다. 그러나 이인임은 이제 시작에 불과하다고 생각했다.

"도원수, 이번 기습공격은 안 장군과 홍 장군의 선방으로 잘 막았지만 원나라군 1만이 언제 들이닥칠지 모릅니다. 대책을 세우십시오."

도원수 경천흥은 승전의 기쁨에서 깨어나지 못했는지, 이인임의 우려를 한 귀로 흘려들으면서 말했다.

"서경윤, 정월 초하루가 되자마자 우리 군이 대승을 거두었소. 이 기세로 나가면 원나라군 10만이 온다고 해도 두려울 것이 하나도 없소."

이인임도 경천흥의 마음을 모르는 바가 아니었다. 병사들의 사기와 공민왕의 보이지 않는 견제까지 어느 것 하나 마음이 편한 것이 없었다. 더욱이 오늘이 새해를 여는 정월 초하루였다.

"도원수 마음은 알겠지만 중랑장 하나 잡았다고 병사들을 쉬게 한다면 더 큰 화를 당할 수 있습니다. 게다가 이번 기습은 김첨수와 유인우가 선봉에 서지 않았습니다. 이점을 잊으시면 안 됩니다."

도원수 경천흥은 이인임이 전술을 좀 안다고 사사건건 간섭하자 몹시 불쾌했다.

"이보시오. 서경윤. 이제 우리 군의 사기도 오를 만큼 올랐으니 김첨수와 유인우가 와도 대승을 거둘 수 있소."

안우경도 불편한 심기를 내보였다.

"서경윤, 소장도 참는 데는 한계가 있으니 병사들 사기 떨어지는 말씀은 더 이상 하지 마시오."

도병마사 홍선도 자존심이 상한 듯 이인임을 공박했다.

"그동안 서경윤의 무례를 참고 있었는데 더는 못 봐주겠소. 군량에나 신경 쓰시오."

이인임은 도원수와 장수들이 똘똘 뭉쳐 대들자 말문이 막혔다. 이제 군량이고 나발이고 다 때려치우고 서경으로 돌아가고 싶었다. 하지만 우정승의 간곡한 부탁을 뿌리칠 수 없었다.

"앞으로 작전에는 일절 간섭하지 않겠습니다. 도원수."

이인임의 가시 돋친 대답에 경천흥이 무안했는지 낯빛을 고치면서 말했다.

"도원수라는 직책이 나에게는 맞지 않소. 하나 전하의 명이니 어쩌겠소. 좀 힘들겠지만 도원수로서 책무를 다할 테니 너무 섭섭하게 생각하지 마시오."

이인임은 도원수 경천흥의 속내를 알아챘다. 나라의 주인 공민왕도 전장에 나간 장수들을 믿지 못하는데, 목숨을 내놓고 싸울 장수를 기대한다는 것은 모래밭에서 진주를 캐는 것과 다름이 없었다. 개경을 수복한 도원수 안우와 이방실, 김득배가 총병관 정세운을 참살하고, 김용이 난을 일으킨 것도 우연이 아니고 필연이라고 생각했다.

덕흥군은 패전하고 돌아온 중랑장 호천기에게 호통을 쳤다.

"승승장구하던 우리 원나라군의 사기가 이번 패전으로 땅바닥에 떨어졌소. 그리고 중랑장 강지연이 돌아오지 못했으니 그 죄를 어찌 다 감당하겠소."

"전하, 소장을 참해 병사들의 본보기로 삼으시옵소서."

중랑장 호천기는 덕흥군의 발 앞에 넙죽 엎드렸다. 고려군을 기습 공격해 공을 세우려 했던 계획이 산산이 조각나버렸다. 중랑장 강지연과 병사 5백을 고려군의 제물로 바치고 돌아왔으니 죽어도 할 말이 없었다. 상장군 김첨수는 덕흥군이 생각 밖으로 화를 내자 당혹했다.

"전하, 우리 원나라군은 고려군에 비해 싸울 장수가 별로 없사옵니다. 중랑장에게 패전을 만회할 기회를 주십시오."

좌정승 최유도 생각해 보니 김첨수의 말이 전혀 틀린 말은 아니었다. 대도에 머물고 있던 장수 대부분이 공민왕에게 절개를 지킨다고 참전하지 않았다. 한데 호천기와 강지연 그리고 안복종만이 참전했다. 이런 난감한 상황에 호천기를 내친다면 공민왕 토벌에 큰 차질이 있을 것만 같았다.

"전하, 우리 군에 호천기만 한 맹장이 없사오니 상장군의 말씀대로 호천기의 패전을 눈감아 주십시오."

덕흥군도 최유와 생각이 같았다. 하지만 질책 한번 않고 다시 쓰려니 군왕으로서 자존심이 허락하지 않았다. 그런데 장수들이 벌떼처럼 들고일어나니 덕흥군은 못 이기는 척 한발 물러섰다.

"좌정승과 상장군이 그대에게 패전을 만회할 기회를 주자고 간청하니 과인은 그대의 패전을 더는 묻지 않겠다."

"망극하옵니다. 전하."

중랑장 호천기는 덕흥군에게 읍을 하고 물러섰다. 하지만 대장군 유인우는 생각이 달랐다.

"전하, 호천기의 패전은 패전이 아니옵니다. 도원수 경천흥이 자신감이 생겼는지 고려군의 꾀주머니 이인임을 내쳤다는 첩보가 들어왔사옵니다."

중랑장 호천기가 이인임을 내치는 미끼 역할을 톡톡히 했으니 패전으로 볼 수 없다는 것이었다. 이인임은 전략과 권모술수가 능해 공민왕도 혀를 내두를 정도였다.

"전하, 최영 그놈도 공민왕의 눈 밖에 났다고 합니다. 이 절호의 기회를 마냥 버려둔다면 하늘이 노할 것 같으니 공격 명령을 내려주십시오."

최유가 최영까지 들먹거리면서 목청을 높이자 덕흥군도 이 좋은 기회를 놓칠 수가 없었다.

"상장군과 대장군은 압록강의 고려군을 모두 참살하고 개경으로 가는 길을 여시오."

"명을 받들겠사옵니다. 전하."

김첨수와 유인우가 입을 모아 대답했다. 그리고 지휘부에서 나와 1만 대군을 집합시켰다. 눈보라가 간간이 날리고 있지만 상장군 김첨수는 크게 신경 쓰지 않았다. 선봉에선 중랑장 호천기와 안복종이 1만 대군 앞에서 창검을 높이 들자 김첨수는 눈물이 앞을 가렸다.

"황제의 병사들아, 중랑장의 패전은 떡밥으로 준 미끼니 기죽지 말고 고려군을 공격하라."

"와와."

원나라군 병사들이 함성을 내질렀다. 이제는 탐색전이 아니라 전면전이니 1만 대군 앞에서는 강추위도 눈보라도 아무 소용이 없었다. 하늘에 떠 있는 해만이 물끄러미 1만 대군의 진격을 바라볼 뿐이었다.

고려군 군영은 승전에 취해 있었다. 하룻밤을 지새우고 새벽녘이 되었는데도 초병만이 목책을 지킬 뿐 병사들의 움직임은 도통 보이지 않았다. 하지만 전황은 돌변했다. 원나라군 1만이 물밀듯이 몰려오자 목책을 지키고 있던 초병은 다급했다. 전황을 살필 겨를도 없이 도원수의 군막으로 달려갔다. 그리고 도원수 경천흥에게 보고했다.

"큰일 났습니다. 원나라군 1만이 우리 군영으로 몰려오고 있습니다. 빨리 대책을 세우십시오. 도원수."

"우리에게 혼쭐 난 놈들이 몰려온단 말이냐?"

경천흥의 볼멘소리가 초병의 귓전을 때렸다. 하지만 전황은 더욱 가파르게 변했다. 상장군 김첨수가 명령했다.

"고려군의 도원수 경천흥을 사로잡아라, 황제의 병사들아."

원나라군 1만도 김첨수의 명령에 호응했다.

"도원수 경천흥을 잡아라."

"와와."

도원수 경천흥은 원나라군의 함성에 정신이 아득했다. 하지만 명색이 도원수였다. 검을 빼 들고 군막을 나가는 순간, 안우경이 나타났다.

"도원수, 도병마사 홍선과 목충이 군영 앞에 배수진을 치고 있지만 이미 전황은 기울 대로 기울었소. 퇴각 명령을 내리십시오."

"안 장군, 역적 도당이 눈앞에 와 있는데 퇴각이라니, 그걸 말이라고 하시오."

"도원수, 퇴각밖에 다른 방법이 없소. 퇴각하여 후일을 도모하십시오."

안우경의 다급한 목소리에도 경천흥은 눈 한번 깜짝하지 않았다.

"고려의 형제들아, 덕흥군의 수족 김첨수와 유인우를 참살하라."

경천홍의 목소리에 결기가 서려 있으니, 퇴각을 권한 안우경도 검을 빼 들고 원나라군 병사들과 혈전을 시작했다.

고려군과 원나라 병사들이 생사를 걸고 일진일퇴를 거듭하자, 고려군이나 원나라군 병사는 살아 있어도 살아 있는 것이 아니었다. 하늘도 노했는지 먹구름이 눈보라로 변해 원나라군과 고려군의 머리 위에 쏟아져 내리니, 이젠 원나라군과 고려군은 눈보라와도 싸워야 할 판이었다. 그러나 전황은 좀처럼 나아지지 않았다. 원나라군의 선봉 호천기와 안복종의 말이 고려군의 목책을 뛰어넘자 목충이 일갈 호통을 쳤다.

"이놈 호천기야, 할 짓이 없어 역적의 앞잡이가 되었느냐?"

"역적 좋아하지 마라, 목충 이놈아."

호천기가 되받아치면서 창으로 목충의 가슴을 찌르니, 목충도 질 수 없다는 듯이 검으로 막았다. 이렇게 말은 말끼리 울고 검과 창이 부딪치면서 섬광이 번쩍이고 양군 병사들의 비명과 고함이 하늘을 찔렀다. 김첨수는 경천홍이 들으라는 듯이 큰 소리로 외쳤다.

"겁쟁이 경천홍아, 고려군의 군영은 쑥대밭이 되었다. 숨어 있지 말고 상장군을 영접하라."

김첨수가 경천홍을 찾아 나섰고, 원나라군 병사들이 고려군 병사를 닥치는 대로 죽였다. 전황이 끝을 향해 달리자 도원수 경천홍은 탄식했다.

"내가 도원수로서 책임을 다하지 못하고 어디로 도망을 간단 말인가. 죽더라도 군영에서 죽겠다."

하지만 죽는 것도 쉽지 않았다. 서경윤 이인임이 경천홍의 손을 잡아당겼다.

"도원수, 1만 대군을 5천의 병사로 어떻게 막겠습니까? 일단 퇴각 명령을 내리십시오."

"장수들과 병사들이 생사를 걸고 싸우고 있소. 한데 퇴각 명령을 내리라니 정신이 있소? 서경윤."

이인임은 도원수에게 감정이 많았지만, 고려군이 전멸할 순간이라 팔짱만 끼고 있을 수가 없었다.

"도원수, 원나라군이 1만이라고 하나 덕흥군에게 충성하기 위해 온 놈들이 아니라 약탈하기 위해 온 놈들이오. 우리 군영을 떡밥으로 던져줍시다."

경천홍은 이인임을 보기 민망했다.

"내가 서경윤에게 얼굴을 들 수가 없소. 하나 지난 일을 후회한들 무슨 소용이 있겠소. 서경윤의 뜻에 따르겠소."

경천홍은 이인임의 작전이 그럴싸하게 들렸다. 더욱이 원나라군의 검 끝이 목전에 다다랐으니 우선은 살고 봐야 했다.

"고려의 형제들아. 의주는 군영으로서 역할을 다했다. 퇴각하라."

경천흥의 퇴각 명령에 고려군은 일제히 방향을 틀었다. 그리고 퇴각을 감행하자 김첨수가 큰소리를 내질렀다.

"경천흥 이놈아, 도망치려면 목을 놓고 가라. 하하하."

김첨수의 비아냥에 경천흥은 머리꼭지까지 화가 치밀어 올라왔다. 그러나 전황은 걷잡을 수 없게 변하니 다음을 기약할 수밖에 없었다.

"김첨수 이놈아, 내가 대군을 몰고 올 테니 목을 놓고 기다려라."

"도망치는 놈이 입만 살았구나. 하하하."

김첨수가 가소롭다는 듯이 창을 경천흥에게 던졌다. 하지만 김첨수의 창이 경천흥의 목을 스치고 지나갔다. 경천흥은 목숨을 건졌으나 도병마사 홍선은 분을 참지 못했다.

"감히 도원수에게 창을 던지다니 겁도 없구나. 역적놈아."

홍선이 김첨수의 말을 창으로 찌르자, 김첨수가 중심을 잡지 못하고 말 등에서 떨어졌다.

"홍선아, 잘되었다. 맨손으로 사생결단하자."

도병마사 홍선이 땅에 떨어진 김첨수와 맨손으로 혈투를 벌이기 시작했다. 경천흥은 그 틈을 이용해 남아 있는 고려군을 이끌고 퇴각하기 시작했다. 그러나 도병마사 홍선이 김첨수와 혈투 끝에 생포되고 말았다.

경천홍의 장계가 탑전에 올라왔다. 고려군이 원나라군에게 의주와 수주(隨州, 평안북도 정주)를 내어주고 안주로 퇴각하였다고 하면서 병력을 요청했다. 또한 병사 2천이 원나라군의 칼날에 사라지고 도병마사 홍선이 전투 끝에 생포되었다고 했다. 공민왕은 기가 막혔다.

"원나라군이 수주까지 내려왔고, 도병마사 홍선까지 생포되었소. 해서 도원수 경천홍을 경질할까 하는데…."

공민왕은 전황이 급물살을 타자 군왕의 자존심도 내던지고 안주로 퇴각한 도원수에게 책임을 묻고자 했다. 하지만 유숙이 반대했다.

"전하, 전쟁 중에 총사령관을 경질하다니요. 조나라 효성왕이 사령관 염파를 조괄로 경질하고 난 뒤, 조나라군 병사 40만이 생매장당한 것을 아시잖습니까?"

유숙도 경천홍의 능력으로는 원나라군 1만을 물릴 칠 수 없다는 것을 모르지 않았다. 하나 모든 책임을 도원수 경천홍에 돌리는 공민왕의 처사가 못마땅했다. 하지만 공민왕은 유숙의 주청이 귀에 들어오지 않았다.

"진나라와 조나라의 장평전투를 과인이 왜 모르겠소. 하나 경천홍이 책상물림이라 병법과 전술은 고사하고 싸우려는 의지마저 없으니 이러고도 도원수라고 할 수 있소?"

공민왕이 경천홍의 무능을 지적했다. 원나라군을 막지 않으면 덕흥군에게 쫓겨날 판이니 그 심정을 알만했다. 우정승 유탁이 공민왕의 마음을 알아챘다.

"전하, 도원수 경천흥의 직책은 유지하되 병법과 전술이 밝은 장수를 안주로 보내 전군을 통솔하게 하십시오."

유탁의 주청에 공민왕의 얼굴이 밝아졌다.

"하면 누가 좋겠소. 우정승."

"판밀직사사 최영은 장사성 토벌과 개경의 수복, 그리고 흥왕사의 난을 진압한 맹장이니 최영을 안주로 보내십시오. 전하."

유숙도 최영 외에는 다른 방법이 없었다.

"전하, 애당초 최영을 도원수로 삼았으면 전황이 이렇게까지 되지 않았을 것인데 매우 아쉽사옵니다. 최영을 중히 쓰십시오."

유숙이 공민왕의 속을 박박 긁었지만, 공민왕은 유숙의 곧은 성품을 알고 있기에 더 이상 탓하지 않았다. 그리고 목석처럼 입을 다물고 있는 최영에게 시선을 들렸다.

"우정승과 추밀원사가 원나라군을 물리칠 적임자로 그대를 추천하는데 그대의 생각은 어떻소."

최영은 무장도 아닌 경천흥을 도원수로 임명할 때부터 문제가 있음을 알고 있었다. 하지만 공민왕이 무장들을 곱지 않은 시선으로 바라보고 있으니, 유숙처럼 바른말을 할 수도 없고 살얼음판을 건너듯 매사 조심해야만 했다. 그런데 무장으로서 체면을 살릴 기회가 찾아왔다.

"전하, 소신의 생각이 무슨 필요가 있사옵니까? 전하의 명이라면 불 속이라도 뛰어 들어가야지요. 하나 현재 고려군의 전력으로는 원나라군 1만을 물리칠 수가 없사옵니다."

공민왕의 신경이 곤두섰다. 원나라군을 얕잡아보고 경천흥을 도원수로 삼았는데 수주까지 내려왔으니 최영의 말대로 다시 전략을 세워야 할 것만 같았다.

"그대는 생각이 깊으니 도순무사로 임명하겠소. 그리고 고려군의 군사력을 보강할 방법이 있으면 기탄없이 말해보시오."

최영은 조금도 물러섬이 없었다.

"여기 계신 중신들 치고 전장에 나가본 분이 우정승과 소신밖에 없으니 전략을 논하기는 탁상공론에 지나지 않습니다. 감히 아뢰옵건대 동북면 병마사 이성계를 위시해 지용수(池龍壽), 목인길, 박춘, 이귀수, 우제, 목충, 나세(羅世)도 이번 출병에 참여시켜 주십시오."

최영이 고려의 장수들을 총망라해서 데리고 가겠다는 건데 평상시 같으면 윤허할 수 없는 주청이었다. 그러나 공민왕의 형편으로서는 찬밥 더운밥 가릴 형편이 아니었다.

"도순무사의 생각대로 하시오. 그런데 동북면 병마사 이성계까지 꼭 데리고 가야겠소?"

"전하, 이성계의 가별초가 홍건적의 철기병을 잡아 개경수복에 결정적인 계기가 되었사옵니다. 이성계가 참전한다면 원나라군쯤은 큰 문제가 되지 않사옵니다."

공민왕은 고개를 끄덕이었다. 하지만 동북면에 누구를 보낼지 언뜻 생각이 나지 않았다.

"그럼, 동북면에 누굴 보냈으면 좋겠소. 도순무사."

"직한림 정몽주가 적격이옵니다. 정몽주는 이성계와 호형호제하는 사이라 전하의 성심을 잘 전달할 것이옵니다."

"김득배의 제문을 쓴 정몽주 말이오?"

"그렇사옵니다. 전하."

"정몽주처럼 충직한 신하라면 과인이 더 무슨 말을 하겠소. 정몽주를 동북면으로 보내시오. 도순무사."

공민왕은 도원수 경천흥을 경질하지 않고 모든 작전권을 도순무사 최영에게 일임하는 파격적인 조치를 했다. 결국 공민왕은 덕흥군이 원나라군을 몰고 수주까지 내려오니 무장을 다시 찾을 수밖에 없었다.

노국공주는 공민왕과는 달리, 온갖 시름을 잊고자 진비와 검술 대련을 시작하니 온몸에 비지땀이 줄줄 흘렀다. 공민왕이 경천흥의 장계를 어떻게 해결하고 있는지 궁금했지만, 공민왕의 성격이 독선적으로 변해가자 더 이상 신경 쓰고 싶지 않았다. 오직 할 수 있는 것은 진비와 검술 대련하는 것이 고작이었다.

"진비야, 나하고 있더니만 검술이 많이 줄었구나. 그러고도 내 호위무사라 할 수 있겠느냐?"

"소녀보다 왕후마마가 더 걱정입니다. 검 끝이 힘이 없으니 덕흥군은 고사하고 개미 새끼 한 마리 죽이겠사옵니까?"

진비도 노국공주를 보면 가슴이 아팠다. 공민왕과 부부가 된 지 10년이 넘게 흘렀건만 왕자가 태어나지 않았다. 하지만 기회가 마냥 없었던 것도 아니었다.

노국공주가 고려로 온 직후 임신을 했었다. 그런데 노국공주가 원나라에서 데리고 온 내관을, 최유의 동생 최원이 죽도록 패는 것을 보고 유산을 해버렸다. 그 뒤로 이제현의 딸을 혜비로 맞아들였지만, 공민왕은 혜비의 근처도 가지 않았다. 공민왕의 애타는 마음을 생각해 노국공주는 태기가 있기를 바랐다. 하지만 나라에 우환이 겹치고 최원의 형 최유가 덕흥군의 앞잡이가 되어 나타났다.

"진비야, 덕흥군보다 최유 그놈을 요절내고 싶다. 하나 전황이 좋지 않으니 마음만 답답하구나."

"그래도 힘을 내셔야지요. 왕후마마."

"그래, 힘을 낼 테니 공격해 보라."

"네, 왕후마마."

진비는 대답하면서 검을 빼 들었다. 그리고 하늘을 두 조각내듯 검을 휘두르면서 노국공주를 공격했다. 그러나 노국공주는 몽골초원에서 야생마처럼 단련된 몸이었다. 가볍게 진비의 검을 피하면서, 진비의 가슴을 검으로 내리쳤다. 이렇게 일진일퇴를 거듭하고 있는데 공민왕이 나타났다.

"왕후의 검술도 대단하지만 진비의 검술도 왕후의 검술에 못지않소. 정말 과인 혼자 보기 아까운 검술이오."

진비가 얼굴을 붉히면서 말했다.

"전하, 소녀의 검술과 왕후마마의 검술을 비교하시다니요. 천부당만부당하신 말씀은 거두어주십시오."

"과인이 네 마음을 모르겠느냐? 잘 알고 있으니 너무 쑥스러워하지 말라."

공민왕의 따뜻한 말에 진비의 그늘졌던 얼굴이 밝아졌다. 하지만 노국공주는 공민왕을 매몰차게 몰아세웠다.

"전하, 원나라군이 수주를 점령했는데 왕후궁만 찾는다고 백성들이 입방아를 찧 것이니 돌아가십시오."

"왕후, 원나라군을 물리칠 방책을 세웠으니 백성들의 입방아가 무슨 걱정이 되겠소."

"전략도 없고 싸우려는 의지도 없는 도원수 경천흥이 방책을 세우다니요."

"빈말이 아니오. 최영과 이성계로 하여금 원나라군을 막게 하였으니 이제 마음을 놓으시오."

공민왕이 최영과 이성계를 입에 담자 노국공주의 얼굴색이 밝아졌다. 최영은 전략과 무공이 높은 장수로 진작 도원수로 삼아야 했었다. 하지만 이성계는 어딘가 모르게 알 수 없는 서늘한 기운이 얼굴에 감돌았다. 하나 이성계의 무공은 최영도 혀를 내 둘을 정도이니 원나라군 정도는 쉽게 막을 것만 같았다.

"최영과 이성계라면 안심이 됩니다. 다만 김첨수와 유인우가 우리 고려군의 속내를 잘 알고 있으니 매사 조심해야 해요."

"김첨수와 유인우가 아무리 날뛴다 해도 최영의 상대가 되지 않소. 왕후."

공민왕은 말하면서 노국공주의 손을 잡았다. 흥왕사의 난 이후로 노국공주에게 애틋한 눈길 한번 보내지 않았다. 하지만 원나라군을 몰아낼 장수를 정하고 나니 노국공주에게 거리를 두었던 지난날이 후회되었다.

덕흥군은 의주를 거쳐 수주까지 내려오자 강안전의 옥좌가 눈앞에서 아롱거렸다. 상장군 김첨수와 대장군 유인우가 전략을 잘 세웠지만 원나라군도 잘 싸웠다. 게다가 도병마사 홍선까지 생포했으니 덕흥군은 승전도 이런 큰 승전은 없었다.

"좌정승, 생포한 홍선을 어찌 처분했으면 좋겠소?"

최유도 덕흥군처럼 승전에 마음이 들떴다. 하지만 도병마사 홍선이 아무리 회유해도 망부석처럼 꿈쩍도 하지 않자 기분이 썩 좋지 않았다.

"전하, 홍선을 기대하지 마십시오. 공민왕의 수족이라 항복은 고사하고 전하를 역도라고 욕설을 퍼부으니 죽기를 작정한 것 같사옵니다."

홍선의 고집에 덕흥군도 기분이 언짢았다.

"그놈이 과인을 역도라고 말하고 있소? 지금 당장 참수해 수급을 군문에 걸고 몸뚱이는 굶주린 늑대 밥이 되게 하시오."

"네, 전하."

최유가 대답하고 물러서자 덕흥군은 시선을 김첨수에게 돌렸다.

"상장군, 개경이 바로 우리 코앞에 있소. 하나 고려군이 무슨 꿍꿍이가 있는지 안주에서 꿈쩍도 하지 않고 있으니 어찌하면 좋겠소."

"전하, 겁쟁이 경천흥이 버티면 얼마나 버티겠습니까? 무쇠도 달구어졌을 때 치란 말이 있듯 병사들의 사기도 오를 대로 올랐습니다. 공격 명령을 내리십시오."

덕흥군이 손사래를 치면서 말했다.

"상장군의 말도 일리 있지만 섣불리 공격했다가는 우리가 되레 당할 수도 있소."

김첨수는 덕흥군의 미적거림이 못마땅했지만 틀린 말도 아니었다. 고려군의 대응이 시간을 끄는 느낌이 들자 왠지 동태가 수상했다. 이렇게 덕흥군과 김첨수가 머리를 맞대고 고심을 거듭하고 있는데 유인우가 수심이 가득한 얼굴로 나타났다. 덕흥군은 내심 불안했다.

"우리 원나라군이 승전을 거듭하고 있는데 안색이 왜 그렇소? 대장군."

"전하, 공민왕이 최영을 도순무사로 임명해 안주로 보냈다고 하옵니다. 최영은 경천흥이나 안우경처럼 만만한 상대가 아닙니다."

"최영이? 그럼, 경천흥은 어찌 되었소. 그 얼간이가 없다면 큰일이 아니오."

"경질은 되지 않았지만 모든 작전은 최영 그놈이 한다고 하옵니다. 한마디로 경천흥은 있으나 마나 합니다. 전하."

김첨수는 별일이 아니라는 듯이 만면에 웃음을 지으면서 말했다.

"전하, 최영은 무장으로서 나무랄 데 없습니다. 하나 고집이 세고 남의 말을 잘 듣지 않으니 크게 걱정할 일이 아니옵니다."

"상장군의 마음을 모르지 않소. 하나 최영은 전장에서만 산 무장이니 가볍게 보지 마시오."

덕흥군은 김첨수의 말을 믿을 수가 없었다. 최영은 장사성 토벌에 참전해 장사성과 스물여덟 번을 싸운 맹장 중의 맹장이라, 잘못하면 공민왕의 토벌은커녕 자신의 목이 먼저 달아날 것만 같았다.

8장

달천강(獺川江)

[redacted]

동북면 병마사 이성계는 설봉산(雪峰山, 함경남도 안변) 고승의 해몽 때문에 잠을 이루지 못하고 뒤척이었다. 이성계가 개경을 수복하고 동북면으로 오던 길에 안변부(安邊府)에 들른 적이 있었다.

하지만 홍건적이 전 국토를 유린했으니 쉴 곳이 마땅치 않은 이성계는 부득불 폐가로 들어갔다. 그리고 잠을 청했는데 아주 요상한 꿈을 꾸었다. 이성계는 해몽을 듣고자 설봉산 고승을 찾아가자 고승이 반갑게 맞았다.

"소승, 장군님을 기다리고 있었습니다."

"소장 같은 햇병아리 장수를 기다리시다니요."

"햇병아리 장수라니요. 부처님께서 오늘 귀한 분이 오신다고 계시했으니 소승이 당연히 마중을 나와야지요."

이성계는 부처님의 계시란 고승의 말에 정신이 번쩍 들었다. 더구나 귀한 분이라고 했으니 해몽이 더욱 궁금했다.

"소장이 온 것은 꿈 해몽 때문입니다. 소장이 폐가에서 잠이 들었는데 꿈속에서 폐가가 무너지고 소장이 지붕을 지탱하고 있는 서까래 세 량을 등에 짊어지고 나왔습니다. 하니 폐가는 무엇이고 서까래 세 량은 무엇을 의미하는지 말씀해 주십시오."

"장군이 발설하지 않는다고 약속만 하면 해몽을 해드리겠습니다. 약속할 수 있으십니까?"

이성계는 장군의 체면을 내던지고 고승에게 바짝 다가갔다.

"소장의 입은 무척 무겁습니다. 결단코 발설하지 않을 것이니 해몽을 좀 해주십시오."

"장군의 그 말씀을 믿겠습니다. 폐가가 무너진 것은 고려왕조가 수명이 다했다는 것을 의미하며, 서까래 세 량을 지고 나왔다는 것은 임금 왕(王)자를 뜻하는 것입니다. 이는 장군이 장차 새로운 나라를 연다는 부처님의 계시니 그때가 올 때까지 발설하지 마십시오."

이성계는 고려가 망하고 새로운 나라를 세운다고 하니 고승의 해몽이 실감이 나지 않았다.

"소장의 꿈이 현실로 이루어진다면 크게 사례를 하겠습니다."

"부처님의 제자에게 사례라니요. 그런 말씀 마시고 돌아가서 때를 기다리십시오. 장군."

이성계는 고승의 해몽을 듣고 동북면에 돌아왔지만 모든 일이 손에 잡히지 않았다. 하지만 고승이 말한 대로 고려가 망할 조짐이 있는지 홍왕사의 난이 일어나고 덕흥군이 원나라군을 앞세우고 수주까지 내려왔으니 해몽이 사실처럼 생각이 들었다. 이렇게 이성계가 지휘부에 틀어박혀 고승의 해몽을 되새기고 있는데 직한림 정몽주가 들어왔다.

"장군, 무엇을 그렇게 골똘히 생각하고 계십니까?"

이성계는 자신의 속내를 들킨 것처럼 가슴이 뜨끔했다.

"생각은 무슨, 놀고먹으니 이렇게 피둥피둥 살만 쪘잖소. 하하하."

"농담도 잘하십니다. 장군."

정몽주의 대답에 이성계는 그동안 서운했던 감정을 쏟아냈다.

"소장에게는 일언반구 연락도 없고 전장에는 늙은 장수들만 보내니 그러고도 승전을 기대할 수 있겠소?"

"그런 말씀을 하시는 것 보니 매우 섭섭하셨군요. 하나 장군의 기개를 보여줄 기회가 왔으니 노여움을 푸십시오."

정몽주의 목소리에 이성계는 신경이 곤두섰다.

"직한림, 소장에게 출전 명령이라도 내렸습니까?"

"그렇습니다. 도순무사 최영이 전하께 추천했습니다. 해서 소인이 전하의 밀지를 가지고 왔습니다."

이성계가 밀지를 받아보니 최영을 도와 원나라군을 물리치라는 내용이었다.

"전하께서 어지를 내리셨으니 당연히 출전해야지요. 하나 도원수 경천흥이 소장을 달갑지 않게 생각할 테인데 소기의 목적을 달성할 수 있을지 모르겠소."

"도원수 경천흥은 이빨 빠진 호랑이에 지나지 않습니다. 최영 장군을 믿고 출전하십시오."

정몽주는 출전을 독촉했다. 하지만 이성계는 정몽주와 달리, 느긋했다. 그리고 정몽주의 속마음을 넌지시 떠보았다.

"출전도 출전이지만 무장들을 내치고 경천흥 같은 분을 도원수로 삼은 전하의 성심을 도통 모르겠소. 직한림은 어떻게 생각하시오."

"장군도 알고 있다시피 무신의 난 이후 왕권이 얼마나 약해졌습니까? 한마디로 무신들의 노비보다도 힘이 없었습니다. 전하께서 이를 바로 잡고자 함이지 무장들을 미덥지 못해서 내친 것이 아닙니다. 전하를 너무 곡해하지 마십시오."

"직한림의 그 말씀을 들으니 전하에 대한 서운함이 사라졌습니다. 하하하."

정몽주는 이성계의 호탕한 웃음소리와 눈빛이 심상치 않으니 한 번쯤은 쐐기를 박고 싶었다.

"군왕의 잘못은 모두 신하가 두 마음을 먹어 생긴 것입니다. 장군도 하늘의 뜻을 아신다면 덕흥군의 반역도당을 물리치고 신하의 도리를 다하십시오."

"신하의 도리라, 참 쉽고도 어려운 말씀이오. 하나 소장도 직한림과 같은 마음이오. 이번 전쟁에 출전해 원나라군를 물리치고 신하의 도리를 다하겠소."

"장군의 그 기개 가슴에 새기겠습니다. 정말 고맙습니다."

"신하로서 당연히 할 일이잖소. 고맙다는 말씀은 하지 마십시오. 듣기 거북합니다."

이성계는 정몽주의 성품이 유연한 것 같으면서도 강직하니 선불리 마음을 털어놓을 수 없었다. 하지만 출전 명령이 떨어졌으니 설봉산 고승의 해몽은 당분간 생각하지 않기로 했다.

도순무사 최영은 도원수 경천흥으로부터 전권을 위임받았다. 한마디로 고려군의 명목상 총수는 경천흥이지만, 실질적 총수는 전권을 위임받는 최영이었다.

"소장이 도원수로부터 전권을 위임받았소. 하나 우리 병사들의 사기는 떨어지고 원나라군의 사기는 치솟고 있으니 어떻게 전쟁을 치를지 난감하오. 제장들은 이 난국을 타개할 방법이 있으면 말씀해 주시오."

안우경이 원나라군에게 의주를 내준 것을 변명하듯 말했다.

"도순무사, 의주가 원나라군의 손에 들어가고 도병마사 홍선이 생포된 것은 모두 소장의 불찰입니다. 패전을 만회할 기회를 주신다면 목숨을 걸고 원나라군을 물리치겠습니다."

"안 장군, 내가 패전의 책임을 물으러 온 것이 아니라, 원나라군을 물리치러 온 것이오. 지난 패전을 마음에 담지 마시오."

"알겠습니다. 도순무사."

안우경은 최영의 얼굴을 보기 민망했는지 목소리를 낮추었다. 그러나 이인임은 아니었다.

“소인도 패전에 일조했으니 합당한 벌을 내려주십시오. 적당히 넘어가면 군기가 바로 서지 않습니다. 도순무사.”

“서경윤도 패전을 마음에 담지 말고 원나라군을 물리칠 생각이나 하시오. 그것만이 전하를 위하는 길이고 고려를 위한 길이요.”

목인길이 더는 못 참겠다는 듯이 화를 버럭 냈다.

“병사들이 도망치기 일보 직전인데 계책은 세우지 않고 쓸데없는 소리만 하고 있으니 정신들 차리십시오.”

전공판서 지용수도 기분이 매우 언짢았다.

“목 장군의 말이 맞소. 원나라군을 물리칠 작전을 세우는데 이로운 말만 하시오.”

장수들이 전략은 내놓지 않고 면피성 발언만 하니 최영은 할 말이 없었다. 결국 시선을 밖으로 돌렸다.

“우리 군세가 원나라군의 군세만 못하니 지는 것은 당연하오. 해서 전하께 동북면의 이성계를 추천했소. 이성계는 활 솜씨가 신궁에 가깝고 그가 거느리고 있는 가별초 또한 용맹스럽소.”

서경윤 이인임은 최영의 입에서 이성계의 이름이 흘러나오자 올 것이 왔다고 생각했다. 이성계는 이립에 지나지 않으나 고려의 내로라하는 장수를 제치고 많은 전공을 세웠다.

"도순무사. 이성계가 참전하면 원나라군을 물리치기는 그리 어렵지 않을 것 같습니다. 정말 잘 되었습니다."

"그렇소. 서경윤, 이성계만 오면 땅바닥에 떨어진 우리 고려군의 사기도 하늘을 찌를 것이니 조금만 기다려봅시다."

최영이 이인임을 거들고 나서자 만호 박춘의 표정이 심드렁했다.

"그렇게 잘난 이성계라면 진작 불러야지, 이제야 야단법석을 떨면서 이성계를 기다립니까? 도순무사."

밀직사 나세 또한 기분이 좋지 않았다.

"그럼, 우리 같은 늙은 장수는 필요 없겠군요. 도순무사."

"나라가 망할 지경인데 원나라군을 물리칠 생각은 하지 않고 조롱만 하니 그러고도 고려의 장수라고 할 수 있소?"

최영이 장수들의 비아냥에 목소리를 높이고 있는데 호랑이도 제 말 하면 온다고 이성계와 정몽주가 군영에 들어왔다.

"소장 이성계, 도순무사의 부름을 받고 왔습니다."

이성계가 군례를 하자 최영의 어둡던 얼굴색이 밝아졌다.

"이 장군이 오시니 한시름 놓았소. 그리고 직한림도 동북면에 다녀오느라고 고생했소."

정몽주가 자신의 책무를 다했다는 듯이 말했다.

"도순무사, 소인은 군영에 있으면 짐만 되니 개경으로 돌아가겠습니다."

최영이 정몽주의 손을 덥석 잡았다.

"돌아간다니 그 무슨 소리요? 우리 고려군이 원나라군을 어떻게 물리치는지 지켜봐 주시오."

이인임도 정몽주를 붙잡았다.

"전쟁이 시작될 터인데 도순무사의 말씀을 따르십시오."

"화살 한 대 쏠 줄 모르는 제가 무슨 도움이 되겠습니까?"

"나도 화살 한 대 쏘지 못하나 군량 조달을 맡고 있지 않소. 도움이 안 된다는 말씀은 하지 마십시오."

이성계가 화를 버럭 냈다.

"전쟁터에 소장만 끌어다 놓고 도망치다니요. 가더라도 우리 고려군의 승전을 보고 가십시오."

"알겠습니다. 이 장군."

고려군의 군영에 이성계와 정몽주가 나타난 뒤부터 장수들의 고성과 비아냥도 사라지고 눈빛도 달라졌다. 최영은 이런 천금 같은 기회를 놓치지 않았다.

"도순무사로서 전략을 말씀드리겠소. 원나라군이 수주평야(평안북도 정주)에서에 진을 치고 있소. 해서 소장은 수주평야에서 원나라군과 자웅을 겨룰까 하오. 하나 수주평야로 진군하기 위해선 달천강을 건너야만 하니 제장들은 만반의 준비를 하시오."

안우경이 좋은 방책이 아니라는 듯 말했다.

"도순무사. 원나라군은 악랄하기가 홍건적 못지않소. 우리 고려군이 수주평야로 진군할 것 아니라 그놈들을 우리 군이 있는 안주로 유인해 섬멸하는 것이 어떻겠소?"

이성계는 기가 막힌지 코웃음을 쳤다.

"안 장군의 전략은 안방을 내주는 전략으로, 안방에서 원나라군과 승패를 가른다면 위험부담이 큽니다. 우리 고려군이 의주를 내준 것도 어찌 보면 안방을 내준 것과 같으니 두 번 다시 이런 어처구니없는 실수를 저지르면 안 됩니다."

이성계가 의주를 내준 경천흥과 안우경을 대놓고 공박하니 안우경이 불같이 화를 냈다.

"젊은 장수가 기개만 있는 줄만 알았더니 조롱도 할 줄 아는구나. 그럼, 네놈의 그 잘난 전략을 한번 말해봐라."

"소장의 말을 고깝게 들으시면 안 됩니다. 똑같은 전략을 계속 쓰면 천하의 웃음거리가 되기 때문에 그것을 지적했을 뿐입니다. 안 장군."

이성계의 말투가 못마땅했는지 지휘부에 모인 장수들은 시큰둥했다. 하지만 최영은 아니었다.

"이 장군의 생각이 맞소. 홍건적이 침략할 당시에도 선제공격다운 선제공격을 한 번도 하지 못하고 개경까지 내주었소. 해서 나는 선제공격을 택하겠소."

도원수 경천흥의 눈이 휘둥그레졌다. 병사들의 사기가 떨어질 대로 떨어졌는데, 선제공격이 가능한지 의구심이 들었다.

"도순무사에게 군권을 넘긴 내가 할 말은 아니지만 우리 형편에 선제공격이 되겠소? 원나라군이 제풀에 지쳐 물러설 때까지 안주에 배수진을 치고 지키는 것도 나쁘지 않을 것 같소."

"아닙니다. 도원수, 장수들이 선봉에서 생사를 걸고 싸우면 병사들의 사기도 오르니 너무 걱정하지 마십시오."

"다 늙은 장수밖에 없는데 선봉을 누굴 세울 거요. 도순무사."

최영은 조금도 머뭇거리지 않았다.

"소장이 중군을, 이성계 장군이 우군을, 안우경 장군이 좌군을 맞고 진격하면 원나라군을 일거에 박살 낼 수 있습니다. 도원수."

경천흥은 도순무사 최영이 고려군의 가장 핵심인 중군을 맞겠다고 하니 더는 할 말이 없었다. 또한 이성계가 가별초를 데리고 왔으니 승리가 눈에 보이는 듯했다. 선봉에 제외된 장수들도 3군으로 편성해 진격대형을 갖추자 병사들도 조금씩 움직이기 시작했다.

덕흥군의 진영도 긴장감이 감돌았다. 안주를 공략할 시기를 저울질하고 있었는데 제동이 걸렸다. 최영이 도순무사로 오고 난 뒤부터 고려군 병사들의 사기가 오르니 덕흥군은 조바심이 났다.

"좌정승, 수주평야에 계속 머물고 있다가 큰코다치겠소. 병사들 사기가 뚝뚝 떨어지는 소리가 들리니 어찌하면 좋겠소."

"우리 원나라군 병사들이 의주와 수주에서 약탈의 맛을 보았는데 개경을 앞에 두고 도망치겠사옵니까? 그럴 일은 절대 없을 테니 걱정하지 마십시오. 전하."

최유도 장담했지만 사실 불안했다. 원나라 병사들은 전쟁보다도 약탈에만 신경 쓰는 놈들이라 언제 도망칠지 모르는 일이었다. 속전속결이 답인데 수주에만 갇혔으니 속에서 천불이 났다. 그런데 상황이 돌변했다. 상장군 김첨수가 굳은 표정으로 나타났다.

"전하, 고려군 2만이 청천강을 건넜으니 이제 결전을 피할 수 없사옵니다."

"하면 우리의 전략은 무엇이오. 상장군."

"달천강에 배수진을 치고 고려군과 싸우는 것만이 최선의 방책이 옵니다."

김첨수의 전술에 최유는 의구심이 들었다.

"왜 하필 달천강에 배수진이오. 다른 곳도 많잖소."

"항우가 해하에 배수진을 치고 유방과 자웅을 겨루는 것처럼 달천강에 배수진을 치지 않으면 병사들이 목숨을 걸고 싸우지 않을 것입니다."

"알겠소. 상장군의 전략이 그렇다면 믿어보겠소."

최유는 고개를 끄덕이었다. 하지만 덕흥군은 왠지 김첨수의 전술이 미덥지 않았다.

"상장군, 문제는 경천흥이 아니고 최영과 이성계요. 배수진보다 약탈을 부추기면서 치고 빠지는 소모전이 좋을 것 같은데 어찌 생각하시오."

"전하, 소모전을 한다면 약탈에만 신경을 쓰지 누가 목숨을 걸고 싸우겠사옵니까? 고려군을 물리치고 난 뒤 약탈을 허락하십시오."

"과인이 그걸 생각하지 못했소. 하니 배수진을 치든 소모전을 하던 승전만 해주시오. 상장군."

"걱정하지 마십시오. 전하."

김첨수의 자신만만한 대답에도 덕흥군은 마음을 놓을 수 없었다. 하지만 김첨수의 전략을 믿을 수밖에 다른 방법이 없었다.

고려군 2만이 청천강을 건너 수주로 들어왔다. 그리고 원나라군의 진이 있는 수주평야로 들어가기 위해 진군을 거듭하고 있는데 척후를 나갔던 목충이 돌아왔다.

"도순무사, 원나라군의 진으로 가기 위해 달천강을 건널 필요가 없게 되었습니다."

"목 장군, 그 무슨 소리요. 덕흥군이 죽기라도 했소."

"죽기는요. 아닙니다. 달천강에 배수진을 치고 우리 고려군을 기다리고 있습니다."

목충의 첩보에, 최영은 승리가 눈앞에 온 듯이 장수들에게 큰 소리로 말했다.

"덕흥군이 죽을 곳을 제 발로 찾아오니 우리가 선물을 주어야지 않겠소."

이성계가 제일 먼저 화답했다.

"맞습니다. 선물도 아주 큰 선물을 주어야지요."

"그 선물이 무엇이오? 이 장군."

"도순무사, 그걸 몰라서 묻습니까? 저승길에 관처럼 좋은 선물이 없지요. 하하하."

최영도 생각하니 선물치고는 그럴듯했다. 하나 결전을 앞두고 관을 구한다는 것이 말처럼 쉽지 않았다.

"이 장군은 농담도 잘하시오. 하하하."

최영과 달리, 좌군을 맡는 안우경은 웃을 수가 없었다. 의주에서 당한 치욕을 되갚아주고 싶었는데, 원나라군이 제 발로 찾아왔으니 이런 천금의 기회를 놓칠 수가 없었다.

"도순무사, 원나라군이 달천강에 배수진을 치고 우리 군을 기다린다니 지금 당장 전투를 개시합시다."

최영도 고개를 끄떡이었다.

"안 장군, 달천강 때문에 걱정이 많았는데 달천강이 해결해 주었소. 해서 우리 고려군이 달천강에서 원나라군의 숨통을 쥐겠소. 진군을 서두르시오."

"명을 받겠습니다. 도순무사."

고려군의 승리를 기원하는 것처럼 보리밭에서 보리 싹이 살포시 얼굴을 내밀었다. 진군하는 병사들이나 장수들의 마음에도 봄기운이 돌기 시작했다. 이렇게 진군한 끝에 달천강 10리 지점까지 오니 어둠이 짙게 깔려 있었다. 하지만 상황은 그리 순탄치 않았다. 원나라군의 척후병들이 진군 내내 고려군의 동태를 염탐하고 있으니 고려군의 형편으로서는 빨리 전쟁을 끝내야만 했다.

"목 장군, 원나라군의 척후병이 살쾡이 눈으로 염탐하고 있소. 하나 염탐한들 무슨 소용이 있겠소. 이 밤이 지나면 모두 저승길로 갈 것인데."

최영의 결기 어린 목소리에 목충은 정신이 번쩍 들었다.

"하룻밤도 쉬지 않고 전쟁을 한단 말입니까? 도순무사."

"소뿔도 단김에 빼란 말이 있소. 놈들에게 생각할 틈을 주면 우리가 당할 수 있으니 속전속결로 전쟁을 끝내야 하오. 목 장군."

최영은 조금도 망설이지 않았다. 하지만 장수들은 툴툴거렸다.

"달천강에 오자마자 전쟁한다니 최소한 쉴 틈을 주어야지 않겠소."

"그러게 말이오. 진군에 지쳐 있는 우리 고려군이 원나라군을 싸워 이길 수 있겠소?"

"도순무사가 젊은 이성계만 믿고 전쟁하려나 보오. 우리는 굿이나 보고 떡이나 얻어먹읍시다."

"맞는 말이오. 하나 전공을 도순무사와 이성계에게 빼앗길 수 있으니 전쟁 상황을 봐서 눈치껏 하는 게 좋을 것 같소."

최영도 장수들의 마음을 모르지 않았다. 원나라군을 몰아내기 위해 참전했지만, 전쟁 경험이 없는 장수들이 수두룩한 터라 이들의 마음을 한곳에 모으기는 좀처럼 쉽지 않았다. 결국 이들이 자만에 빠지기 전에 전쟁을 끝낼 요량으로 선제공격을 택했다. 하지만 이들도 고려의 장수였다. 최영이 지용수에게 넌지시 말했다.

"지 장군도 알다시피 장수들의 마음을 모으려면 몇 날 며칠이 걸려도 쉽지 않소. 해서 소장이 공격 개시를 오늘 자정으로 잡은 것이니 지 장군이 저들을 다독거려 주시오."

최영의 마음을 지용수도 알아챘다.

"도순무사, 전공에 눈이 먼 자들은 잔머리가 잘 돌아갑니다. 가만히 놓아두어도 눈치껏 할 테니 너무 신경 쓰지 마십시오."

최영은 지용수의 위로에 조금은 안심되었다. 하지만 무턱대고 마음을 놓을 수가 없었다. 원나라군의 척후병들이 염탐하고 돌아갔으니 김첨수가 어떻게 나올지 만 가지 생각이 머릿속을 휘젓고 지나갔다.

김첨수는 척후를 나갔던 중랑장 호천기에게 보고받았다.

"상장군, 달천강 십 리까지 고려군이 왔습니다."

"십 리까지 왔다면 바로 우리 군의 코앞까지 온 것 아니겠소. 중랑장."

"그렇습니다. 상장군."

유인우가 근심 어린 목소리로 물었다.

"중랑장, 고려군의 사기는 어떻소."

"최영이 오고 난 뒤로 고려군의 사기가 확 바뀌었습니다. 동북면 병마사 이성계까지 참전했으니 우리도 대책을 세워야 합니다. 대장군."

호천기의 첩보에. 유인우의 얼굴이 돌처럼 굳어졌다. 최영도 최영이지만 이성계가 참전했다면 공민왕의 토벌을 고사하고 수주에 뼈를 묻을 것만 같았다.

"상장군, 중랑장의 첩보가 맞는다면 큰일이 아니오. 쌍성총관부를 수복할 적에 이성계의 능력을 똑똑히 보았소. 이성계를 만만히 볼일이 아닙니다."

유인우가 대장군답지 않게 겁먹은 목소리로 말하자 김첨수는 어이가 없었다.

"애송이 한 놈 가지고 대장군이 호들갑을 떠니 병사들이 어찌 생각하겠소. 정신 차리시오."

최유도 기분이 언짢은지 퉁명스럽게 말을 내뱉었다.

"그렇게 심장이 약해서야 공민왕을 토벌하겠소? 대장군."

유인우는 최유까지 공박하자 난감했다. 하지만 잠자코 있기에는 마음이 허락하지 않았다.

"좌정승, 우리 원나라군은 의주와 수주를 점령한 후 자만심이 가득합니다. 이런 정신 상태로 사기가 오른 고려군과 싸울 수 있을지 걱정하지 않을 수 없습니다."

유인우가 고려군의 사기를 계속 입에 올리자 김첨수는 내심 불쾌했다.

"대장군의 마음을 내가 모르겠소. 하나 고려군은 강행군으로 지쳐 있고 사기가 오르면 얼마나 오르겠소."

"상장군, 소장의 생각이 틀렸으면 좋겠지만 과연 그렇게 될지 모르겠소."

유인우와는 달리, 김첨수는 마음의 결정을 내렸는지 눈빛에 결기가 서렸다.

"대장군, 달천강에 배수진을 칠 수밖에 다른 방법이 없었소. 대장군도 다른 말씀 마시고 고려군과 싸울 준비나 하십시오."

결국 유인우는 두 손을 들고 말았다.

"상장군의 전략이 그렇다면 소장이 따를 수밖에요."

김첨수가 자리에서 일어나 유인우의 손을 덥석 잡았다.

"대장군이 내 뜻에 따라주니 고맙소."

"상장군이 우리 원나라군의 수장인데 고맙다니요. 그런 말씀 하지 마십시오."

유인우가 고개를 숙이자 김첨수의 얼굴도 밝아졌다. 결국 달천강에 배수진을 친 원나라군과 고려군이 싸울 순간이 성큼 다가왔다.

도순무사 최영은 수풀 속의 벌레 소리에도, 바람 소리에도 귀를 모았다. 병사들도 마음을 졸이는지 두 손으로 창검을 움켜잡았다. 자정이 넘어서자 최영은 분연히 일어섰다.

"역적을 토벌할 때가 왔으니 군령을 내리겠소."

최영의 말을 이성계가 받았다.

"몸이 근질근질하던 차에 잘되었습니다. 말씀하십시오. 도순무사."

안우경도 이성계에게 지지 않았다.

"소장도 패전을 만회할 순간을 기다리고 있었소."

최영은 이들의 결의에 찬 목소리에 힘을 얻었다.

"내가 중군을 이끌고 원나라 군진으로 돌진하겠소. 그리고 원나라군과 혈전을 벌이다가 후퇴하면 원나라군이 승리를 거머쥔 것처럼 따라올 것이오. 좌군과 우군은 이때를 놓치지 말고 원나라군의 좌우측을 공격하면 승패는 단숨에 결정될 것이오."

목인길이 걱정스러운 표정으로 물었다.

"양익포위 전술로 승부를 가리려는 도순무사의 전략은 알겠습니다. 그렇지만 도순무사가 미끼가 되는 것 아닌가요."

"목 장군, 고려군 수장이 미끼가 되어야 원나라군이 믿을 것 아니오. 내 걱정은 하지 마시오."

최영은 미끼가 되길 자청했다. 원나라군 병사들이 최영만 잡으면 전쟁이 끝날 거라고 자만하고 있을 테니 자만심을 키워주는 것이 급선무였다. 그러나 최영의 전략대로 원나라군이 따라올지 장담할 수가 없었다. 최영은 군막을 나와 도열해 있는 병사들에게 큰 소리로 명령했다.

"고려의 형제들아, 내가 중군 선봉이 되어 원나라군 배수진으로 돌격할 때니 내 뒤를 따라라."

"역적 덕흥군과 원나라군을 달천강에 수장시키자."

"와와."

최영의 명령에 화답하듯이 고려군 병사들도 함성을 내질렀다. 그리고 원나라군이 배수진을 친 달천강으로 돌격하니, 덕흥군은 가슴이 철렁했다.

"상장군, 고려군의 함성이 가까이 오고 있소. 빨리 전투태세를 갖추시오."

"전하, 대장군 유인우와 중랑장 호천기가 고려군을 기다리고 있으니 너무 걱정하지 마십시오."

"전투태세를 갖추고 있다니 마음이 놓이오. 하나 고려군의 기세가 만만치 않은 것 같소."

김첨수는 덕흥군이 소심한 사람이라고 생각이 들었다. 군왕이라면 담력이 있어야 하는데 소인배처럼 마음만 졸이고 있으니, 이런 군왕에게 목숨을 걸어야 한다는 현실이 서글펐다. 하지만 이제 전쟁은 돌이킬 수가 없었다. 좌정승 최유와 밀직부사 문익점에게 당부했다.

"소장은 고려군과 싸워야 하니 전하를 모실 수 없소. 좌정승과 밀직부사께서 전하를 지켜주십시오."

"전하는 걱정하지 마십시오. 상장군."

최유가 승낙하자 김첨수는 군막을 나왔다. 그리고 목책 앞에 서서 바라보니, 고려군이 물밀듯이 달려오고 있었다. 김첨수가 큰 소리로 외쳤다.

"고려군의 선봉에 최영이 섰구나. 화살로 최영의 숨통을 끊어라. 황제의 병사들아."

"고려군쯤이야, 상장군."

김첨수의 명령에 원나라군 병사들이 미친 듯이 화살을 쏘아대자 최영도 맞대응했다.

"고려의 형제들아, 불화살을 쏘아 역적의 사냥개 김첨수를 염라대왕에 보내주어라."

원나라군이 쏜 화살이 고려군의 머리 위에 떨어지고, 고려군이 쏜 불화살이 원나라군의 머리 위에 떨어졌다. 이렇게 양군의 접전은 계속되고, 병사들의 비명이 하늘을 울렸다. 하지만 최영은 조금도 당황하지 않았다. 김첨수를 향해 말을 달리자, 김첨수가 검을 빼 들었다.

"최영 네놈이 죽으려고 환장을 했구나. 하나 항복하면 목숨만은 보장하겠다. 항복하라."

"덕흥군의 사냥개에게 항복하라니 개수작하지 마라! 김첨수야."

"내가 덕흥군의 사냥개면 네놈은 누구의 사냥개냐? 하하하."

김첨수와 최영의 기 싸움에 이어 검과 검을 부딪치자 밤하늘에 섬광이 번쩍이었다. 양군의 병사들도 창과 검을 휘두르니 피를 토하면서 죽어가는 병사들의 시체가 산처럼 쌓여갔다. 전황은 고려군의 편이 아니었다. 호천기와 유인우가 김첨수의 중군에 가세하자 점차 고려군은 뒷걸음치기 시작했다. 김첨수는 승전이 눈앞에 보이자 최영을 잡고 싶은 욕망이 가슴속에서 꿈틀거렸다.

"승패는 정해졌다. 황제의 병사들아, 최영을 잡고 천금의 상금을 타라."

"와와."

"적장 최영의 목에 천금이 걸렸다."

원나라군 병사들은 김첨수의 명령에 눈을 번쩍 떴다. 고려 땅을 밟은 지 두 달이 되었건만 공민왕이 있는 개경을 고사하고 서경에도 가보지 못했다. 그런데 천금의 상금이 눈앞에 아른거렸다. 병사들이 최영을 잡으려고 떼를 지어 몰려가니 최영은 퇴각 명령을 내렸다.

"원나라군의 병사들이 만만치 않다. 퇴각하라."

"네, 도순무사."

고려군이 창끝을 뒤로 돌리니 김첨수의 얼굴에 생기가 돌았다.

"이놈 최영아, 도망치려면 목을 놓고 가거라."

최영은 김첨수의 가슴에 자만심을 불어넣었다.

"역적 김첨수야, 조만간 네놈의 목을 취할 테니 기다려라."

"도순무사란 놈이 주둥이만 살았구나. 하하하."

김첨수의 뒤를 따라 원나라군 병사들이 고려군을 추격하자 유인우가 큰 소리로 말했다.

"상장군, 최영이 도망칠 놈이 아닌데 도망치니 수상합니다. 추격을 멈추십시오."

"공민왕에게 한을 풀 순간이 왔는데 추격을 멈추라니 나는 절대 그럴 수 없소. 대장군."

중랑장 호천기도 말렸다.

"상장군, 공민왕에게 한을 푸는 것도 중요하나 최영은 장사성도 두려워한 장수입니다. 말머리를 돌리십시오."

"그 무슨 개소리인가? 최영이 두려우면 내가 상장군이 아니다."

김첨수의 생각과는 달리, 전황은 다시 요동을 쳤다. 고려군이 은덩이를 땅바닥에 흘리고 도망치자, 원나라군 병사들은 줍는 것도 모자라 자기들끼리 싸우기 시작했다. 그리고 이성계의 우군과 안우경의 좌군이 어둠을 뚫고 나타나, 원나라군의 좌우측을 물어뜯기 시작했다. 도망치던 최영도 말머리를 돌리니 김첨수는 눈앞이 아득했다.

"내가 자만에 빠져 최영에게 당했구나. 황제의 병사들아, 퇴각하라."

퇴각하는 것도 녹록지 않았다. 목인길을 비롯한 고려의 장수들이 퇴로를 막아버리자 김첨수와 원나라군 병사들은 독 안의 쥐가 되어버렸다. 원나라군 병사들은 고려에서 불귀의 객이 될 판이니, 김첨수에게 욕설을 퍼붓기 시작했다.

"우리 원나라군만 보면 고려 놈들이 줄행랑친다고, 감언이설로 꾄 저놈 때문에 저승길로 가게 생겼다."

원나라군 병사들이 창검을 내던지고 도망칠 기세니, 김첨수가 유인우에게 말했다.

"대장군의 말을 듣지 않아 우리 군이 궤멸할 지경에 이르렀소. 남아 있는 병사를 인솔해 원나라로 돌아가시오. 최영은 내가 막겠소."

"안 됩니다. 상장군은 총사령관이십니다. 소장이 싸울 테니 먼저 가십시오."

"내가 무슨 면목으로 가겠소. 죽든 살든 최영과 결판을 내겠소."

김첨수가 조금도 물러서지 않자 유인우는 더는 말릴 수가 없었다. 하지만 유인우도 도망치기가 말처럼 쉽지 않았다. 이성계가 나타나 일갈 호통을 쳤다.

"역적 유인우야, 도망치지 말고 나와 자웅을 겨루자."

"이성계 이놈아, 오늘만 날이 아니니 기다려라."

유인우가 큰소리쳤지만, 전황은 돌이킬 수 없었다. 살고 싶은 일념에 말머리를 돌리려는 순간, 이성계가 쏜 화살이 바람을 가르며 날아가 유인우의 목을 관통했다.

"으흑."

유인우가 피를 토하면서 쓰러지자 김첨수는 격노했다.

"감히 대장군을 죽이다니 내가 네놈을 죽이지 못하면 상장군이 아니다."

김첨수가 창을 꼬나들고 이성계에게 달려갔다. 하지만 하늘은 김첨수를 도와주지 않았다. 도순무사 최영이 하늘이 두 조각 날 것처럼 큰소리로 호통을 쳤다.

"역적 김첨수야. 이 도순무사가 저승길로 보내주마."

최영의 장검이 전광석화처럼 김첨수의 목을 자르니 김첨수가 외마디 소리를 지르면서 쓰러졌다.

"내가 최영한테…."

김첨수가 죽자 원나라군은 도망치는 것만이 살길이란 듯 도망치기 시작했다. 중랑장 호천기는 원나라군의 전세가 벼랑 끝에 몰리자 더 이상 버틸 수가 없었다. 고려군의 눈을 피해 덕흥군의 군막에 들어가니 온몸에 식은땀을 줄줄 흘러내렸다.

"모든 것이 한순간에 끝났사옵니다. 퇴각하십시오. 전하."

날벼락 같은 비보에 덕흥군의 얼굴이 사색이 되었다.

"중랑장, 한순간이라니 상장군과 대장군은 어찌 되었소."

"최영의 작전에 속아 목이 잘렸습니다. 원나라군 병사들도 달천강을 건너 도망치거나 강물에 빠져 죽었으니 이젠 희망이 없습니다. 전하."

최유는 더 이상 지체할 수가 없었다.

"전하, 십년공부가 공염불이 되었습니다. 기황후에게 병력을 다시 요청하는 수밖에 없사옵니다."

덕흥군은 체념했다. 죽지 않으려면 원나라로 돌아가야만 했다. 하나 문익점이 마음에 걸렸다.

"아쉽지만 어찌하겠소. 밀직부사도 개죽음당하지 않으려면 과인과 같이 원나라로 갑시다."

"전하, 소인은."

문익점이 생각 외로 당황하자 덕흥군은 마음이 매우 언짢왔다.

"그대를 글깨나 읽은 선비로 알고 있었는데 과인에게 속내를 감추고 있었다니 몹시 섭섭하오."

덕흥군이 선비를 내세우면서 공박하자 문익점은 속내를 들킨 것처럼 가슴이 뜨끔했다.

"소신이 전하를 속이다니요. 절대 아니옵니다."

문익점은 덕흥군의 손에 이끌려 원나라로 발길을 돌려야만 했으니 하늘이 원망스러웠다. 덕흥군도 개경을 눈앞에 두고 뜻을 이루지 못했다. 결국 통한의 한의 되씹으면서 살아남은 병사 열일곱 명과 원나라를 향해 말을 달렸다.

9장

자미성(紫微星)

[redacted]

공민왕과 노국공주는 원나라군을 물리친 장수들의 개선식을 좁디좁은 강안전을 택하지 않고, 부처님을 모신 국청사(國淸寺, 황해도 개성)로 택했다. 국청사는 문종의 넷째아들 의천이 주지로 있으면서 천태종을 강론한 천태종의 본산이고 왕실의 사찰인지라 흥왕사에 못지않았다. 하지만 흥왕사가 흥왕사의 난 이후 퇴락의 길을 걷고 있지만 국청사는 날로 번창하였다. 공민왕과 노국공주는 국청사의 넓은 앞마당에서 역적 덕흥군을 물리친 장수들과 병사들을 기다리니 하늘은 구름 한 점 없고 맑았다.

"왕후, 역적 덕흥군을 물리쳤으니 과인의 치세에 오늘처럼 기쁜 날이 어디 있겠소."

"그렇습니다. 하늘도 전하의 성심처럼 맑고 푸르니 이제 고려에는 큰 환난은 없을 것 같사옵니다."

"그렇다면 오죽이나 좋겠소. 하나 아직 과인의 뜻을 반도 이루지 못했으니 하늘만 믿을 수 없지 않겠소. 왕후."

"전하, 이렇게 좋은 날 하늘을 탓하다니요. 이젠 그런 말씀은 하지 마십시오."

"알겠소. 왕후."

공민왕이 자신의 심정을 말하면서 노국공주의 손을 잡았다. 가끔 의견이 부딪혔지만 흥왕사의 난 때 자신을 온몸으로 지켜준 노국공주였다. 하나 이런 마음도 잠시 국청사 입구에서 말발굽 소리가 나더니, 도원수 경천흥과 도순무사 최영 그리고 전장에 참전한 장수들의 모습이 보이기 시작했다. 공민왕과 노국공주가 밝은 낯으로 개선하는 장수들을 맞으니 도원수 경천흥이 부복했다.

"전하, 패전만 거듭한 소신을 이리 맞아주시니 몸둘 바를 모르겠사옵니다."

도원수 경천흥이 죄를 청하자 공민왕은 경천흥을 일으켜 세우면서 말했다.

"패전이라니 그 무슨 말씀이오. 도순문사 최영이 전략을 잘 세운 것은 도원수가 있었기 때문 아니겠소. 그리고 초전의 패전은 패전이 아니니 마음에 두지 마시오. 도원수."

도순무사 최영은 공민왕의 속내를 알아챘다.

"전하, 원나라군과 싸워본 도원수가 없었다면 소장도 승전할 수가 없었사옵니다. 오늘의 승전은 도원수의 공이옵니다."

"도순무사가 그리 말하니 도순무사의 인품을 알 것 같소. 하나 도순무사의 전략 없이 도원수가 어떻게 공을 세웠겠소."

공민왕의 말이 끝나자마자 백성들과 중신들이 국청사의 대웅전이 울릴 정도로 천세 삼창을 했다.

"전하 천세. 고려군 천세. 고려 천세."

백성들과 중신들의 천세 삼창에 한껏 고무된 공민왕은 자신의 속내를 털어놓았다.

"과인의 숙부 덕흥군이 기황후의 꾐에 넘어가 원나라군을 끌고 왔으니 백성들에게 얼굴을 들 수 없었소. 한데 우리 고려의 용맹한 장수들과 병사들이 원나라군을 물리치고 과인의 체면을 세워주었소."

우정승 유탁도 공민왕처럼 한껏 고무되었다. 고려는 원나라의 제후국이 된 후로 큰소리 한번 쳐보지 못했다. 그런데 원나라 1만 대군을 물리쳤으니 이보다 큰 기쁨은 없었다.

"오늘의 기쁨은 전하의 기쁨이고 백성들의 기쁨이옵니다. 전하의 정통성을 만천하에 알렸으니 이런 큰 기쁨이 어디 있겠사옵니까?"

유탁의 말에 공민왕이 화답했다.

"우정승, 과인에게 기쁨을 안겨준 장수들과 병사들에게 합당한 벼슬과 상금을 내려주시오."

"명을 받들겠사옵니다. 전하."

유탁이 읍을 하고 물러서자 공민왕은 동북면 병마사 이성계에게 시선을 돌렸다.

"그대가 유인우를 화살로 처단했으니 이제 변방인 동북면보다 과인을 보필하면 어떻겠소."

"전하, 소신은 나이가 어려 부족한 것이 너무 많고 동북면이 비록 변방이지만 전략적인 가치가 있사옵니다. 소신이 부친의 대를 이어 동북면을 지키겠사오니 명을 거두어주십시오."

공민왕은 잠시 망설였다. 이성계가 지키고 있는 동북면은 여진족과 원나라가 호시탐탐 노리고 있으니, 이성계를 개경으로 불러들인다는 것은 섶을 지고 불 속으로 들어가는 악수가 될 것만 같았다.

"그대의 충정을 알겠소. 동북면으로 돌아가 과인의 기대에 어긋나지 않게 하시오."

"명심하겠사옵니다. 전하."

공민왕은 이성계에게 크게 신경 쓰지 않았다. 무술이 능하고 전략이 밝았지만, 이립이 지나지 않는 풋내기 장수라 김용이나 덕흥군처럼 왕권을 위협하지 않을 것 같았다. 하지만 추밀원사 유숙은 공민왕의 마음에 찬물을 끼얹는 듯이 승전을 평가절하 했다.

"전하, 승전은 했다고 하나 전쟁이 아주 끝난 것이 아니옵니다. 원나라로 도망친 덕흥군과 최유를 잡아들이십시오."

공민왕도 유숙처럼 덕흥군과 최유를 잡아들이고 싶은 마음이 굴뚝같았다.

"추밀원사, 그놈들을 잡아 능지처참하고 싶으나 기황후가 들어주겠소? 다 부질없는 소리요."

"전하, 강남의 반란 세력을 막기도 바쁜데 고려에 군사를 보낼 원나라 형편이 아닙니다. 더욱더 세차게 밀어붙이십시오."

공민왕도 원나라 실정을 모르지 않았다. 강남의 반란 세력 주원장이 대도를 넘보고 있으니 원나라의 명줄은 끊어진 거나 다름이 없었다. 하지만 공민왕으로서는 쇠락의 길로 들어선 원나라도 버거운 상대였다.

"어찌하면 역도를 잡아들일 수 있겠소. 추밀원사."

"원나라로 사신을 보내 역적들의 압송을 요청하십시오."

"요청한다 해도 기황후가 듣겠소?"

"전하, 우리 고려가 반란 세력에 동조하면 원나라는 고립무원이 되옵니다. 기황후가 이런 정세를 모를 리 없으니 걱정하지 마십시오."

"그렇다면 누가 사신으로 가면 좋겠소."

"원나라 전역이 전란에 휩싸이고 있어 강단이 있는 중신이 가야 하옵니다. 전하."

공민왕은 잠시 생각에 잠겼다. 유숙의 말대로 원나라가 전란에 휩싸이고 있어 목숨을 내놓고 가야만 했다. 공민왕이 시선을 중신들에게 돌리자, 동지밀직사사 김유(金庾)가 탑전에 나왔다.

"전하, 소신이 원나라로 가 전하의 뜻을 전하겠사옵니다. 너무 심려하지 마십시오."

"그대가 원나라로 간다면야 과인이 무슨 걱정이 있겠소. 역적 놈들을 모두 압송해 오시오."

김유는 강직하기로 유숙 못지않았다. 게다가 무장 출신이니 도처에 난관이 있다고 한들, 사신으로서 책무를 다할 것만 같았다.

공민왕은 원나라로 갈 사신까지 정하고 나니 기분이 좋아졌는지 노국공주에 애틋한 목소리로 말했다.

"왕후, 오늘은 정말 뜻깊은 날이 아니오. 원나라로 갈 사신까지 정해졌으니 이제 전후 처리만 남은 것 같소."

"맞는 말씀이에요, 전하. 덕흥군의 반역을 깨끗이 매듭짓지 않았지만 전쟁으로 많은 병사와 백성들이 죽어 나갔어요. 이제부터는 절망에 허덕이는 백성들의 마음을 붙잡아야 국정이 바로 서요."

노국공주의 생각처럼 고려의 형편은 원나라와 별반 다르지 않았다. 잊을 만하면 역적들이 준동하고 왜구와 오랑캐의 침입이 빈번하니 군역을 책임지고 있는 백성들은 살아 있어도 살아 있는 것이 아니었다. 하지만 원나라군을 물리쳤으니 쇠약해질 대로 쇠약해진 고려를 다시 일으키고 싶은 욕망이 공민왕의 가슴속에 꿈틀거렸다.

기황후는 살맛이 나지 않았다. 원나라군 1만이 고려로 출병해 공민왕의 토벌은커녕 고작 열일곱 명만 살아 돌아왔다. 참패도 이런 처참한 참패는 듣지도 보지도 못했다. 기황후는 부복하고 있는 최유에게 불같이 화를 냈다.

"그대가 어렵게 출병한 1만을 모두 달천강에 수장시키고 왔으니 정말 낯가죽이 철판처럼 두꺼운 것 같소."

"황후마마, 소신이 패전한 것이 아니고 김첨수 그놈이 전략을 잘못 세워 패전한 것이옵니다. 병력을 다시 주시면 기필코 공민왕을 토벌하겠사옵니다."

"토벌이고 나발이고 멍청한 덕흥군은 왜 안 보이는가? 내 그놈을 패 죽이고 싶은데."

"덕흥군은 등창이 나서 요양행성(遼陽行省)에서 몸조리하고 있사옵니다. 하나 황후마마에 대한 충성은 변함이 없사옵니다."

"충성 같은 개소리하지 말고 덕흥군을 내 앞에 잡아 오시오. 내 친히 죄를 묻겠소."

최유는 공민왕의 토벌만이 살길이라는 듯이 기황후를 끈질기게 물고 늘어졌다.

"죽음이 임박한 덕흥군을 데려다 무엇에 쓰겠습니까? 덕흥군의 죄는 공민왕을 토벌한 후에 묻고 병력을 내어주십시오. 황후마마."

"반란 세력으로 인해 머리가 돌 지경인데 병력 타령은 그만하고 물러가시오. 꼴도 보기 싫소."

"황후마마. 반란 세력도 중요하나 공민왕의 토벌을 잊지 마십시오."

"아직도 그 소리요? 죽지 않으려면 냉큼 물러가시오."

최유가 쫓겨나듯이 황후궁을 나가자마자 이공수가 문익점을 대동하고 황후궁에 들어왔다.

"소신 이공수, 황후마마를 뵈옵니다."

"소신 문익점, 황후마마를 뵈옵니다."

기황후는 최유를 내쫓고 난 후, 울분을 풀 곳이 없어 속이 답답했는데 이공수가 나타나니 그나마 반가웠다. 더욱이 덕흥군을 따라갔던 문익점까지 왔다.

"덕흥군이 출병할 때는 코빼기도 안 보이시더니 어쩐 일이십니까? 오라버니."

"황후마마, 소신이 황후궁을 들락거리지 않은 이유를 잘 아시잖습니까? 그런 말씀은 하지 마십시오."

이공수가 심기가 불편한 말투로 말하자 기황후가 입가에 쓴 웃음을 지으면서 말했다.

"사실, 이 동생도 마음 둘 곳이 없어요. 공민왕을 토벌하러 갔던 병사들은 돌아오지 못하고 강남에서는 반란군이 들불처럼 일어나고 있어요."

"황후마마, 그래서 소신이 문익점을 데리고 온 것이니 한번 고려의 소식을 들어보십시오."

기황후는 문익점을 바라보았다. 이공수가 서정관으로 데리고 다녔던 자라 눈빛이 살아 있었다.

"그대의 눈빛을 보니 그대의 학문을 알 것 같소. 하나 황후궁은 학문을 논할 곳이 아니니니 고려 소식이나 전해주시오."

"황후마마, 소신도 최유 공과 별반 다르지 않사옵니다. 달천강을 건넜지만 개경에는 들어가지 못했으니 고려 소식이라고는 전쟁 이야기뿐이옵니다."

"전쟁 이야기는 들으면 들을수록 화만 나니 하지 마시오."

"하지만, 황후마마."

기황후가 의심스러운 눈빛으로 되물었다.

"하지만이라니 다른 할 말이 있소?"

"소신이 덕흥군을 받들고 간 것은 덕흥군이 좋아서 받든 것이 아니라, 목화씨를 고려로 가지고 가기 위함이었습니다."

목화씨란 말에 기황후는 귀를 쫑긋이 세웠다.

"목화씨는 호두씨처럼 국외로 반출이 안 되는 줄 알고 있는데 그대가 목화씨를 고려로 가지고 가려 했단 말이오?"

"맞습니다. 고려 백성들은 겨울에도 모시 삼베로 만든 옷을 입고 있으니 십중팔구는 얼어 죽기 십상이옵니다. 해서 소신이 직접 목화를 재배해 고려의 백성들이 겨울을 따듯하게 나게 하고 싶었사옵니다."

기황후도 원나라에 궁녀로 끌려와 온갖 고생 끝에 황후의 자리에 올랐으나 한시도 고려를 잊은 적이 없었다. 또한 공민왕과 피 말리는 머리싸움을 하는 것도 어쩌면 고려에 대한 연민의 정 때문이었다. 더구나 모시, 삼베로 만든 옷을 입고 덜덜 떨던 어린 시절이 머릿속에 떠올랐다.

"그대와 같은 고려인으로서 그걸 미처 생각하지 못했다니 부끄럽소. 내가 못 본 척할 테니 목화씨를 고려로 가지고 가시오."

기황후도 고려인이라 문익점의 발칙한 생각을 눈감아주기로 했다. 이공수는 고려에 대한 기황후의 마음이 열리자 기회를 놓치지 않았다.

"황후마마, 원나라 남쪽에는 주원장 북쪽에는 여진족이 호시탐탐 대도를 넘보고 있습니다. 한데 고려마저 등을 돌리면 원나라는 고립무원이 되옵니다. 공민왕을 복위시키십시오."

원나라의 현실은 이공수의 말처럼 녹록지 않았다. 하지만 기황후는 이런 원나라 현실을 인정하고 싶지 않았다.

"오라버니, 원나라는 세계를 제패한 나라입니다. 비록 반란군이 준동하고 있지만 그게 얼마나 가겠습니까? 공민왕의 복위는 가당치 않습니다."

"황후마마, 고려에 계신 대부인을 생각하시옵소서. 그리고 황후마마가 뼈를 묻을 곳이 고려 말고 어디겠습니까? 결단을 내리십시오."

기황후는 뼈를 묻는다는 소리에 마음이 흔들렸다. 하지만 공민왕이 고려왕으로 있는 한 마음의 문을 열기에는 부족했다.

"다 부질없는 말씀이니 그런 말씀 마십시오. 오라버니."

이공수는 기황후의 힘없는 목소리에 마음이 착잡했다. 그러나 한번은 겪어야 할 일, 더욱더 세차게 기황후를 몰아붙였다.

"간신배 최유와 덕흥군을 고려로 압송시키십시오. 그러면 공민왕도 황후마마의 성은에 감읍할 것이옵니다."

"최유와 덕흥군을 고려로 압송하라고요? 오라버니."

"그렇습니다. 고려가 원나라 제후국으로 남는 방법은 그 역적 놈들을 고려로 보내는 방법밖에 없습니다. 황후마마."

이공수의 설득에 기황후의 강경했던 마음도 한풀 꺾였다.

"한번 생각해 보겠으니 잠시 말미를 주시지요. 오라버니."

"황후마마, 말미도 좋으나 공민왕이 손 내밀 때 잡아주십시오. 그것만이 원나라가 사는 길이옵니다."

원나라 형편에 선택의 여지가 별로 없으니 이공수는 있는 힘을 다해 기황후를 설득했다. 그리고 문익점과 같이 황후궁을 나오니 얼마나 긴장했는지 하늘이 노랗게 보였다. 하지만 기황후가 공민왕의 토벌이 실패로 돌아간 후 망연자실하고 있는 모습을 보자 혈육으로서 가슴이 저리고 아팠다.

노국공주와 진비는 봉은사(奉恩寺)로 말을 달렸다. 봉은사 주지 보우국사(普愚國師)는 공민왕의 스승에 준하는 왕사로 해마다 연경궁에서 법회를 열고 금강경을 강론했다. 불심이 깊은 노국공주는 보우국사의 강론에 감동하여 눈물을 흘린 적이 한두 번이 아니었지만, 나라가 전란에 휩싸여 한동안 찾아보지 못했다. 그러나 전란도 어느 정도 마무리가 되어가니 백성들의 고단한 삶을 보살피는 일밖에 남지 않았다. 노국공주는 궁리 끝에 보우국사가 있는 봉은사를 택했다.

노국공주와 진비가 송악산 기슭에 있는 봉은사에 다다르니 연못에 핀 연꽃이 만개 되어 노국공주와 진비를 반겼다. 마음이 들뜬 진비는 연꽃을 바라보면서 말했다.

"왕후마마, 연꽃을 보셔요. 마치 부처님의 미소처럼 미소를 머금고 있어요."

노국공주도 진비의 마음처럼 들떴다.

"진비야, 연꽃은 부처님의 상징이니 꽃잎 또한 부처님 아니겠느냐? 우리는 연꽃을 부처님 대하듯이 하여야 한다."

"왕후마마의 그 말씀 평생 잊지 않겠어요."

노국공주는 왕후마마란 호칭이 마음에 들지 않았다.

"우리가 평복하고 나왔으니 왕후마마라고 부르지 말고 언니라고 해라. 잘못하면 불공을 드리러 오는 백성들의 마음을 불편하게 할 수 있다."

"네, 언니."

진비는 노국공주의 생각을 알아챘다. 공민왕도 모르게 궁궐을 나왔으니, 언니동생 하는 자매로 자유롭게 봉은사의 경내를 구경하고 싶어졌다. 노국공주와 진비가 연못을 지나 대웅전 앞에 서자 대웅전에서 풍겨 나오는 장엄한 기상이 이들의 가슴을 압도했다. 노국공주와 진비는 대웅전에 모신 부처님께 고달픈 백성들의 삶을 보살펴 달라고 두 손을 모아 기원을 했다. 그런데 대웅전 안에서 생각지도 않은 보우국사의 목소리가 들렸다.

"이놈아, 부처님을 팔아 실속을 차리는 돌중이 부처님을 모신 봉은사에 왜 왔느냐?"

"제자가 스승님을 뵙고자 왔는데 오자마자 윽박지르니 매우 섭섭합니다. 스승님."

"불문에 파문당한 놈이 섭섭하다고? 네놈은 그런 말을 할 자격이 없으니 냉큼 돌아가라."

"묘향산에서 수도할 만큼 했으니 파문당한 돌중이라고 무시하지 마십시오. 스승님."

"네놈이 수도를 했다고 큰소리치지만, 네놈의 욕망을 채우기 위해 한 것이니 불경스럽게 수도를 들먹거리지 마라."

보우국사의 질타에 돌중은 답답한지 가슴을 두 손으로 쳤다.

"스승님은 제자만 다그칠 줄 알았지, 세상 물정을 조금도 모르니 속이 터집니다."

"나도 모르는 세상 물정을 네놈이 어찌 알고 있단 말이냐?"

"제자가 온 나라를 이 잡듯 훑고 다녔는데 세상 물정을 모르겠습니까? 조만간 세상이 뒤집힐 날이 올 것이니 그때는 아는 척 마십시오."

돌중은 답답함을 토로 하듯이 보우국사에게 화풀이하고 대웅전을 나왔다. 그리고 노국공주와 진비에게 눈길 한번 주지 않고 바람처럼 사라졌다.

진비의 눈이 휘둥그레졌다. 돌중의 행색이 어디서 많이 보았던 모습이었다. 백발에 수염이 한자나 되니 그냥 지나칠 일이 아니었다.

"언니, 저 돌중이 순군부에 들락거린 그 돌중이에요. 보우국사에게 저 돌중의 내력을 물어보셔요."

"저자가 그 백발의 돌중이라고."

"틀림없어요. 언니."

진비의 확신에 찬 눈빛에 노국공주는 두말하지 않았다. 대웅전의 문을 열고 들어가자 보우국사가 자리에서 벌떡 일어났다.

"왕후마마께서 평복으로 오시다니 무슨 말 못 할 사정이라도 있으시옵니까?"

"말 못 할 사정이 아니라 전란도 마무리되고 해서 국사님의 가르침을 받고자 왔어요. 한데 조금 전에 나간 돌중은 누구예요?"

"왕후마마, 우선 자리에 앉으시지요."

보우국사는 노국공주에게 자리를 권했다. 하지만 노국공주는 자리가 문제가 아니었다.

"자리에 앉겠지만 돌중의 내력이 궁금해요. 국사님."

노국공주가 다그치니 보우국사는 마지못해 말문을 열었다.

"조금 전에 나간 돌중은 소승의 제자 청한거사로 속명은 신돈이라 하옵니다. 옥천사 노비의 배를 빌려 태어났고 옥천사에서 동자승으로 자랐습니다. 하나 수도보다는 세속에 눈이 멀어 환속해 버렸습니다. 그리고 묘향산에서 20년간 수도를 했다고 백성들을 현혹하고 다니니 소승도 막을 길이 없사옵니다."

"그럼, 청한거사는 법명이 있나요? 국사님."

"편조라고 하옵니다. 하나 소승이 파문해 버렸으니 법명이 있던 들 무슨 소용이 있겠습니까? 소승과 인연이 끝난 돌중을 더는 거론하지 마십시오. 왕후마마."

"청한거사를 파문했다 해도 국사님이 키운 제자는 맞잖아요. 인연이 끝났다는 말씀은 듣기 거북해요. 국사님."

보우국사는 노국공주의 속내가 궁금했다.

"왜 하필 청한거사에게 관심을 두시는지요? 말씀해 보십시오. 왕후마마."

노국공주는 가슴이 뜨끔했다.

"국사님도 아시다시피 나라가 전란에 휩싸이니 일확천금을 노리는 놈과 벼락출세하려는 돌중이 개경 저잣거리에 수없이 많지 않습니까? 해서 말씀드린 것뿐이니 마음에 두지 마십시오."

노국공주는 보우국사의 말에 쐐기를 막았다. 그러나 돌중의 실체를 확인한 후로는 알 수 없는 불안감이 가슴을 짓눌렀다.

이공수는 생각 끝에 감찰부로 발걸음을 옮겼다. 감찰어사 뉴린(紐憐)은 원나라 조정에서 불의를 보고 참지 못하는 몇 안 되는 중신 중의 중신이었다. 이공수는 마지막으로 감찰어사 뉴린에게 지원을 요청하기로 결심했다. 이공수가 감찰부에 들어가자 뉴린이 반갑게 맞았다.

"학문이 높은 태상경께서 감찰부에 오시다니 영광이옵니다."

"어사대인, 소인은 그럴 만한 위인이 아닙니다."

이공수가 민망해하자 뉴린이 자리를 권하면서 말했다.

"아닙니다. 우리 원나라 사람은 말 타고 싸움만 잘했지, 상례를 주관할 만한 분을 눈 씻고 보아도 없습니다. 한데 태상경께서 그 직책을 맡아주시니 이번 기회에 소인에게도 가르침을 주십시오."

"너무 겸손한 말씀만 하시니 할 말을 다 하지 못하고 돌아가게 생겼습니다. 어사대인."

"하실 말씀이라뇨? 소인이 도와드릴 일 있으면 성심을 다하여 도와드릴 테니 말씀하십시오. 태상경."

감찰어사 뉴린이 도움을 주겠다고 다짐하자 이공수는 천군만마를 얻은 것 같았다.

"어사대인, 덕흥군과 최유가 폐하를 현혹해 공민왕을 폐위시키는 것도 모자라 병력까지 동원했습니다. 하나 하늘의 뜻에 반했는지 결국 실패하고 돌아왔습니다."

이공수가 말끝을 흐리자 감찰어사 뉴린은 이공수의 속내가 더욱 궁금했다.

"그래서요. 태상경."

"최유가 자숙해도 될까 말까 한데 또다시 기황후와 고관대작을 찾아다니면서 병력동원을 요청하고 있습니다. 이를 어찌해야 좋을지 어사대인의 고견을 듣고 싶습니다."

"그걸 왜 어렵게 생각하십니까? 폐하께 최유와 덕흥군을 고려로 압송하라고 주청하십시오."

"폐하보다도 기황후가 문제입니다. 기황후는 아직도 덕흥군과 최유에게 미련을 버리지 못하고 있습니다."

이공수가 기황후를 입에 담자 감찰어사 뉴린은 혀를 끌끌 차면서 말했다.

"원나라가 망할 지경인데 공민왕에게 목을 매고 있는 기황후를 보면 탄식이 절로 나옵니다. 지금 당장 기황후가 할 일은 공민왕을 복위시키고, 최유와 덕흥군을 고려로 압송해 죄를 묻는 수밖에 다른 방법이 없습니다."

"기황후에게 소인도 말씀드렸지만 한 귀로 흘려들으시니 정말 답답합니다. 어사대인."

감찰어사 뉴린은 이공수의 속내를 알아챘다.

“태상경께서 하고자 하는 말씀은 소인에게 주청을 부탁하시는 것 아닌지요.”

“맞습니다. 폐하도 어사대인의 인품을 높이 사시니 고려를 위해서 폐하께 주청해주십시오.”

감찰어사 뉴린도 기황후의 농간에 치를 떨고 있었다. 원나라의 운명이 천 길 벼랑에 몰려있는데 개인의 복수를 위해 고려를 등지려 하니 한마디로 최유보다 기황후가 더 문제였다.

“태상경, 말 나온 김에 폐하께 갑시다. 소인이 직접 주청하겠소.”

감찰어사 뉴린이 이공수의 손을 잡았다. 그리고 황제가 정사를 보는 흥경궁으로 발길을 돌렸다. 하지만 흥경궁을 들어가는 것도 쉽지 않았다. 내관이 뉴린의 앞을 가로막았다.

“어사대인, 지금 폐하와 황후마마가 말씀 중이신데 다음에 오시는 것이 좋을 것 같습니다.”

“황후마마도 계시다니 마침 잘 되었소. 폐하께 감찰어사와 태상경이 뵈기를 청한다고. 아뢰어주시오.”

“그럼, 잠시만 기다려주십시오. 어사대인.”

내관이 흥경궁을 들어갔다가 나오더니 얼굴에 홍조를 티면서 말했다.

“폐하께서 윤허하셨으니 들어가십시오. 어사대인.”

감찰어사 뉴린과 이공수가 흥경궁에 들어가자 황제가 기황후와 귓속말로 말하다가 끊었다. 그리고 못마땅한 표정으로 물었다.

"감찰어사와 태상경이 어인 일로 함께 오셨소."

감찰어사 뉴린은 황제의 퉁명스러운 말투에도 아랑곳하지 않았다.

"폐하, 어진 자를 등용하고 간신배를 내치는 것이 나라를 지키는 길이 온데, 반대로 가고 있사옵니다. 현실을 직시하고 바른 길로 가옵소서."

황제는 대도가 반란군의 괴수 주원장에게 함락될지 몰라 전전긍긍하고 있었다. 한데 감찰어사 뉴린이 정곡을 찌르자 가슴이 뜨끔했다.

"감찰어사, 어진 자는 누구고 간신배는 누구란 말인가? 말을 돌려 하지 말고 직접 고하라."

황제의 명에 감찰어사 뉴린은 기황후 얼굴을 바라보면서 말했다.

"폐하, 어진 자는 황후마마도 잘 알고 있는 공민왕이 아니옵니까? 공민왕은 홍건적을 신묘한 전략으로 물리치고 홍건적에게 약탈당한 옥새와 병부를 돌려주었으니 그 공훈은 주나라 성왕을 보필한 주공에 못지않습니다. 하지만 덕흥군 왕혜는 간신배 최유와 작당해 공민왕의 폐위에 앞장을 섰습니다. 그리고 우리 원나라군 1만을 앞세우고 고려를 침략했지만, 고작 열일곱 명만 살아 돌아왔사옵니다. 이처럼 폐하의 황은에 반하는 두 역적 놈의 작위를 모두 삭탈하고, 고려로 압송해 죗값을 치르게 하옵소서."

황제는 뉴린의 주청에 수긍이 갔는지 조금 전의 퉁명스러운 말투와는 달리, 목소리를 낮추면서 말했다.

"경의 말을 들으니 짐의 속이 다 후련하오. 그리고 요양행성 총관이 보내온 밀서에 의하면 공민왕이 사신 김유를 보내 문안사를 보내지 못한 사정을 말했다고 하오. 하나 덕흥군과 최유를 압송한다는 것은 한번 생각해 보아야겠소."

이공수는 쉽게 결단을 내릴 수 없는 황제의 고심이 눈에 보이는 듯했다.

"폐하, 공민왕의 사신 김유는 반란군에게 길이 막혀 대도에 오지 못했사옵니다. 공민왕의 충정이 이럴진대, 공민왕을 음해한 덕흥군과 최유의 압송을 생각해 보겠다니요. 그럴 수는 없사옵니다."

황제는 이공수가 강하게 압박하니 마음이 흔들렸다. 결국 시선을 돌려 기황후의 생각을 물었다.

"감찰어사와 태상경이 덕흥군과 최유를 고려로 압송하라고 주청하는데 황후의 생각은 어떻소."

"신첩이 무슨 말을 하겠어요. 폐하의 뜻대로 하십시오."

기황후가 손을 들자 이공수의 눈가에 눈물이 흘러내렸다. 공민왕의 밀명을 받고 대도로 온 지 1년이 흘렀는데 이제야 빛을 보는 것 같았다.

"황후마마의 결단으로 고려는 원나라의 제후국으로서 충성을 다할 것이옵니다. 지난날의 서운했던 감정은 잊으십시오."

기황후는 그토록 갈망했던 일들이 모두 물거품이 되니 마음이 허탈했다.

"그게 쉽게 잊히겠어요. 하나 상황이 상황인 만큼 다 털어버리겠으니 너무 걱정하지 마십시오. 오라버니."

황제도 기황후처럼 마음이 허탈했다. 하지만 공민왕마저 등을 돌리면 원나라가 사면초가에 몰릴 것이니 결단을 내려야만 했다.

"짐은 공민왕을 복위시키고 역적 덕흥군과 최유의 작위를 삭탈해 고려로 압송하겠다. 김찰어사는 지금 당장 시행하라."

"명 받들겠사옵니다. 폐하."

감찰어사 뉴린은 읍을 하고 뒤로 물러섰다. 결국, 지난하게 이어졌던 덕흥군의 반란은 많은 사람의 가슴에 상처만 남긴 채 황제의 명으로 일단락이 되었다.

덕흥군과 왕권을 놓고 싸웠던 전쟁의 상흔은 서서히 아물어 갔다. 들녘에는 푸른 보리 싹이 제법 자라 초록색의 물결을 만

들고 산등성이에는 진달래와 철쭉꽃이 자태를 자랑하기 시작했다. 이와는 달리, 공민왕은 불안한 시선으로 강안전의 구석구석을 살펴보았다. 하지만 개미 새끼 한 마리보이지 않자 안도의 한숨을 내쉬었다. 그리고 백발머리 돌중에게 애원하듯 말했다.

"과인이 애타게 불렀건만 왜 이제야 오셨소. 신돈(辛旽)."

"역적 놈들이 전하를 옥좌에서 끌어내리려고 온갖 술수를 다 부리는데 소승이 눈 뜨고만 보고 있겠사옵니까? 소승이 전하의 성심을 헤아려 역적놈들에게 극약처방을 한 탓에 늦었사옵니다."

"극약처방이라, 참 듣기 좋은 말이요. 하나 그대가 없는 동안 많은 일이 벌어졌소."

신돈은 공민왕의 말을 한 귀로 흘려들었다. 그리고 자신이 공민왕을 위해 얼마나 노력했는지 입에 침이 마르도록 열변을 토했다.

"외람된 말씀이오나 전하, 소승이 천기를 보니 홍건적 침략과 정세운의 죽음. 김용의 반역 그리고 덕흥군의 반란은 전하의 치세에 한번은 겪어야 할 일이었사옵니다."

"과인 치세에 한번은 겪어야 할 일이었다니 그게 무슨 뜻이요."

신돈은 흥왕사 난을 일으킨 김용을 입에 담았다.

"전하, 김용의 상(相)을 보십시오. 김용은 조조가 가장 경계한 사마의처럼 낭고상(狼顧相)을 가진 자이옵니다. 전하께서 역심을 품은 이런 자를 가까이 두고 계시니 역적들이 난을 일으키는 것 아니 옵니까?"

낭고상은 이리가 고개만 뒤를 돌아보는 상으로 위나라를 뒤엎었던 사마의의 상이었다. 하지만 공민왕은 믿지 못하겠는지 목소리를 높였다.

"그대도 알고 있는 것처럼 과인이 조카 충목왕과 충정왕에게 밀려 고려왕이 될 수 없었소. 하니 과인의 심정이 어떻겠소. 한마디로 죽고 싶은 심정이었소."

"소승도 그때의 일을 잘 알고 있사옵니다. 전하."

"잘 알고 있다니 말하겠소. 과인이 명줄을 끊으려고 대도 성루에 올라가 뛰어내렸소. 하나 과인의 명줄이 끝나지 않았는지 김용이 과인을 구해주었소. 그런데 김용이 낭고상이라니 그 중요한 문제를 왜 이제야 알려주는 거요. 과인이 진작 알았다면 흥왕사 난은 막을 수 있었을 것이 아니요."

신돈이 공민왕의 눈빛을 조심스럽게 살피면서 말했다.

"전하의 그 말씀을 모르는 바는 아니오나 군왕은 감정에 치우치면 나라가 바로 설 수 없사옵니다. 더욱이 전술의 전자도 모르는 김용을 총병관으로 삼아 홍건적을 막으려 했던 지난날을 생각해보십시오. 전하께서 김용을 믿고 의지하는데 소승이 말씀을 드린들 믿겠사옵니까? 해서 소승이 김용 스스로 제 무덤을 파는 방법을 택했던 것이옵니다."

"그대의 말인즉 김용의 역심을 이용해 과인의 어리석음을 일깨워주었다는 말이 아니오."

"어리석음이라니요. 당치않사옵니다. 전하."

신돈의 대답이 마음에 들지 않는지 공민왕의 얼굴색이 밝지 않았다.

"그대를 탓하는 것이 아니요. 하지만 과인이 믿고 의지한 김용이 난을 일으키고 숙부까지 권좌를 넘보았으니 살맛이 나겠소. 한마디로 과인처럼 박복한 군왕은 태어나지 말아야 했소."

"제왕의 별 자미성의 정기를 받고 태어난 왕후마마가 전하 곁에 계시는데 무슨 걱정을 그리 많이 하시옵니까? 전하."

"자미성이란 표현은 좀 과하지만 틀리지 않았소. 그리고 왕후가 과인의 곁에 없었다면 오늘 그대를 만나지 못했을 것 아니오."

공민왕은 신돈을 만났던 지난날을 회상했다.

공민왕이 꿈속에서 자객에게 칼을 맞았는데 백발머리 돌중이 나타나 공민왕을 구해주었다. 공민왕은 돌중을 만나기 위해 백방으로 노력했지만, 꿈속에서 만난 돌중이라 만날 수가 없었다. 공민왕의 이런 마음을 부처님이 가상히 여겼는지 묘향산을 순행하던 중에, 돌중을 만났으니 신돈이 바로 꿈속에서 만난 돌중이었다.

“전하의 말씀이 맞사옵니다. 자미성이 빛을 잃지 않는 한 전하의 치세는 태평성대를 이룰 것이옵니다.”

“그대의 말을 들으니 조금은 안심이 되오. 하나 김용처럼 역심을 품은 자들이 과인의 주변에 많이 있소. 그리고 권문세족과 사대부들이 지연과 학연을 내세워 자신들의 입맛에 맞는 파당을 만들고 있으니 그대가 과인 대신 이 골치 아픈 놈들을 모두 정리해 주시오.”

공민왕은 더 이상 손에 피를 묻히기 싫다는 뜻이니 신돈도 난감했다.

“전하, 천기를 보니 소승이 전면에 나설 때가 아직 오지 않았사옵니다. 명을 거두어 주십시오.”

“때라니 그 또한 무슨 해괴한 말씀이오. 과인이 명하는 때가 그대가 전면에 나설 때가 아니겠소.”

“전하, 때는 사람이 만드는 것이 아니옵니다. 바로 하늘이 점지하는 때가 바로 그때이오니 그때까지 소승은 탁발이나 하고 다니겠사옵니다.”

“그런 말같이 않은 소리 하지 말고 과인을 도와주시오. 신돈,”

“전하, 하늘의 뜻을 거스른다면 또 다른 재앙이 올 수 있사옵니다. 소승의 말을 믿고 그때를 기다려 주십시오.”

신돈이 하늘의 뜻을 내세우면서 물러서지 않자 공민왕은 체념한 듯 한발 물러섰다.

"그대의 뜻이 정히 그렇다면 과인도 그때를 기다리겠소."

"망극하옵니다. 전하."

신돈은 공민왕에게 읍을 하고, 발걸음 소리도 죽이면서 강안전을 빠져나갔다. 하지만 낮말은 새가 듣고 밤말은 쥐가 듣는다는 말이 있듯 비밀이 없는 법이었다.

노국공주의 호위무사 진비가 강안전의 문을 열고 나오는 돌중을 발견했다. 더군다나 그 모습이 봉은사에서 보았던 돌중이었으니 진비는 정신이 몽롱했다. 결국 그 사실이 노국공주의 귀에까지 들어가니 노국공주는 도저히 믿을 수가 없었다.

"보우국사가 아니고 신돈이 강안전에서 나오다니 네가 잘못 본 것이 아니냐?"

"왕후마마, 제가 비록 호위무사에 지나지 않으나 사람 보는 눈이 없는 것이 아니옵니다. 단언컨대 봉은사에서 보았던 신돈이란 돌중이 분명합니다."

진비가 확신에 찬 목소리로 말하자 노국공주는 지난 일들을 곰곰이 생각했다. 개선식을 하던 그날, 공민왕이 정사를 잘 보겠다고 다짐했는데 무슨 마음으로 요사스러운 신돈을 강안전에 불러들였는지 내심 궁금했다.

"그럼, 신돈이 왜 왔는지 알아보았느냐?"

"내관들이 입을 봉하고 있어 알 수가 없었어요. 왕후마마."

"하면, 내가 직접 전하께 말씀드려 보마."

노국공주가 강안전에 가려고 자리에서 일어나자, 진비가 앞을 가로막았다.

"지금 당장 강안전에 가시면 전하가 화를 내지 좋아하시겠어요? 전하께서 생각하실 시간을 드리는 게 좋을 것 같아요. 왕후마마."

"네 생각이 맞는 것 같다. 하나 나라가 망하려면 별의별 놈들이 다 설치고 다니니 신돈이 어떤 놈인지 좀 더 알아보아라."

"네, 왕후마마."

진비가 대답했지만 의문투성인 신돈의 행적을 어떻게 알아볼지 걱정이 앞섰다. 하지만 호위무사로서의 소임은 주인의 뜻을 잘 받드는 것이라 진비는 마음을 다잡았다.

공민왕은 이공수로부터 밀서를 받았다. 황제가 공민왕의 복위를 윤허하고 덕흥군과 최유를 고려로 압송하겠다는 내용이었다. 그러나 황제로부터 직접 온 것이 아니니 대놓고 기뻐할 일은 아니었다. 하지만 이공수가 생각밖에 큰일을 한 것 같아, 마음 한편으로는 뿌듯했다.

"왕후, 이공수가 기황후를 설득한 것 같소. 황제가 과인의 복위를 윤허하고 역적들을 압송한다고 하오."

공민왕은 맺힌 한을 풀었는지 목소리가 맑았다. 하나 노국공주의 대답은 그리 명쾌하지 않았다.

"원나라 형편에 황제가 고려에 반하는 결정을 할 수 없지 않겠어요? 하니 너무 큰 기대는 하지 마셔요."

"아니 왕후, 과인이 복위된다는데 기쁘지 않소? 말투가 좀 서운하오. 과인이 잘못한 것이라도 있소? 있으면 말해보시오."

공민왕이 목소리를 낮추자 그제야 노국공주가 자신의 심정을 토해냈다.

"전하께서 신돈이란 돌중을 강안전에 불러들였다고 궁궐 안팎에 소문이 자자합니다. 한데 신첩만 모르고 있었으니 그게 말이나 됩니까?"

"과인의 일거수일투족이 백성들의 입방아에 오르고, 왕후까지 타박하니 과인은 답답할 뿐이오."

"하오면 전하, 답답해하실 것만 아니라 속 시원히 털어놓으셔요."

"그리 알고 싶다면 말하겠소. 신돈은 돌중이 아니고 천문지리에 밝고, 모르는 게 없소. 또한 권문세족의 자식이 아니라 노비의 자식으로 태어났으니 백성들의 아픔을 가장 많이 알고 있소. 하나 중신들이 신돈의 궁궐 출입을 반대하니 신돈이 과인 앞에 나설 수 없었소."

"그런데요. 전하."

"신돈은 천기는 볼 줄 아는 자로 과인의 생각을 어느 누구보다도 잘 알고 있소. 신돈은 과인이 찾던 다재다능한 인재요."

공민왕이 계속 신돈을 두둔하자 노국공주는 기분이 매우 언짢았다.

"한평생을 같이할 신첩도 속이시고, 신돈 같은 돌중에게 마음을 두시다니요. 전하는 참 무서운 분이시군요."

"왕후도 알고 있듯이 장수들이 고려의 왕실을 말아먹었소. 이런 어처구니없는 일을 반복해 당하지 않으려면 과인이 손 놓고 있을 수는 없지 않소. 해서 신돈을 국정에 참여시키고자 강안전에 불렀던 것이오."

"전하의 용인술을 더는 탓하지 않겠어요. 하나 신돈이란 돌중이 조정에 나온다면 신첩은 죽든지 원나라로 돌아가겠어요. 전하께서 사리 판단을 분명히 하십시오."

노국공주가 한 치도 물러서지 않으니 공민왕은 가슴이 덜컹 내려앉았다. 게다가 죽든지 원나라로 돌아가겠다고 화를 버럭 내니 두 손을 들 수밖에 없었다.

"왕후의 그 말씀 가슴속에 새기겠소. 과인이 믿는 것은 신돈이 아니라 왕후뿐이오."

"전하의 약속을 믿고 원나라로 돌아간다는 말은 더 이상 하지 않겠어요. 하지만…."

노국공주가 말을 다 끝내지 못하고 속이 거북한지 헛구역질을 시작했다. 더구나 노국공주가 죽는다고 말한지라 공민왕은 정신이 막막했다. 괜히 신돈의 편을 들다가 노국공주를 잃을 것 같은 불길한 예감이 들었다.

"진비야, 왕후가 헛구역질하고 있으니 어의를 불러라."

"네, 전하."

노국공주가 당혹해하는 공민왕의 손을 잡았다.

"아침에 먹은 음식이 체한 것 같은데 왜 그렇게 요란법석을 떠세요. 좀 자중하십시오. 전하."

"왕후의 안색이 좋지 않은데 자중하게 생겼소?"

공민왕이 안절부절못하고 있는데 진비가 어의를 데리고 침전으로 들어왔다. 공민왕은 어의를 보자마자 다그쳤다.

"왕후가 체했다고 하는데 무슨 일인지 진맥을 해보라."

어의가 공민왕에게 실을 주면서 말했다.

"전하, 소신이 진맥하겠사오니 왕후마마의 손목에 실을 묶어 주십시오."

"그리 하마, 어의."

공민왕이 어의로부터 실을 받아 노국공주의 손목에 묶었다. 그리고 실 끝을 어의에게 주니, 어의가 실을 잡아당기면서 진맥을 시작했다.

"왕후의 건강 상태는 어떠한가? 한 치도 거짓 없이 고하라."

공민왕은 마음이 급했다. 하나 어의는 얼굴색 하나 변하지 않고 진맥에만 집중하니 공민왕의 속이 검게 타들어 갔다.

"과인의 말이 말 같지 않은가? 대답이 없게."

공민왕이 독촉하자 그제야 어의는 입가에 미소를 머금으면서 말문을 열었다.

"전하, 감축드리옵니다. 왕후마마께서 회임하셨사옵니다."

공민왕은 노국공주가 회임했다는 어의의 말에 꿈이 아닌가 하고 허벅지를 꼬집어보았다. 하나 어의의 말은 사실이었다. 노국공주도 회임했다는 어의의 말에, 공민왕과 얼굴을 붉혔던 조금 전의 일을 깡그리 잊어버렸다.

"전하, 신첩이 체한 게 아니고 회임했다니 이게 꿈이 아니겠지요?"

"꿈이라니요. 어의는 왕후에게 회임 사실을 다시 한번 말해보게."

공민왕이 벅찬 목소리로 말하자 어의도 덩달아 기분이 좋아졌다.

"왕후마마, 복중의 심음(心音)이 실을 통해 들리니 회임이 아니고 무엇이겠습니까? 전하와 왕후마마의 홍복이고 만백성들의 홍복이옵니다."

노국공주의 눈이 촉촉이 젖기 시작했다.

"전하, 이제야 백성들 앞에 얼굴을 들고 다닐 수 있을 것 같아요. 정말 잘 되었어요."

공민왕과 노국공주는 정이 돈독했으나 대를 이을 왕자가 없으니, 가끔 의견충돌로 궁궐의 분위기를 살벌하게 만들기도 했다. 그러나 노국공주가 회임했으니 다툴 리 없고 선왕들에게 면목이 섰다. 공민왕으로서는 이보다 기쁜 일이 없었다.

"얼굴뿐이겠소. 과인이 왕후를 업고 다니겠소. 하하하."

" 전하도 참…."

노국공주는 자신을 업고 다닌다는 공민왕의 말에 쑥스러워했다. 덕흥군의 무리를 내치고 난 뒤 공민왕이 바라고 바라던 후사까지 보게 되었으니, 노국공주를 업고 다녀도 부족함이 없었다.

천고마비의 계절, 가을에 접어들면서 노국공주가 회임했다는 소문이 날개 돋친 듯 방방곡곡에 퍼져나갔다. 전국 사찰마다 왕자 생산을 기원하는 예불 소리와 백성들의 바람은 끝이 없었다. 또한 황제가 한림학사 기전룡(奇田龍)을 사신으로 보내 공민왕에게 복위조서를 전하고, 기황후를 설득하러 간 이공수가 문익점을 데리고 탑전에 부복했다. 공민왕은 마치 꿈을 꾸는 것 같았다.

"영도첨의, 그대는 기황후의 겁박에도 넘어가지 않고 과인의 복위 문제를 해결했소. 해서 과인은 그대에게 합당한 상을 내리겠소."

공민왕의 위로에 이공수는 대도에서 고생했던 매 순간들이 머릿속에 떠올랐다. 더욱 가슴이 아픈 것은 기황후와 혈육의 정을 제대로 나누지 못하고 돌아왔으니 상을 받은들 무슨 소용이 있겠는가 하는 자괴감이 들었다.

"소신은 신하로서 도리를 다한 것뿐이옵니다. 하오니 전하, 벼슬과 상을 주시려면 소신과 같이 온 문익점에게 주십시오."

이공수의 주청에, 공민왕은 붓대만 만지작거리고 있는 문익점의 면면을 살펴보았다. 하나 마음에 차지 않은지 퉁명스러운 목소리로 말했다.

"문익점, 저자는 덕흥군에게 붙어 벼슬까지 하지 않았소? 벼슬과 상보다는 벌을 주는 것이 어울릴 것 같소. 영도첨의."

공민왕의 차가운 시선에 문익점은 올 것이 왔다고 체념했다. 하지만 목화씨에 대한 목마른 갈증이 이를 허락하지 않았다.

"소신 문익점은 개인의 영화를 위해서 덕흥군을 따른 것이 아니옵고, 목화씨를 가지고 오기 위해 따른 것뿐이옵니다. 전하."

문익점이 목화씨를 입에 담으니 공민왕은 매우 궁금했다.

"하면 목화씨를 가지고 왔는가?"

"전하, 바로 이것이 목화씨이옵니다."

문익점이 붓대에서 목화씨를 꺼내 공민왕에게 올리자, 공민왕은 마치 옥을 만지는 것처럼 조심스럽게 만지고 살펴보기 시작했다. 우정승 유탁도 문익점이 붓대에 목화씨를 숨겨 가지고 온 것을 보고 감탄했다.

“전하. 목화씨는 소신의 조부 청신(柳淸臣)이 상투에 숨겨온 호두씨처럼 원나라에서 쉽게 가지고 나올 수 없사옵니다. 한데 문익점은 붓대에 넣어 원나라 관리의 눈과 귀를 속였으니 얼마나 대단하옵니까? 목화씨를 가지고 온 것이 문익점의 죄를 상쇄하고도 남으니 벼슬과 상을 내려주십시오.”

유탁이 자신의 조부를 빗대어 주청하니 이공수도 힘을 보탰다.

“전하, 우정승의 말씀이 맞사옵니다. 문익점으로 하여금 목화를 재배해 백성들의 의복 문제를 해결하게 하십시오.”

우정승과 영도첨의가 입을 맞춘 것처럼 문익점에게 벌보다 상을 주자고 주청하니 공민왕은 알았다는 듯이 고개를 끄떡이었다. 하지만 덕흥군에 붙은 죄만은 그냥 넘기기에는 마음이 허락하지 않았다.

“문익점은 들어라. 그대의 죄는 차고 넘치나 백성들의 삶을 헤아리는 그대의 마음이 가상하다. 목화씨를 가지고 고향에 돌아가 그대 뜻을 마음껏 펼쳐 보거라.”

“망극하옵니다. 전하.”

문익점은 공민왕의 명에 눈물을 흘렸다. 목화씨로 인해 목숨을 건졌고 고향에 내려가 목화씨를 심을 수가 있게 되었으니 공민왕의 성은이 하해와 같았다.

가을이 지나고 찬바람이 불어오니, 황제가 약속한 대로 역적 최유를 함거에 태워 고려로 보내왔다.

"역적 최유가 압송되어 왔소. 하나 덕흥군이 등창이 났다는 핑계로 황제가 압송하지 않은 것 같은데 경들의 생각은 어떻소."

공민왕이 중신들에게 묻자 영도첨의 이공수가 대답했다.

"전하, 덕흥군이 등창이 난 것은 부인할 수 없는 사실이오니 황제를 너무 탓하지 마십시오."

우정승 유탁도 주청했다.

"전하, 덕흥군이 원나라에서 등창이나 죽든 말든 신경 쓰지 마십시오."

"그 무슨 해괴한 말씀이오? 우정승."

"전하, 생각해 보옵소서. 덕흥군이 역적이지만 전하의 숙부라 참수하면 지친을 죽였다고 백성들이 입방아를 찧 것이옵니다. 또한 역사의 기록도 좋지 않으니 원나라에서 죽게 하는 것이 전하를 위하는 길이옵니다."

추밀원사 유숙도 거들었다.

"우정승의 주청이 맞사옵니다. 덕흥군은 등창이나 산송장이나 다름없으니, 역적 최유를 참수하는 것으로 원나라와 갈등을 마무리하십시오."

판도판서 김원명도 주청했다.

“전하, 왕후마마의 회임은 전하의 경사이자 나라의 경사이오니 죄인들을 사면하는 사면령을 내리십시오.”

판도판서 김원명의 주청도 일리가 있었다. 공민왕은 노국공주가 회임했지만 사면령을 내리지 않았다.

“과인은 이제부터 덕흥군이 원나라에서 살든지 죽든지 더는 상관하지 않겠소. 하나 최유만은 용서할 수 없으니 참수하고, 왕후의 출산을 기원하는 의미에서 나머지 죄인들에게는 사면령을 내리겠소.”

“망극하옵니다. 전하.”

공민왕이 사면령을 내리자 홍왕사의 난과 원나라군의 내침으로 피폐해질 대로 피폐해진 백성들의 마음이 조금씩 변하기 시작했다.

1365년 정월이 되자 궁궐의 분위기는 차분하다 못해 생기가 돌았다. 노국공주가 해산할 달이 한 달밖에 남지 않았으니 공민왕이 정사를 우정승에게 일임하고 아예 왕후궁에 자리를 잡고 들어앉았다. 하지만 노국공주는 공민왕의 생각지도 않는 행동에 숨이 막힐 지경에 이르렀다.

“전하, 정사는 팽개치고 왕후궁에만 눌러앉아 계시니 중신들 보기에 창피하지 않아요? 전하의 자리 강안전으로 돌아가셔요.”

“왕후는 과인보다 태중에나 신경 쓰시오.”

공민왕은 자나 깨나 왕자 타령이었다. 후계가 없으면 덕흥군처럼 왕권을 넘보는 종친들이 눈을 까뒤집고 달려들 텐데, 노국공주가 회임했으니 그나마 안심은 되었다.

"전하, 왕자 생산은 신첩보다도 삼신할미가 점지해 주시니 삼신할미께 기원이나 하셔요."

"삼신할미, 과인이 그걸 미처 생각하지 못했소. 전국 방방곡곡에 삼신할미의 사당을 만들겠소. 그리고 백성들에게 왕자 생산을 빌게 할 테니 몸조리나 잘하십시오."

"전하, 전국에 사당이라니요? 너무 그러지 마셔요."

"아니오. 왕자 생산을 백성들도 기다리고 있소. 말리지 마시오. 왕후."

공민왕은 등 떠밀어도 나가지 않으려 했던 왕후궁을 제 발로 나왔다. 그리고 조용히 환관 이강달을 불렀다.

"묘향산에 있는 신돈에게 과인의 뜻을 전하라. 왕후가 왕자 생산을 하도록 삼신할미께 빌라고."

"네, 전하."

공민왕은 이강달의 대답이 시원찮은지 다시 명했다.

"왕후가 알면 불호령이 떨어질 것이니 입조심을 하라."

"걱정하지 마옵소서. 전하."

공민왕은 궁궐에 삼신할미의 사당을 세우고 왕자 생산을 빌고 싶은 마음이 굴뚝같았다. 그러나 국고는 비어 있고 노국공주의 말대로 역효과 날 수 있으니 이 정도로 멈추고 싶었다.

노국공주의 산달이 가까이 오자 공민왕은 신경이 곤두섰다. 노국공주가 유산을 한번 했고 보령(寶齡)이 서른을 넘었으니 노산이었다. 잘못하면 왕자 생산은 못 하고 큰일을 당할 것 같은 불길한 생각이 머릿속에서 떠나지 않았다. 공민왕은 고심 끝에 어의를 불렀다.

"그대도 알다시피 왕자가 태어난다면, 과인의 경사며 나라의 경사다. 한데 왕후의 보령이 많으니 왠지 마음이 놓이지 않는다. 그대가 아는 대로 말해보라."

"전하, 왕후마마는 걱정하지 마옵소서. 소신이 수시로 진맥해 본 결과 왕후마마의 건강 상태는 매우 좋으시옵니다. 또한 태중에 발길질도 제법하고 있으니 왕자님이 틀림없사옵니다."

어의가 복명하자 공민왕은 안도의 한숨을 내쉬었다.

"그대의 말에 한시름 놓았다. 하지만 안심하기는 이르니 그대가 수시로 왕후의 건강 상태를 살펴보아라."

"소신과 궁녀들이 왕후궁에 상주하고 있사오니 걱정하지 마옵소서. 전하."

공민왕은 어의가 물러가자 강안전의 문을 활짝 열었다. 그리고 밤하늘을 바라보니 제왕의 별 자미성이 빛을 발하고 있었다.

공민왕은 기분이 좋은지 환관 이강달에게 말했다.

"왕후가 제왕의 별 자미성의 정기를 받았다고 하니 왕후의 해산을 자미성이 지켜주지 않겠느냐?"

"왕후마마께서 김용의 잔당을 제압하는 것을 보면 제왕의 별 자미성의 정기를 받은 것이 맞사옵니다. 한데 누가 제왕의 별 자미성의 정기를 받았다고 했는지요? 전하."

공민왕이 자미성을 손으로 가리키면서 말했다.

"자네도 알고 있지 않은가? 청한거사 신돈일세. 신돈이 천기를 보고 말했으니 걱정 안 해도 될 것 같구나."

"전하, 신돈이 말했다면 왕자님을 낳으실 것은 틀림없사옵니다."

"자네 생각도 과인과 같으니 더 무슨 말을 하랴! 왕자 생산을 하기 전에 왕후의 얼굴이라도 한 번 더 보아야겠다. 왕후궁으로 갈 테니 앞장서라."

"네, 전하."

공민왕이 이강달을 앞세우고 왕후궁으로 발길을 옮기니, 제왕의 별 자미성이 등불이 되어주었다. 더구나 입춘이 지나 밤기운도 조금씩 따듯해지니 공민왕의 마음도 한껏 들뜨기 시작했다.

이렇게 공민왕과 이강달이 왕후궁의 문턱을 넘으니 왕후궁은 생각밖으로 조용했다. 노국공주가 깊은 잠에 빠졌는지, 부산하게 움직이었던 궁녀들도 보이지 않았다. 그런데 공민왕의 등 뒤에서 노국공주의 목소리가 들려왔다.

"전하, 밤도 깊었는데 왕후궁에는 어인 일로 오셨습니까?"

"왕후의 해산일이 다가왔으니 위로도 해줄 겸 왔소. 한데 왕후는 잠도 안 주무시고 왜 나와 있소."

노국공주가 만삭의 배를 만지면서 말했다.

"태중의 왕자가 밖에 나가자고 발길질하는데 잠을 잘 수 있겠습니까? 전하."

공민왕은 흐뭇한 표정으로 말했다.

"왕자가 발길질을 심하게 하는 것을 보니 제왕의 별 자미성의 정기를 받고 태어나는 것이 틀림없소."

"뜬금없이 제왕의 별 자미성이라뇨? 전하."

"과인의 말을 못 믿거든 밤하늘을 보시오. 제왕의 별 자미성이 왕후를 보고 미소를 짓고 있지 않소? 제왕의 별 자미성이 빛을 잃지 않는 한 왕후의 왕자 생산은 무탈할 것이요."

"전하, 제왕의 별 자미성이 빛을 잃으면 어떻게 되는데요?"

노국공주의 의심스러운 눈빛에 공민왕은 말문이 막혔다. 더구나 신돈이 한 말이었으니 노국공주에게 사실대로 말할 수가 없었다. 공민왕과 노국공주의 사이에 찬 기운이 감돌자, 이강달이 목소리를 낮추면서 말했다.

"왕후마마, 제왕의 별 자미성은 수천수만 년 동안 밤하늘을 지켰사옵니다. 한데 빛을 잃다니요. 천부당만부당한 말씀이옵니다."

공민왕도 노국공주의 마음을 다독거렸다.

"충직한 신하, 이강달의 말이 맞지 않소. 수천수만 년을 지킨 제왕의 별 자미성이 어떻게 빛을 잃겠소. 태중의 왕자에 해로우니 마음을 편히 가지시오. 왕후."

노국공주는 공민왕의 말이 꺼림칙했다. 하지만 수천수만 년 동안 밤하늘을 지킨 제왕의 별 자미성이 빛을 잃는다는 것은 천지가 개벽할 일이었다.

"전하, 신첩이 만삭이라 좀 과민했나 봐요."

"왕후, 자미성이 별들의 제왕인 것처럼 왕후가 과인의 제왕이요. 왕자를 생산해 과인의 소원을 풀어주시오."

"전하, 제왕의 별 자미성이 신첩을 지키고 있는 한 왕자 생산은 틀림이 없으니 걱정하지 마십시오."

노국공주가 애틋한 눈빛으로 공민왕의 손을 잡았다. 그리고 제왕의 별 자미성을 바라보면서 왕자 생산을 기원했다.

드디어 2월 중에 가장 좋다는 갑진일(甲辰日)이 되었다. 얼어붙은 땅이 해동하고 생명이 움트는 날이라 공민왕의 기대는 하늘만큼 높고 바다처럼 넓었다.

공민왕의 기대에 어긋나지 않게 왕후궁에 산실청이 차려지고 전국의 사찰에서 왕자 생산을 기원하는 종소리가 하늘을 울렸다.

노국공주는 만삭의 배를 안고 산실청에 들어가 자리에 누우니 진통이 시작되었다. 하지만 칼로 가슴을 찌르는 아픔만큼 고통스러운 산통으로, 초원을 누비고 흥왕사의 난을 진압한 노국공주도 힘이 드는지 신음소리를 연신 토해냈다.

왕자를 받으려는 산파가 왕후의 입에 무명천을 물리고 산실청의 궁녀들이 왕후의 몸에 흐르는 땀을 닦아주었다. 또한 산실청 문 앞에선 만일에 대비해 어의가 대기하고 있었다. 하지만 아직 때가 되지 않았는지 왕자 생산은 기척도 없고 낮부터 시작한 진통만 밤까지 이어졌다.

밤하늘을 지키던 별들과 제왕의 별 자미성이 구름에 가려 빛이 보이지 않았다. 그러나 공민왕은 자미성에 신경 쓸 틈이 없었다. 산실청 밖에서 노국공주의 해산을 조마조마한 심정으로 기다렸다. 노국공주의 신음소리가 산실청 밖으로 흘러나올 적마다 공민왕의 가슴은 찢어질 듯이 저리고 아팠다.

"어찌 되었는지 말하라."

"아직은 진통만 있사옵니다. 전하."

공민왕이 해산을 돕는 궁녀를 붙잡고 물어보지만 돌아오는 대답은 신통치 않았다. 더구나 어의도 불안한 기색으로 산실청안을 살피고 있으니 공민왕은 불길한 예감이 들었다. 공민왕의 마음과는 달리, 산실청의 분위기가 급속히 얼어붙었다.

"왕후마마, 골반이 작아 왕자마마가 나오지 않아요. 다시 한 번 힘을 주셔요."

왕자를 받으려는 산파가 노국공주의 아랫배를 만지면서 말했다.

"그래, 으으윽."

노국공주가 이를 악물고 힘을 주었지만, 왕자는 나오지 않고 하혈만 계속했다.

"왕후마마, 하혈이 많사옵니다."

산파의 다급한 목소리에 노국공주는 정신이 몽롱했다. 하혈도 하혈이지만, 왕자를 생산하지 못하면 공민왕의 실망이 클 것 같았다.

"그럼, 왕자는? 말해보라."

"왕후마마, 하혈도 문제나 왕자마마가 거꾸로 들어서 있습니다."

산파가 어렵게 말문을 열자 노국공주는 산실청의 천장이 노랗게 보였다. 왕자는 고사하고 애 낳다가 죽게 생겼으니 제왕의 별 자미성이 원망스러웠다.

"그럼 내 배를 칼로 가르고 왕자를 꺼내라."

"왕후마마, 배를 가르다니요? 배를 가르면 왕후마마와 왕자마마 모두 죽어요."

"죽는 게 무슨 대수인가? 전하의 후계를 잇는 게 더 중요하다."

노국공주가 눈물로 애원했지만, 노국공주의 배를 가른다는 것은 대역죄를 짓는 것이었다. 설령 배를 가르고 왕자를 꺼낸다 해도 산다는 보장이 없었다. 상황이 가파르게 변하자 산파는 산실청의 문을 열고 나왔다.

"전하. 왕후마마께서 산고의 고통을 감당하지 못할 지경에 이르렀는데 배를 가르라고 하시니 난감하옵니다."

산파의 말이 끝나기 무섭게 공민왕은 시선을 어의에게 돌렸다.

"어의는 과인과 함께 산실청으로 들어가자."

"네, 전하."

공민왕은 어의의 손을 잡아끌고 산실청에 들어가자, 노국공주가 애절한 목소리로 말했다.

"전하, 어의에게 신첩의 배를 가르라고 하십시오. 그것만이 신첩이 사는 길이고 왕자를 생산하는 길입니다."

"왕후, 어의가 배를 가르려고 온 것이 아니고 진맥하려 온 거니 손을 내주시오."

"전하, 이 판국에 진맥이라뇨? 배를 가르지 않으려면 어의를 당장 내보내셔요."

노국공주가 눈에 핏발을 세우면서 강하게 밀어붙였지만, 공민왕은 이번만큼은 양보할 수 없었다.

"어의는 어서 왕후를 진맥하시오."

산고의 고통에서 헤어나지 못하는 노국공주의 팔을 궁녀들이 붙잡자 어의는 진맥을 시작했다. 하지만 진맥하는 어의의 표정이 죽을죄를 지은 것처럼 심상치 않게 변하더니 공민왕의 발 앞에 넙죽 엎드렸다.

"전하, 이미 왕자마마는…. 그리고 왕후마마도 더 이상…. 소신을 죽여주십시오."

어의의 날벼락 같은 복명에 공민왕은 무릎이 풀렸는지 풀썩 주저앉고 말았다. 그러나 포기하기는 마음이 허락하지 않았다.

"진맥을 하라고 했더니 헛소리만 늘어놓는구나. 살고 싶으면 다시 말해보라."

공민왕이 발버둥 친들 노국공주의 숨소리는 더욱 거칠어지고 혼절을 거듭하니, 공민왕은 노국공주를 품 안에 안았다. 그리고 뜨거운 눈물을 흘리자 혼절을 거듭하던 노국공주가 가쁜 숨을 몰아쉬면서 말했다.

"전하, 신첩이 죽기를 작정하고 왕자를 생산하려 했지만 모든 게 허사가 되었….

노국공주가 말을 채 끝내지 못하고 눈을 감자 산실청은 금세 울음바다가 되어버렸다. 꿋꿋한 자세로 노국공주 옆을 지키고 있던 호위무사 진비도 무너지고 말았다. 더구나 그 사실조차 믿기 어려워 목 놓아 통곡했다.

"왕후마마, 이렇게 허무하게 가시면 어찌하옵니까? 흑흑."

공민왕은 노국공주의 눈을 두 손으로 감겨주었다. 하지만 살아 있는 듯이 눈가에 온기가 있으니 억장이 무너져 내렸다.

"왕후는 평생지기였는데 과인은 어찌하란 말이오."

공민왕은 실성한 사람처럼 울부짖고 땅을 쳤다. 그러나 한번 이승을 떠난 사람은 되돌아올 수가 없는 게 저승의 법칙이었다.

원나라 제후국으로 97년간 지배받던 고려는 말만 제후국이지 원나라의 한성만도 못 했다.

공민왕은 원나라의 그늘에서 벗어나고자 기황후의 오라비 기철의 난을 진압하고, 원나라의 제도와 내정간섭기관인 정동행성이문소(征東行省理問所)를 폐지하는 등 혼신의 노력을 다했다. 특히 원나라에 빼앗겼던 쌍성총관부(함경남도 영흥)를 수복하고, 홍건적 침략을 두 번에 걸쳐 막았다.

그리고 기황후가 덕흥군 왕혜를 고려왕으로 삼고자 원나라군 1만을 동원했지만 물리쳤으니, 원나라와의 싸움에서 이긴 것은 공민왕이 처음이자 마지막이었다.

또한 주원장이 명나라를 건국하는 과정에서 공민왕은 명과 원 어느 한쪽으로도 치우치지 않게 등거리 외교를 잘했다.

실이 있으면 과도 있는 법. 공민왕은 고려 중기에 있었던 무신의 난처럼 왕권을 넘보는 무신이 있을까 두려워 그럴만한 무장이 있으면 죽이거나 임용하지 않았다.

그러나 모든 것이 공민왕의 뜻대로 되지 않았다. 자신의 가신 조일신과 김용이 두 번에 걸쳐 난을 일으켰고, 덕흥군이 왕위로 넘보았다. 게다가 평생지기 노국공주가 왕자를 생산하지 못하고 흉(凶)하니, 실의에 빠진 공민왕은 청한거사 신돈을 영도첨의사사로 기용해 국정을 총괄케 하고 자신은 노국공주의 영전공사에만 매달렸다.

신돈은 공민왕으로부터 전권을 위임받자마자 전민변정도감(田民辨正都監)을 설치해 권문세족에 빼앗긴 전답을 백성들에게 되돌려 주었고, 노비를 양민으로 환원시켜 주기도 했다.

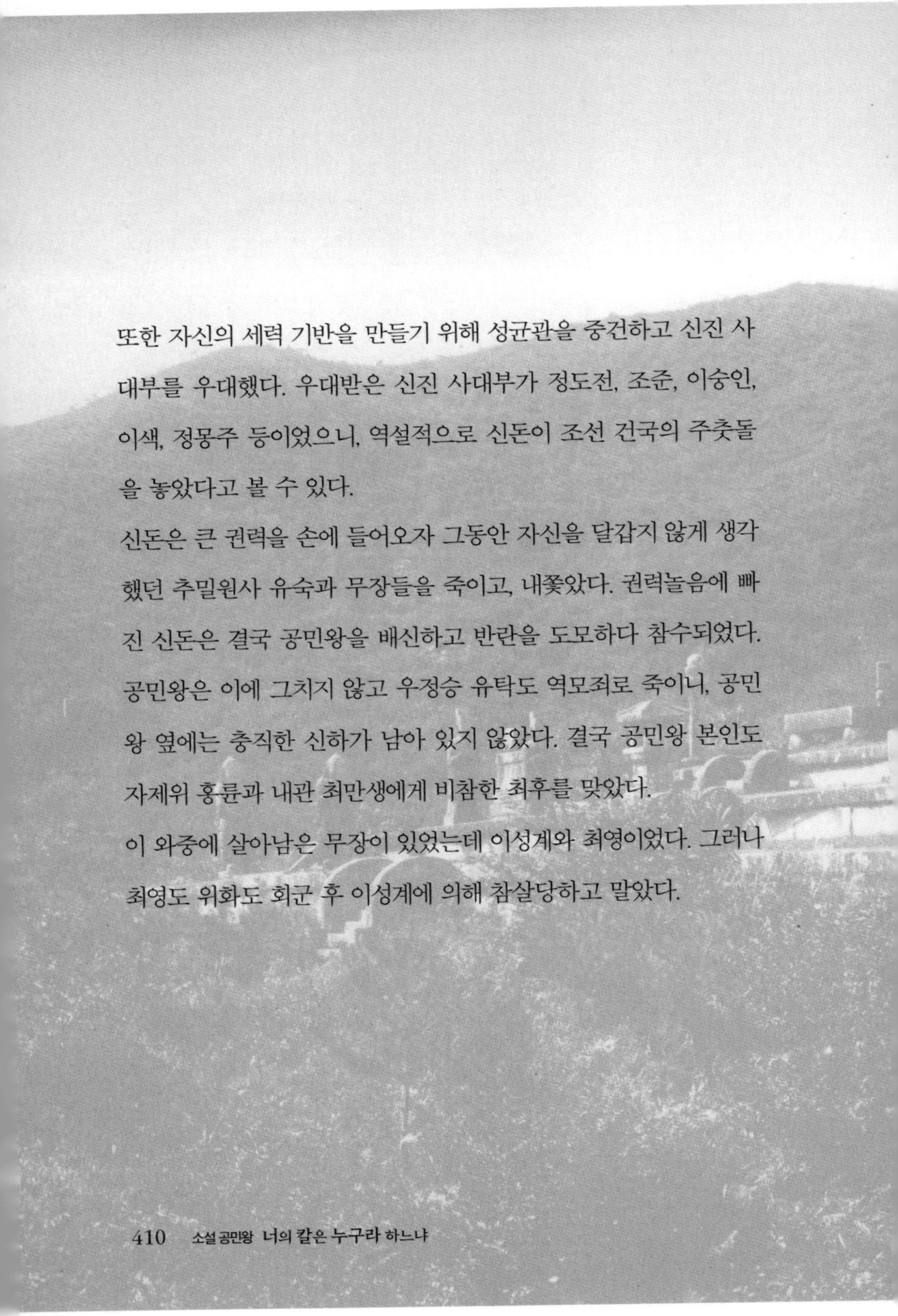

또한 자신의 세력 기반을 만들기 위해 성균관을 중건하고 신진 사대부를 우대했다. 우대받은 신진 사대부가 정도전, 조준, 이숭인, 이색, 정몽주 등이었으니, 역설적으로 신돈이 조선 건국의 주춧돌을 놓았다고 볼 수 있다.

신돈은 큰 권력을 손에 들어오자 그동안 자신을 달갑지 않게 생각했던 추밀원사 유숙과 무장들을 죽이고, 내쫓았다. 권력놀음에 빠진 신돈은 결국 공민왕을 배신하고 반란을 도모하다 참수되었다.

공민왕은 이에 그치지 않고 우정승 유탁도 역모죄로 죽이니, 공민왕 옆에는 충직한 신하가 남아 있지 않았다. 결국 공민왕 본인도 자제위 홍륜과 내관 최만생에게 비참한 최후를 맞았다.

이 와중에 살아남은 무장이 있었는데 이성계와 최영이었다. 그러나 최영도 위화도 회군 후 이성계에 의해 참살당하고 말았다.

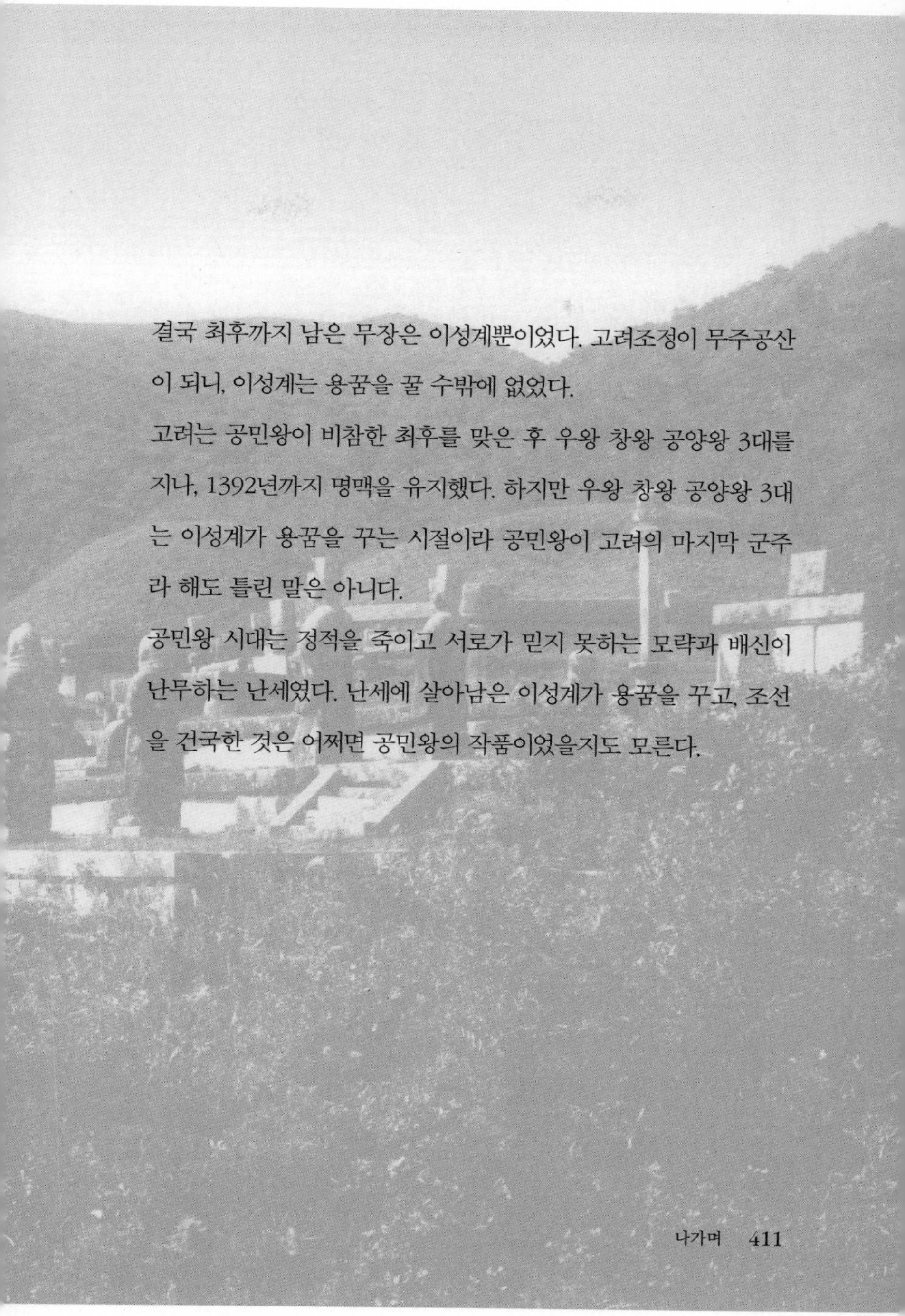

결국 최후까지 남은 무장은 이성계뿐이었다. 고려조정이 무주공산이 되니, 이성계는 용꿈을 꿀 수밖에 없었다.

고려는 공민왕이 비참한 최후를 맞은 후 우왕 창왕 공양왕 3대를 지나, 1392년까지 명맥을 유지했다. 하지만 우왕 창왕 공양왕 3대는 이성계가 용꿈을 꾸는 시절이라 공민왕이 고려의 마지막 군주라 해도 틀린 말은 아니다.

공민왕 시대는 정적을 죽이고 서로가 믿지 못하는 모략과 배신이 난무하는 난세였다. 난세에 살아남은 이성계가 용꿈을 꾸고, 조선을 건국한 것은 어쩌면 공민왕의 작품이었을지도 모른다.

참고문헌

『조선상고사』 신채호, 박기봉 역, 비봉출판사, 2006

『고려사절요』 김종서, 이남철 배용구 편집, 넥센미디어, 2023

『고려갈등사』 이영, 북스고, 2023

『삼국사기』 김부식, 최호 역, 홍신문화사, 2004

『삼국유사』 일연, 김길형 역, 아이템북스, 2012

『고려열전』 박종기, 휴머니스트, 2021

『역동적 고려사』 이윤섭, 필맥, 2004

『몽골 제국의 쇠퇴와 공민왕 시대』 이승한, 푸른역사, 2018

『왜구, 고려로 번진 일본의 내란』 이영, 보고사, 2020

『사기열전』 사마천, 박성연 역, 아이템북스, 2014

『신 이야기 중국사』 강영수, 좋은글, 2001

『이야기 한국사』 강영수, 좋은글, 2001

『진붕』 리카이위안, 이유진 역, 글항아리, 2021

「정몽주 제문」 상주시 김득배 장군 유허비

『경기장단 화장사 고려 공민왕 영정』
필름, 11.9cm×16.4cm, 국립중앙박물관 소장(건판4664)

경기도 장단군 진서면 대원리(현 황해북도 개성시 용흥동) **소재 화장사**(華藏寺)**에 봉안되어 있던 공민왕**(恭愍王) **어진의 유리건판 사진**

배신과 음모의 고려 말, 난세를 말하다

소설 공민왕

너의 칼은 누구라 하느냐

1판1쇄 인쇄일 2024년 7월 24일
1판1쇄 발행일 2024년 8월 5일

ISBN 979-11-92087-26-9 03810

지은이 류정식
펴낸이 류희남
디자인 디자인오감

펴낸곳 물병자리H
출판등록 1997년 4월14일(제2-2160호)
주소 서울시 종로구 새문안로5가길11, 옥빌딩 801호
전화 02-735-8160
팩스 0502-735-5000
홈페이지 www.aquariuspub.com
이메일 aquariuspub@naver.com

물병자리H(Humanity & History)는 물병자리 출판사의 인문, 역사, 문학 분야 브랜드입니다.

표지와 414쪽에 사용된 이미지는 공공누리(www.kogl.or.kr)에서 '제1유형'으로 사용 허락된 이미지를 활용했습니다. '국립중앙박물관'에서 작성하여 공공누리 제1유형으로 개방한 '고려공민왕 엽기도'와 '경기장단 화장사 고려공민왕 영정'을 이용하였으며, 해당 저작물은 'www.museum.go.kr'에서 무료로 다운받으실 수 있습니다.

©2024, 류정식
이 책의 어느 부분도 펴낸이의 서면 동의 없이는 어떤 수단으로도 복제하거나 유포할 수 없습니다.
잘못된 책은 바꿔 드립니다. 책값은 뒤표지에 있습니다.